当　代　社　科　研　究　文　库

从传统到现代

——文人意识转型与文学思想嬗变

郭长保◎著

中国言实出版社

图书在版编目（CIP）数据

从传统到现代：文人意识转型与文学思想嬗变 / 郭长保著. -- 北京：中国言实出版社，2014.3

ISBN 978-7-5171-0469-8

Ⅰ.①从… Ⅱ.①郭… Ⅲ.①中国文学—现代文学—文学研究 Ⅳ.①I206.6

中国版本图书馆 CIP 数据核字（2014）第 052204 号

责任编辑： 曲少云

出版发行 中国言实出版社

地　址：北京市朝阳区北苑路 180 号加利大厦 5 号楼 105 室

邮　编：100101

编辑部：北京市西城区百万庄大街甲 16 号五层

邮　编：100037

电　话：64924853（总编室）64924716（发行部）

网　址：www.zgyscbs.cn

E-mail：zgyscbs@263.net

经　　销 新华书店

印　　刷 北京天正元印务有限公司

版　　次 2014 年 6 月第 1 版　2014 年 6 月第 1 次印刷

规　　格 710 毫米×1000 毫米　1/16　14 印张

字　　数 195 千字

定　　价 39.00 元　　ISBN 978-7-5171-0469-8

目录
CONTENTS

引　言

20 世纪以来，中国文学发生着翻天覆地的变化，特别是 1915 年在《新青年》诞生以后，以《新青年》为先锋形成了新文化运动的潮流，无论是思想、文化、文学等都发生着中国历史上前所未有的转型与嬗变。但从历史发展的整体来看，这一变化过程，尤其是文学，最早可以从宋代以来的发展中就可以发现一些蛛丝马迹，而到了晚明时期就显示出其明显的寻求突破的痕迹。关于这一论述，我在《新文化与新文学——基于晚明至五四时期的文学文化转型研究》一书中有较为详尽的分析，这里不再一一赘述。总体而言，我认为，特别是到了 20 世纪以来，中国为何会在短短的时间内发生如此大的变化，而在此之前的中国文化与文学又似乎如此稳固不变，即使变化，也是在传统体制内做一些小的变革与修改，没有发生实质上的转换。我认为这首先是因为儒家文化本身就有着许多精辟的观点与认识，特别是儒家文化中的“民本思想”，它对中国文化的长期稳固性有着良好的粘固作用，其次是儒家的“仁爱”精神所产生的对人的“关怀”内核，是其能够长期存在的基础。所以即使一个朝代但它的矛盾发展到无法解决的时候，人们会普遍认为，那是因为当朝的思想精神已经背离了儒家文化的根本精神，所以往往就会以改朝换代的方式来缓解矛盾，从而唤起人们对新的王朝的希望，这样中国文化就走了一条不断循环的道路；而这一模式，从中国历史的发展中看，可以说是一贴灵丹妙药，万变不离其宗。当每一个新的朝代建立之初，无论是文化还是文学，其实都发生一些变化与调整；

譬如就文学上而言，唐朝的诗歌，在业已形成的比较完善的古诗基础上，逐渐使诗的形式走向完善，建立起完美的“格律诗”；到了宋代，唐诗所建立的诗歌形式，已经完成了它的历史任务，后人即使如何想超越，其实都是不能的，所以文学就会伴随着当时的文化调整而发生变化。宋词的产生，其实是与当时的文化环境与思想意识密切联系的产物，当宋朝都市与商业文化发展到一定的繁荣的时候，与其相适应的宋话本的出现也就是水到渠成的事。由此看来，中国文学到元有散曲与杂剧，明清有小说，都是如此逻辑发展的结果。在五四时期，胡适先生在《文学改良刍议》一文中说：“文学者，随时代而变迁者也。一时代有一时代之文学。周秦有周秦之文学，汉魏有汉魏之文学，唐宋元明有唐宋元明之文学。此非吾一人之私言，乃文明进化之公理也。”（胡适《文学改良刍议》，载1917年1月1日《新青年》第2卷第5号。）显然，胡适先生的观点是基于20世纪初，进化论思想在中国日益发生影响的背景下所说的，目的是为了给“白话文”的合理性，符合时代潮流寻求理论支撑。其实，就中国文学而言，不是简单地能从进化论的理论可以解决问题的。因为中国文化与文学发展的历史逻辑，其有效性是建立在没有发生重大的历史事件和意外事件的基础上的。19世纪中叶以来，晚清所经历的历史事件或者说意外事件，事实上它已经不是能通过自身的力量来控制，文化和文学发展的天秤已经倾斜，即使所做的一切努力，包括“洋务运动”甚至是“维新变法运动”，其实“维新运动”已经包含着一些新的思想，但也只是晚清的垂死挣扎，由于历史意外事件的发生，中国文化与文学的自身发展的步伐突然不再有效，而是酝酿着巨大的力量而爆发，它改变了文化与文学的发展轨迹，这就是以启蒙为背景的新文化与新文学运动。

新文化和新文学运动的形成，可以说是从晚明以来几种力量所形成的合力，无论是晚明的启蒙思潮，还是晚清的维新运动，其实只是中国文化与文学内部自身力量的积聚，但历史进入19世纪以来，曾经被我们认为是“夷狄”的西方文化却使我们“文明古国”的优越性荡然无存。正像鲁迅所说，“嗟乎，古民之心声手泽，非不庄严，非不崇大，然呼吸不通于今，则取以供览古之人，使摩挲咏叹而外，更何物及其子孙？否亦仅自语其前此光荣，即以形迩来之寂寞，反不如新起之邦，纵文化未昌，而大有望于方来之足致敬也。故所谓古文明国者，悲凉之语耳，嘲讽之辞耳！”（鲁迅《摩罗诗力说》，见《鲁迅全集》第1卷，人民文学出版社，2005年版第67页。）而近代改革思想家王韬也说：“自世有内外华夷之说，人遂谓中国为华，而中国之外统谓之夷，此大谬不然者也……苟有礼也，夷可进为华，苟无礼也，华则变为夷，岂可沾沾自大，厚积以薄人哉？”（王韬《华夷之辩》，见《弢园文录外编》，辽宁人民出版社，1994年版第387页。）我们可以看出，在晚清无论王韬，还是鲁迅，这些具有改革思想的文人，对中国文化已经用一种国际化的眼光来考察，从他们身上可以看到，19世纪中叶以来，传统文人思想明显逐渐消解，所以无论是对中国的文化还是文学，认识上产生了质的变化，尽管“民主”与“科学”的思想，那时还没有盛行，但说明正在积蓄着能量，等待时机，一触即发，体现了中国近代从渐变到裂变的过程，而渐变是一个较为漫长的过程，裂变则来的如此迅猛。在《新青年》诞生到20年代初，短短几年就“涅槃更生”，无论是文化思想还是文学思想和文学形式上都发生了根本的转型，因为近代以来的重大历史事件和外来思想跟晚明以来直至五四中国文人业已形成的思想潮流相结合，发生了深刻的化学反应，促使旧文化与旧文学迅速解体，中国文化和文学进入了一个全新的重构阶段。文化上步入追求“民主”与“科学”的轨道，而文学上则突破了旧文学的“文以载道”思想，代之而起的是用文学诠释新文化与新思想；语言上则走向“文言一致”，表现上则像郭沫若所说的“绝端自主，绝端自由”。

周作人在《中国新文学的源流》一书中认为“大约从一七零零年起始，到一九零零年止，在这期间，文学的方向和以前又恰恰相反，但民国以来的文学运动，却又是这反动力量所激起的反动。我们可以这样说：明末的文学，是现在这次文学运动的来源，而清朝的文学，则是这次文学运动的原因。不看清楚清代文学的情形，则新文学运动所以起来的原因也将弄不清楚，要说明也将没有依据。”周作人先生的这一观点，如果从文化思想的角度来看，确实有其合理性。因为从逻辑上看，文化与文学的变化，不可能是单一因素的结果，它一定是多种力量共同完成的。如果没有晚明以来中国文化自身在不断寻求突破，仅仅依靠外来因素，那是说不通的；但如果没有外来的刺激，单纯依靠自身因素，变化也是十分艰难的。正是在适当的时间，两种文化里的某种因素相碰撞，才是新文化和新文学产生的深层原因。那么，外来文化中哪些因素是产生新文化的构成因素呢？我认为中国文化与文学在近代经历了这么几个过程：这一过程中，发挥了重要作用的无疑是具有近代性质的大量报刊的产生，即大量具有近代意义的传播媒介产生而传播西方近代思想与观念是推进中国外化与文学转型的重要因素。

中国文学作为中国文化的主要构成部分，在晚清报刊大规模产生的推波助澜下，发生着深刻的变化与转型。而纵观中国近现代文化与文学的发展历程，呈现出以下一些特点：特别是中国文学的转型是一个渐次变化的过程。首先是由于西人在华创办报刊，通过报刊媒介把西方近代思想与观念传播到中国，使中国有先知先觉思想的一部分文人逐渐与传统文人的思想观念发生着些微的变化。如鸦片战争前的龚自珍，鸦片战争后的魏源等，先后开启了文人对传统社会与国家问题的思考，迫使中国文人对原来唯我独尊认识思想的改变，不得不主动对中国传统思想认识作相应调整，这也是产生 19 世纪末康梁维新思想的基础。在晚清报刊的影响下，思想观念的变化，必然影响到文学观念相应的变革。文学变革在近代史上的变化过程的渐次性是非常明显的，首先是文学观念的变化（以梁启超的《论小说与群治关系》为代表），之后文学所发生的变化就是为了适应文学观念变化与内容的变化，随之是为表达新思想内容而产生的文体形式的变化。所以能够产生晚晴文学史上的“诗界革命”、“小说界革命”、“文界革命”的结果，也就是情理之中的事。

具体而言，“小说界革命”不仅是要求通俗化，而更为重要的是文学观念的革新，由此而带来的文学语言上的变化；而内容上也由传统小说中人物塑造的“英雄化”走向平民化，浪漫化走向现实化。“诗界革命”也不单纯是要求口语化和简单的通俗化，而是注重诗歌反映内容的扩大化与时代性。所以新的意象、新的名词出现在近代诗歌中也是必然的趋势。而“文界革命”也不仅仅是体现在新文体上，而更为重要的是其作者思想观念和文学观念认识的变化，促进了其多元化的文学与思想表现，而不是一味循规蹈矩，而是文体根据作者的感情变化而随心所欲，我行我素，不受前人束缚，这些特点是符合近现代文学转型特点的，而且也是符合晚清报刊体文章的风格特点的。所以“新文体”不单纯是借鉴其他外来文学的一种全新的文章表现形式，更是在吸收融合了晚清报刊体文章的基础上形成的一种文体。

我们有理由相信晚清报刊对中国文学所产生的影响，主要来自其所传播的新的思想观念及其所不拘一格的自由而不受任何束缚的文章写作风格与文章反映事实的真实性（这对后来现实主义文学的形成，至关重要），而不是文学的本体。但我们也必须承认，正是在新的思想观念推动下促使文学本体发生着深刻的变革。所以在20世纪初，诞生了大量的文学刊物，随后又诞生了许多报纸副刊（阿英先生在他的《晚清小说史》中已经做过详尽阐释，在此不再赘述）就是例证。在当时代表性的文学刊物主要有1902年的《新小说》、1903年的《绣像小说》、1906年的《月月小说》、1907年的《小说林》，进一步推动了中国文学特别是小说的近代转型。而1897作为《字林沪报》初具副刊性质的“消闲报”的产生，其实已说明了报刊向娱乐化的转变（尽管梁启超更强调文学的政治功能，但文学的娱乐化已成为时代的趋势，因为娱乐使文学更接近其本质）。我们必须注意到，文学的娱乐化，某种程度上意味着平民化、通俗化与大众化。而到了20世纪初以后，文人意识的平民化，平民对文化共享要求的呼声越来越高，这就促使文人在不断地改变着原有的贵族意识，开始向大众转型。而这种思潮的形成，与晚清报刊所传播的西方近代思想观念是密不可分的。就文学而言，这一变化其实与传统文学有着本质的区别，传统文学的本质特点是“寓乐于教”，而近现代文学的整体趋势是“寓教于乐”。

所以我们可以断言，正是在文学趋于娱乐化的背景下文学观念的转型促进了晚清近代文学的繁荣，而新的思想又通过娱乐的文学形式影响到广大的平民阶层，新思想得到更多人的认可与追随。在这种背景下，各种报刊为了争取更多的读者，就会在某种程度上要求文学表现内容与形式上的不断花样翻新，在一定程度上又促进了文学自身的变革，来适应新的时代要求和审美趣味，无论是从文学的语言还是文体结构或是文学内容都在推出新的变化，由此也促进了中国近代小说、诗歌、散文、戏剧等文学样式的逐渐转型，为“五四”新文化运动后中国文学的根本转型奠定了坚实的基础，创造出了不得不改的历史条件。

我们纵观晚清及近代报刊对中国文学的影响，其基本线路图是非常清晰的，它走了由思想观念的转变到文化观念与文学观念自身的转变。从19世纪初由传教士创办的中文报刊《察世俗每月统记传》（1815年由英国传教士马礼逊与米怜在苏门答腊岛创办）一直到19世纪末中国人自己开始创办报刊，其实对中国文学的影响应该是间接的，而非是本体的，主要产生在思想观念、价值观念与道德观念上的影响，而到了后维新的20世纪初，则开始倾向于文学自身文体形式的变革，所以在20世纪10年代末到20年代初中国文学发生转向已是时代的要求和必然的潮流。

所以20世纪的中国文学，正是晚清以来思想潮流转型的结果，文化的转型同时带来的是文学潮流的转型，而中国文学在20世纪转型的大致路线是：在人物的塑造上从贵族化向平民化，从英雄化人物到平凡人物的发展趋向，作品呈现出不同个性化和多元化的发展趋势；无论是20年代鲁迅、朱自清、庐隐、徐志摩，还是到30年代的巴金，40年代的中国新诗派诗人穆旦，都唱出了不同时代音符的交响，表现出不同时代的潮流与个体特殊性的追求与融合；表现出与传统文化和文学本质的不同，文人意识与文学思想发生着深刻嬗变，它是20世纪中国文化重构的重要组成部分。

第一章

传统文人意识的消解与平民意识的形成

（一）城市文化的形成是文人化意识消解的基础

所谓“城市文化”就是指与精英文化相对而形成的一种以市民为主体的大众化与通俗化的文化形态。如果说精英文化是社会意识形态领域的主体，那么市民文化就是社会群体；市民意识虽然决定不了社会的整体文化走向，但社会主体意识的形成如果忽略大众文化意识的存在，他就很难生存，它就没有了赖以生存的基础。这是近现代社会不同于上古社会和中古社会文化的最根本的特征。因为近现代与传统意义上文化的最根本区别就是“大众话语权”越来越受到重视，而“霸权话语”越来越走向弱化，或者说逐渐向民间化靠拢。

西方近代文化形成的基础是什么，应该说是以“文艺复兴”运动为背景突破中世纪教会的精神统治而逐渐形成的人文主义精神。而“文艺复兴”运动的文化和社会基础是什么，那就是作为城市文化主体的新型市民阶层的出现。正是这一新型阶层的出现，把以“神话”为主体的中世纪宗教从漫无边际的天空拉回到了地面，使“神”变成了不再神秘的人。

而中国的封建社会也并非是一成不变的传统意义上的儒家道德文化

中的“重义轻利”的社会。如北宋的繁荣，就不仅仅是因为农业和农民的稳定，而在一定程度上以商业文化为基础的城市文化的出现，也是其繁荣的重要因素。当然，文化的繁荣其实是与当时政治上的开明不可分开的。而最重要的是在政治开明和文化氛围较为宽松背景下的城市规模的扩展，这就为市民文化阶层的产生奠定了基础。据统计，当时开封的人口已经达到150万人左右。这样的城市规模不用说是在近千年前的宋代，就是今天也是不算小的。所以当时能产生张择端的鸿篇巨制《清明上河图》实非偶然。《清明上河图》的价值，不仅在于它的历史价值和艺术价值，而在于它的文化价值。它是文人从传统绘画“写意”的文人内心世界和情感特征向市井社会下层转移视野的心理预示；是中国文人绘画中自我内心的浪漫主义夸张模式向现实主义绘画的一次转折。

而唐代业已形成的中国诗歌的完美模式，甚至可以说是一种极致的诗歌范本。为什么宋代以后会发生如此大的变化而逐渐构建了一种新的模式——宋词呢？从社会文化的角度不难看出，任何一次主流文学形式的转换，都不能离开社会现实和文化现状而孤立地看待，它必然有它产生的理由和依据。人们一般认为宋词是“诗余”，那意思是说词是由诗而来，其实这种说法是不完全的，如果说从文学的承继关系来看是有道理的。但从文学文化学的层面看，显然是不完善的说法，因为词与诗的文学表达方式有着本质上不同，从这一层面看，词是对诗的一次革新。

道理何在呢？“词”与“诗”最大的区别就在于唐诗几乎没有叙事，而词则增加了叙事的成分。而且从语言上看，宋词也更加接近当时的口语，更加通俗，更加形象；从文学意向而言，尽管还有较浓的诗歌意味，但实际上更贴近现实的生活，更让读者有情节和故事的想象空间，如陆游的《钗头凤》就是比较典型的例子。

在市民文化兴起的过程中，最明显的变化莫过于以卖艺为生存手段的文化现象的出现。一般认为，随着说话活动的日益兴盛，在书场中流播的故事越来越多，而以口传故事为蓝本的文字记录本，以及受说话体式影响而衍生的其他故事文本等，也日见其多。后世统称为“话本”。其中代表作品有《简帖和尚》、《错斩崔宁》等。话本小说是民间说话艺人的创作，既具有口头文学的清新活泼的特色，又发扬了志怪、传奇等古代小说的优良传统，在思想性和艺术性上都有一定成就。宋代话本小说是中国小说史上一个重要的发展阶段。而且中国最早的古典长篇小说的形成也无疑是首先在民间口头文学流传的基础上逐渐演化而成。“话本”既不同于传统的“志怪”和“传奇”的流传形式，又不同于后来的文人小说，它更接近市民阶层的心理和现实，不同程度反映了民间普通百姓的愿望和要求。无论在伦理思想或是政治倾向上，不同于正统文学它都是一种新的平民文学萌芽的基础。话本小说抛弃了正统文学中的一切清规戒律，具有灵活且极富生活化、情趣化和人性化的新鲜活泼的特征。它不是一种正统话语，更不是简单的民间文学，而是更受市民和平民易于接受的新的美学观念的兴起，因为它有着更为广阔的受众群体。也就是说从艺术社会学的角度来看，毫无疑问，在看似不变的社会秩序中则蕴含着某种变化。“粗看起来，艺术创造似乎是部分可变因素和部分不变因素的互动过程。事实上，艺术创造既不依赖于‘独立的变项’，又不依赖于‘不变项’，它完全是相互依赖的变项之间互动的结果。艺术活动的所有自然因素和文化因素都是在不可分割的相互依赖中发生作用的。”① 所以，“话本”这一初具文学形态的艺术形式，是和北宋的社会结构和经济以及政治文化发生变化而联系在一起的，那就是与城市规模的扩张、市民阶层的形成有着紧密的关系。市民社会的产生，肯定会带来生活方式上的变化，而生活方式的变化，同时又会带来思想方式和心理以及道德标准的微妙变化。正是这一变化，无疑会在某种程度上引发审美趣味的改变，它为后来文学艺术的渐变已经埋下了伏笔。这一过程尽管不是一帆风顺的，会经历很多的曲折与反复，但发展的趋势则无法终止，一旦在某种历史条件和思想基础具备的情况下，就会破土而出。

---

① ［匈］阿诺德·豪泽尔：《艺术社会学》居延安译编，学林出版社 1987 年版。

所以宋代后的元代，不管政治上发生何种变化，而文学的变化和“革新”则是明显的。“一个社会对外来文化的态度，或者欣然接受，或者坚持自己的传统，习俗、语言和艺术形式，这取决于许多因素，而这些因素与地理和生态无关。西方的发展显示了地方传统不断削弱的总趋势。”① 尽管，元代的文学和艺术并没有割断与传统的承继性，但它在承接前代的基础上发生了又一次的变革，那就是元散曲和杂剧站在了当时文学的前沿，而且更趋通俗，更加接近民众化和娱乐化。因为“种族和民族因素对艺术创造也是有作用的，尽管它们与各种历史因素相比具有‘停滞’的性质，但比起地理和气候条件来却有着较大影响，因为一方面民族性格对艺术家的思想、感情和创造性具有‘决定性’作用，另一方面种族和民族也属于某种历史结构，同样处于不断地变化之中。尽管如此，当我们考虑艺术和文化发展的地方因素时，我们仍发现，社会关系的作用比种族和民族因素要大得多。”② 所以游牧民族中极其自由散漫的“娱乐文化”肯定会在一定程度上主导了当时社会文化和文学艺术的倾向。那么，在研究某一时代的文化因素时不能不考虑占主导文化的民族因素。很显然，“元散曲出现在中国文学由上中古雅文学向近世俗文学转变的时期，它在语言风格、题旨境界等方面，均表现出迥异于诗词的鲜明美感风貌：以俗为美，这一总体审美特征，正是元散曲对中国古典诗歌美学作出的独特贡献，也是元散曲的真正意义和价值所在。”③ 说它具有俗美的价值，就在于它比传统的诗词更为形象化和情景化。譬如马致远的深受读者喜爱的《天净沙·秋思》：“枯藤老树昏鸦，小桥流水人家。古道西风瘦马。夕阳西下，断肠人在天涯。”虽然从这首散曲的内在本质上看，仍然表现出文人的特有思维和文学意境的表达方法，但画面感已经极为生活化，更让读者有亲近感。“元散曲的俗美特质首先体现在作品的语言运用上。清人李渔在《窥词

① ［匈］阿诺德·豪译尔：《艺术社会学》居延安译编，学林出版社 1987 年版。
② 同上。
③ 杨景龙：《元散曲的俗美特质》参见《海南师范学院学报》（哲学社会科学版）2001 年，第 4 期。

管见》中说：‘诗有诗之腔调，曲有曲之腔调。诗之腔调宜古雅，曲之腔调宜近俗。’运用浅俗的口语描俗景、叙俗事、写俗人、抒俗情，乃是元散曲语言艺术的根本特征。”①

如果说散曲还没有完全脱离文人特有情调的话，那么元杂剧的出现，则大大拉近了文学与普通民众的距离。不仅是其思想性更适合民众的心理和愿望，而且其舞台性的特殊效果更为文学的普及化拓展了民众空间，即使是不识字的一般百姓，也可以欣赏。显示了正统文学思想被不断削弱的文学发展趋势，同时也意味着传统文人贵族性文学理念被不断消解。

（二）明末清初商业文化的兴起与小说的繁荣

虽然明代初叶，一部分文人试图恢复原有的传统，但随着明代晚期商业文化的再度崛起，小手工业的发展，城市文化的日益繁荣，对整个社会文化思想和价值取向无疑起到了重要的作用。特别值得我们重视的是，早在明中叶的王阳明已经具有了一定的“自由”思想。他在“心学”为其核心的著述中不断阐述一些做事与做学问的道理。“夫学贵得之于心，求之于心而非也，虽其言之出于孔子，不敢以为是也。而况其未及孔子者乎？求之于心而是也，虽言之出于庸常，不敢以为非也。”②王阳明所创立的“心学”思想体系，在一定程度上具有了积极追求个性解放，冲破“理学”传统观念的趋向。嵇文甫在评价王阳明时道：“这种大胆的言论，正可和当时西方的宗教革命家互相辉映。他们都充

① 杨景龙：《元散曲的俗美特质》，载《海南师范学院学报》（哲学社会科学版），2001年第4期。

② 王阳明：《答罗整菴少宰书》，见《王阳明全集》，吴光、钱明、董平、姚延福编校，上海古籍书店1992年，上册第76页。

满自由主义和现实主义的精神。阳明实可算是道学界的马丁路德。”①

不管怎样，王阳明所创立的“心学”体系，为后来者的启示是明显的，他的一些大胆言论无疑为后学拓展了理论和思想的想象空间。他的“心学”本质上说是对“程朱”理学一定程度上的变革，具备了把个体从圣贤经书中解放出来的思想基础。“夫道，天下之公道也；学，天下之公学也。非朱子可得而私也，非孔子可得而私也。”②

如果说王阳明的学术中有了一定的离经叛道思想，而晚明的李贽则可以说具有了鲜明的离经叛道精神。“盖彼全不曾亲见颜、曾、思、孟，又不曾亲见周、程、张、朱，但见今之讲周、程、张、朱者，以为周、程、张、朱实如是尔也，故耻而不肯讲。不讲虽是过，然使学者耻而不讲，以为周、程、张、朱卒如是而止，则今之讲周、程、张、朱者可诛也。此以为周、程、张、朱者皆口谈道德而心存高官，志在巨富；既已得高官巨富矣，仍讲道德，说仁义自若也；又从而哓哓然语人曰：‘我欲厉俗而风世’。此谓败俗伤世者，莫甚于讲周、程、张、朱者也，是以益不信。不信故不讲。然则不讲亦未过矣。”③

李贽

李贽这种离经叛道思想产生的根源，从治学角度看，一定程度受王学的影响，但从当时明代中晚期的社会现状来看，显然与当时的整个社会政治和经济文化背景有着非常密切的关系。尽管在晚明西学还没有盛行，但随着西方文艺复兴运动走向高潮，科学技术的日益强盛，西方传教士某种程度上对西方文化的宣传肯定会触动了一部分中国文人的心理，他们的思想必然会发生一定程度的波动。所以从李贽的著述来看，他的学说中其实还有一些相互矛盾的认识，还谈不上真

① 嵇文甫：《晚明思想史论》，东方出版社 1996 年版。

② 王阳明：《答顾东桥书》，参见《王阳明全集》上，上海古籍书店 1992 年版。

③ 李贽：《续焚书．又与焦弱侯》，见《李贽文集》第 1 卷，社会科学文献出版社 2000 年版。

正意义上的革命性变革，但明显具有了早期启蒙思想的特点。“士贵为己，务自适。如不自适而适人之道，虽伯夷叔齐同为淫僻。不知为己，惟务为人，虽尧舜同为尘垢粃糠。”① 这些言论明显开始摆脱了一切条条框框的成见，有了自己的主见和解释，李贽在《老子解下篇》中也说：“高者必蹶，下其基也，贵者必蹶，下其本也。何也？致一之理，庶人非下侯王非高，在庶人可言贵，在侯王可言贱。”② 从李贽的言论中也可以看出，他有了比较明确的“平等”和“自由解放”思想。说他具有平等的和自由解放的思想，就是因为这种极具叛逆的精神，为晚明浪漫主义启蒙运动开启了先河，奠定了思想的基础。特别是他在《童心说》中所提倡的“真心”即说自己内心真话的精神为后来的许多文人所认同。“夫既以闻见道理为心矣，则所有言皆闻见道理之言，非童心自出之言也。言虽工，于我何与，岂非以假人言假言，而事假事文似文乎？盖其人既假，则无所不假矣。由是而以假言与假人言，则假人喜；以假事与假人道，则假人喜；以假文与假人谈，则假人喜。无所不假，则无所不喜。满场是假，矮人何辩也？然则虽有天下之至文，其湮灭于假人而不尽见于后世者，又岂少哉！何也？天下之至文，未有不出于童心焉者也。”③ 这一见解，对传统虚伪之风的批评真可谓一语中的。“‘知者勿谓我尚有童心可也。’夫童心者，真心也。若以童心为不可，是以真心为不可也。夫童心者，绝假纯真，最初一念之本心也。若失却童心，便失却真心，失却真心，便失却真人。人而非真，全不复有初矣。”④ 在李贽的这些极具煽动性和反叛性的言论影响下，明末清初一些有思想的文人对传统的陈规观念开始质疑和驳斥，对当时文化思想的走向产生了重大的作用。譬如顾炎武和王夫之等人，尽管他们并不是简单苟同于李贽的极端的叛逆思想，但是他们骨子里已蕴藏着对正统道德的质疑。“法不变，不可以救今已。居不得不变之势，而犹讳其变之实，

① 李贽：《答周二鲁》，见《李贽文集》第1卷，社会科学文献出版社2000年版。

② 李贽：《老子解》，北京社会科学文献出版社2000年版。

③ 同①李贽：《童心说》第92页。

④ 李贽：《童心说》，见《李贽文集》第1卷，社会科学文献出版社2000年版。

而姑守其不变之名，必至于大弊。”①顾炎武有了变法的思想，虽然这里的“变”并非是真正意义上的变革，但这比起因循守旧的正统文人，不能不说已经发生了变化。尤其他对作为人之常情的私的一面，给予了极度的肯定，“天下之人各怀其家，各私其子，其常青也……用天下之私以成一人之公，而天下治。”② 这些言论尽管与近现代的“个体”思想不能同日而语，但对“私”与“公”的辩证解释是具有了对个体价值肯定的趋向。

王夫之

顾炎武

所以在明代能够产生中国真正意义上的文人小说，即古典小说，绝非偶然，不仅是有着城市发展和市民文化崛起的基础，更是明末正统思想波动的产物，那时的文人对写小说还有很多顾虑，所以都是用了比较隐蔽的化名。但文人敢于突破正统道德束缚而写小说，已经透漏出一个明确的信号，那就是有很多文人从骨子里已经有了离经叛道的心理和思想。而《三言二拍》《金瓶梅》等小说能够流行于世，已经足以证明晚明文化思想界愈来愈与正统文化的疏离。冯梦龙在《古今小说》序是这样说的：“大抵唐人选言，入于文心，宋人通俗，谐于里耳，天下之文心少而里耳多，则小说之资于选言者少，而资于通俗者多，试令说话人当场描写，可喜可愕，可悲可涕，可歌可舞，再欲捉刀，再欲下拜，再欲决脰，再欲捐金，怯者勇，淫者贞，薄者敦，顽钝者汗下。虽小诵

① 顾炎武：《军制论》，见《顾亭林诗文集》，中华书局 1959 年版。

② 同①顾炎武：《郡县论五》第 14 页。

《孝经》、《论语》其感人未必如是之捷且深也，噫，不通俗而能之乎?”① 可见原有正统文人贵族化意识开始逐渐被消解，他们甚至认为小说的作用比什么《孝经》、《论语》都要快捷而容易感染人。这是文人正统意识开始渐趋平民化的思想基础。清初的《红楼梦》中人物，尽管出身高贵，但贾宝玉也被赋予了他那种特立独行而又极具个性还带有些乖谬色彩的叛逆思维。“伴随明初远洋航海事业的兴盛，中后期商业文明的幼芽终于艰难地冲破农业文明的坚硬外壳，社会经济结构开始裂变。在新的火热时代生活中，世俗社会更看重自我实现，以至彻底抛弃传统伦理道德，无所顾忌放纵自然欲望，形成积重难返的‘好货’、‘好色’时代风气，导致人际关系极度紧张与社会秩序异常混乱，成为影响社会政治，乃至传统人伦纲常观念的破坏性力量，传统价值体系濒临崩溃。……所有这些客观上要求知识分子完善人格，与现实抗争，以及消解与世俗社会的隔阂。”② 特别是“二拍”中的很多篇幅都具有市井文化的色彩，一定程度上体现了市民阶层的思想和要求。“二拍”中的一些情节体现了与文艺复兴运动时的意大利小说《十日谈》相类似的人文主义精神。

在明末，不仅代表市井文化阶层的小说体现出时代文化的世俗化倾向，即使那些代表文人思想的晚明的小品散文也悄然发生着不小的变化，特别是在“公安派”代表人物袁宏道与袁中道的小品散文中不仅在形式上有明显的变革精神，而且思想内容上也与传统文人的那种以道统思想为主的主旨不同。他们更多体现出生活化、情趣化、人性化和世俗化的特点，有时是世俗人情的儿女情长，有时是愤世嫉俗的嬉笑怒骂，这显然和正襟危坐的传统散文是有很大不同的。

其实，晚明以来的文人的变革思想虽然在清初受到了相当大的抑制，但那思想的火种已经深入文人的内心和精神中，暂时的屈服不等于

---

① 冯梦龙:《古今小说》序。

② 廖肇羽:《晚明小说〈型世言〉的文学迷失》，载《中国文学研究》，2003 年第 4 期。

永久的臣服，燃烧的思想火种尽管看似熄灭，但一旦遇到风吹草动就有死灰复燃的可能。所以会有《红楼梦》这部力作的出现。“地火在底下运行，奔突，熔岩一旦喷出，将烧尽一切野草，以及乔木”。①“尽管晚明的思想运动大有转型的可能，但清朝的建立使中国文化又回到传统的老路，试图用封闭守住传统文明。19 世纪初随着传教士带来的西方近代文明，彻底打破了中国的安逸与平静。在这样的背景下，中国知识分子面对当时的现实，必须做出迅速的抉择。所以，从 19 世纪以来，特别是鸦片战争之后，即使是传统的知识分子也在思想上不能不产生动摇和怀疑。于是在洋务运动后，各种西方的文化思潮汹涌而来，莫衷一是，于是有了种种尝试，但又不彻底，浮躁之气尽显。尝尽了种种失败之后，对儒家文明进行根本性的改造，似乎成了必然的事情。”② 从鸦片战争之后到“五四”新文化运动期间的几十年中，中国社会和政治文化一直处于一个剧烈的变动中，各种言论和思想此起彼伏，争论不断，变化也不断。但总体说来，变革的思想占据了近代文化界的主流。

---

① 鲁迅：《野草题辞》，见《鲁迅全集》，人民文学出版社 2005 年版。

② 郭长保：《从渐变到裂变——文人心态转型与中国近代文化思潮》，天津社会科学院出版社 2005 年版。

第二章

“救亡图存”话语政治背景下的矛盾抉择

（一）西学东渐的曲折之路

Ⅰ　龚自珍：开创中晚清思想变革的先河

龚自珍家学渊源，从文字、训诂入手，后涉足金石、目录，泛及诗文、地理、经史百家，受当时崛起的“春秋公羊学”影响甚深。一般学者认为他面对嘉道年间社会危机日益深重，弃绝考据训诂之学，讲求经世之务实，一生志存改革。虽说当时的清朝还没有到了风雨飘摇的地步，但在西方近代文化迅速崛起的背景下，清朝的衰落之像，已有目共睹。龚自珍青年时代所撰《明良论》、《乙丙之际著议》等文，对封建专制的积弊，进行了揭露和抨击。他的思想为后来康有为等人提倡公羊之学以变法图强开了先河。中年以后，虽然其志不得伸，转而学佛，但是“经世致用”之志并未完全消沉。晚年他支持林则徐查禁鸦片，并建议林则徐加强军事设施，做好抗击英国侵略者的准备。龚自珍一生追求“更法”，虽至死未得实现，但在许多方面对后人产生了有益的影响。

龚自珍的思想中可以说继承了晚明以来的忧国忧民思想，对统治者的许多弊病进行了尖锐的抨击，其嬉笑怒骂的文风颇似李贽，他思想中最为突出的是对人才的重视，对统治阶级对待人才的态度是极为愤懑的。“当彼其世也，而才士与才民出，则百不才督之、缚之，以至于戮之。”① 龚自珍所生活的年代，西方传教士已在广东一带活动，如早在1807年英国传教士马礼逊已来到广州，并且在1815年他与米怜创办了中国近代最早的中文报刊《察世俗每月统计传》就诞生于南洋的苏门答腊岛。从龚自珍的文章来看并没有什么反应，似乎没有受到西方近代思想的影响，他的许多思想好像更是继承了晚明思想中启蒙精神，受中国传统文人的影响。不过只要仔细辨析，其实龚自珍的思想已然发生着悄无声息的变化。这主要反映在他的治学态度和方法上，他逐渐产生了务实的思想观念。最为明显的迹象就是在嘉道年间他抛弃了传统的考据训诂之学，注重务实而经世致用的“今文学”。为后世具有锐意革新思想的文人开拓了一个新的治学方向。

特别指出的是其认为“先有下，而后有上”“天地，人所造，众人所造，非圣人所造”② 的思想，是对正统思想认识的突破。而《论私》一文中对人的私心给予了充分的肯定，旁征博引反复证明自古至今，是人就有私心，有厚薄“天有私也……地有私也……今曰大公无私，则人也？则禽也？”③ 可以说这一关于“私”的言论比起晚明的顾炎武对“私”的认识更进一步。他的这些思想言论，是否受到当时西方近代思想的影响，仍然是值得探讨的一个问题。

龚自珍除了在政论方面表现出积极的变革思想外，对近代文学从文风上的影响也是较大的。首先，他认为人性是无善恶之分的，其次是人情有公私之分，人皆有私心，即使圣人也有私心，所谓的“无私”只是虚伪的把戏。这些观点，与传统所谓“存天理，灭人欲”的思想相比是一次本质上的反叛。尤其是其散文《病梅馆记》中那种用委婉曲

① 龚自珍：《乙丙之际著议第九》，见《龚自珍全集》，上海人民出版社1975年版。
② 同上。
③ 龚自珍：《论私》同①第92页。

折的文学语言而实质直指封建统治阶级对人性的压抑和束缚，他提倡"纵之、疗之"，恢复"梅"的自然本性。"呜呼！安得使予多暇日，又多闲田，以广贮江宁、杭州、苏州之病梅，穷予生之光阴以疗梅也哉！"说明其思想中蕴含着对社会改造的深刻思想，却只能发出在封建束缚中不能伸展其志向的慨叹。他思想中体现出来的传统文人忧国忧民的精神是非常鲜明的，而到了20世纪的鲁迅就不用再用含蓄委婉的语言表达自己的认识，能够直指社会的弊病与国人灵魂的扭曲与沉沦，所以提出了"揭出病苦，引起疗救的注意"的救国思想。

另外他的文学思想中还提倡"童心"的文学观念，提出"尊情"反对拟古复古，反对形式主义，宗崇真心、诚实。"龚子之为长短言何为者耶？其殆尊情者耶！"① 这一文艺思想虽然同"五四"时期郑振铎、周作人等人所倡导的"血与泪"的文学，写平民的感情，喜怒哀乐、七情六欲、悲欢成败的文学思想还不能相提并论，但其以"真"为美的尊情文艺观，无疑开启了近代文学的先河，起到了承前启后的重要作用。

Ⅱ 魏源：中国近代人了解西方的一座丰碑

如果说，龚自珍的思想中还存在着传统文人的思想意识，其启蒙思想也还带有明显的传统色彩，但稍晚于龚自珍的魏源则有了明显不同于上代文人的近代思想，可以说在其思想中客观上已经有了明确的近代启蒙精神。

魏源1794年出生于湖南邵阳，道光进士，官至知州。其主要著作有主要有《书古微》《默觚》《老子本义》《圣武记》《元史新编》《古微堂诗文集》《诗古微》《公羊古微》《曾子发微》《子思子发微》《高子学谱》、《孝经集传》《孔子年表》《孟子年表》《小学古经》《大学古本发微》、《两汉古文家法考》《论学文选》《明代兵食二政录》《春秋

① 龚自珍：《长短言自序》，见《龚自珍全集》，上海人民出版社1975年版。

繁露注》《墨子注》《孙子集注》等若干卷和《海国图志》等。而《海国图志》是其中影响最大的一部，也是他作为地理学家的代表作，可以说是近代的一部巨著。也是中国文人第一次真正意义上介绍西方的著述。该书有50卷本、60卷本和100卷本三种。他以林则徐的《四洲志》为基础，在1842年编成50卷，1847年扩充至60卷，后又在吸收了徐继畬《瀛环志略》的基础上增补到1852年的100卷。在这部巨著中介绍了世界各国的地理、历史、政治、经济、军事、科学技术、宗教、文化等情况，先后征引了历代史志14种，中外古今各家著述70多种，另外，还有各种奏折十多件和一些亲自了解的材料。其史料还有来源于外国人的著述。其中，有英国人马礼逊的《外国史略》、葡萄牙人马吉斯的《地理备考》等20种左右的著作。并附有世界地图、各大洲地图和分国地图，堪称中国近代的百科全书式著作。

《海国图志》

魏源在《海国图志》卷二序言中说："是书何以作，曰为以夷攻夷而作，为以夷款夷而作，为师夷长技以制夷而作。"① 可见其目的是非常明确的。"他认为变法更张，正如'衣垢必瀚，身垢必浴'一样，是除旧布新之必需，是不以人们的主观意志为转移的客观规律。在《海国图志》一书中，他明确提出了向西方学习的第一个完整的口号'师夷长技以制夷'，从西方引进先进技术、人才，以达到'制夷'的目的。这一切无疑冲破了'祖宗之法不可变'的陈腐保守思想，解放了人们的思想，启迪着人们寻求救国救民的真理，这种思想被后来的一些官僚士大夫所继承、吸收、深化而逐渐形成洋务思潮。"②

所有这些都表明魏源作为正统文人的思想发生着深刻变革，而不是

① 魏源：《海国图志》卷二之一原叙。

② 刘兴豪、蒋金星：《试论魏源的改革开放思想对洋务运动的影响》，载《山东农业大学学报》（哲学社会科学版），2004年第3期。

一味固守的传统思想，从他开始，中国文人逐渐抛弃了传统文人的理想主义风格，而开始走向务实的现实和理性的轨道。正是这些具有灵活而变革的思想，为后来的洋务运动的发展打下了理论的基础。于是19世纪中后期清朝在不得不改革的背景下进行了中国近代史上的第一次向西方学习的洋务运动（同治中兴），尽管洋务运动的目的是为了挽救清朝王朝的颓势，但结果是事与愿违的失败。从某种角度来说，洋务运动不仅没有达到满清的目的，客观上，在此期间恰恰为西方近代思想在中国的传播起到了在鸦片战争之前所无法起到的作用，为后来维新变法的产生奠定了思想基础。首先，在这时西学图书大量被翻译到中国，这使曾经极度封闭的中国文人开始更多地了解了西方的现状，“救亡图存”的思想变得愈来愈迫切。“国内一些有识之士，为挽救中华民族与水火之中，‘睁眼看世界’，倡导‘师夷长技以制夷’，并且意识到‘求西学之法，以译书为第一义’大量翻译出版西文书籍，主动学习西方先进文化。”① 而到了19世纪90年代译西学之风更是达到了高潮，以至于产生了像严复、林纾这些近代翻译大师，对近现代文人和知识分子产生了深远的影响。梁启超在1896年写的《西学书目录》中就特别强调，认为西方“一切政皆出于学”，西学是“治政之本，富强之由”。1903年他又写了《西学书目表》其中总计大约有883本，353种。正如李红英在《近代译书目》序中所说，它“反映了我国封建社会末期，根深蒂固的封建思想如何面对西方资本主义的入侵，展现了明朝中期至清末民初这一漫长的历史时期，中西两种不同文化、不同社会意识的碰撞过程。”正是在这一过程中，中国传统文人意识走上了逐步消解的心路历程。

历史的事实证明，魏源是在这一过程中的一块重要界碑，是正统文人意识向近代乃至现代转换中不可或缺的重要因素。“统观19时期中期，中国官绅深受西方冲击，被迫采取应变的对策。虽有‘用民制

---

① 王韬、顾燮光编：《近代译书目》序，见《近代译书目》，北京图书馆出版社2003年版。

夷’、‘用商制夷’以及‘以夷制夷’几个方式，实质彼此比重并不相同，日后影响深远广泛者，仍为‘以制夷’观念。”①

只要稍加留意就会看到，魏源之后的中国文人在想什么做什么，清朝晚期究竟发生了怎样大的变化。洋务运动尽管失败了，随之而来的戊戌变法，维新运动失败了，但随之发生的是更大的一次变革，即辛亥革命。但辛亥革命并未取得根本意义上的胜利，即思想意识的变革，但它为后来的变革带来了历史的机遇，于是“五四”新文化运动应运而生，具备了真正意义上的现代启蒙色彩，聚集了中国历史上少有的文化界的精英群体，向旧有的文化发起了猛烈的攻击，似乎给徘徊在黑暗中的中国带来了一线光明。但事实证明，它只是一个开始，远未结束。所以我们说，它更是一次中国文化从“传统到现代”的转型，而魏源就是这一重构过程中起了抛砖引玉的重要角色。所不同的是“五四”是更鲜明地站在世界立场上的高瞻远瞩和重构。虽然“五四”不能从根本上改变中国的社会现状，但那种强烈的救国和民族意识、具有进步意义的“个性解放”思想为后来者留下了无限的想象空间。所以在20世纪20年代马克思主义是在中国人经历了百年后的追求与探索与徘徊过程中找到的最为有效的“救国”良方，因为近代的种种努力都是以失败而告终的。

---

① 王尔敏：《中国近代思想史论》，社会科学文献出版社2003年版。

(二)盛世危言中的希望

I 郑观应：务实而现实的救国思想

郑观应以《盛世危言》中的卓越见识而为世人所称道。其实，他早在1880年就编的《易言》中就提出了改良主义思想。不过在当时文化界影响最大的无疑是《盛世危言》。“《盛世危言》在1894年首版发行后，立即得到了广泛的欢迎，传播极快，前后共出了二十多个版本，都很快就售罄。”①

郑观应

为什么会受到朝野上下如此的青睐，那就是郑观应在此书中务实的维新思想和深刻的对中国现状的判断与分析以及独到的见解。这在他为《盛世危言》写的自序中便可略见一斑，“六十年来，万国通商，中外汲汲，然言维新，言守旧，言洋务，言海防，或是古而非今，或逐末而忘本，求见其本原，深明大略者有几人哉?”郑观应这些思想认识是否影响了鲁迅，还不得而知，但鲁迅在其《文化偏至论》中，则也有很类似的阐述“近不知中国之情，远复不察欧美之实，以所拾尘芥，罗列人前，谓钩爪锯牙，为国家首事，又引文明之语，征印度波兰，作之前鉴。”② 再比如，郑观应在自序中还说：“乃知其治乱之源，富强之本，不尽在船坚炮利，而在议院上下同心，教养得法。兴学校，广书院，重技艺，别考课，使人尽其

① 郑观应：《盛世危言》，王贻梁评注，中州古籍出版社1998年版。

② 鲁迅：《文化偏至论》，见《鲁迅全集》第1卷，人民文学出版社2005年版。

才。”① 而则鲁迅在《文化偏至论》更进一步指出：“是故将生存两间，角逐列国是务，其首在立人，人立而后凡事举；若其道术，乃必尊个性而张精神。”② 可以看出，郑观应的改革思想中，更看重的是对人才的重视，而鲁迅则是对“个性”的尊重，是立人，鲁迅对人的认识与解释显然具备了现代意义，而郑观应则基本还是传统文人对“人”的理解。但他又与正统文人的认识有所不同，因为他是在基于近代文化背景下的具有维新和改良思想的一种理解，已经具有了时代色彩，比如他说的人才，首先是提倡“兴学校，广书院”基础上的人才，是指具有能够学习西方有用知识条件的人才。这些观点，比起传统文人的认识，显然又不能同日而语。所以郑观应的思想认识，可以说是在早期爱国知识分子思想基础上的一次升华，也是从传统到现代的一个过渡。他的认识，不仅具有比传统文人更加灵活的特点，更为重要的是他所提出的一些构想，更具有实用和务实性。所以张之洞在看了《盛世危言》后这样评价：“论时务之书虽多，究不及此书之统筹全局择精语详”。“上而以此辅世，可谓良药之方；下而以此储才，可作金针之度”。

郑观应在近代史上，不仅是一个文人，更是一个具有维新思想的实业创办者，“实业救国”思想的传播者。因而他的一些设想更有比较现实的参考价值与实用价值。“今之自命正人者，动以不谈洋务为高，见有讲求西学者，则斥之曰名教罪人……于天时人事何裨乎？且今日之洋务，如君父之有危疾也，为忠臣孝子者，将百计求医而学医乎？抑痛诋医之不可恃，不求不学，誓以身殉，而坐视其死亡乎？”③ 可见，郑观应重视的是“审时度势”的灵活思想，而不是一厢情愿的固守。更应该引起我们注意的是，他提出了对自身弊病要反省，不护短的客观求真思想。“不薄待他人，亦不至震骇他人；不务匿己长，亦不敢回护己短，而后能建非常之业，为非常之人。”④ 尽管郑观应并没有指出中国

① 郑观应：《盛世危言》，王贻梁评注，中州古籍出版社 1998 年版。

② 同①第 58 页。

③ 郑观应：《盛世危言．西学》，王贻梁评注，中州古籍出版社 1998 年版。

④ 同上。

文化中或民族性中的短处与弊病有哪些方面，但毫无疑问，这种能够面对当时中国现状的求真态度对后来的梁启超和鲁迅不能不产生一定程度上的影响。

另外，郑观应还提出了办女学以及男女应平等的思想，“人生不幸作女子身，更不幸而为中国女子，戕贼肢体，迫束筋骸，血肉淋漓，如膺大戮，如负重疾，如觏沈灾。”① 这应该是中国近代最早为女子鸣不平的文章之一，同维新派等人的观点已如出一辙。从这些角度看，郑观应的思想为辛亥革命后和“五四”新文化中提倡妇女解放开了先河。尽管其思想中还残存着一些正统的思想，但也是近代文化思想变革中的一个必然过程，是中国正统文化解构过程的一部分，鲜明地体现出近代文化由渐变到裂变的发展历程。

郑观应对“传教士”这一敏感的问题，也有自己独到的见解，“嗟乎！中西和局之不能长保者，其必阶于入内地传教乎！何则？西人之要求中国者，通商、传教两端而已。通商虽夺吾民之利，苟能发愤为雄”，② 这一认识在近代是有远见卓识的，“虽夺吾民之利，苟能发愤为雄”的见解是颇为精辟的，能够从长远的角度考虑问题。在近代这样一个群情激愤的时代，显示了郑观应的理性务实的思想特征，同早期魏源的认识比较，既有相同又有更加理性的一面。我们从他的《救时揭要》到《易言》和《盛世危言》书中的目录中也大略可知其务实求真的思想。

救时揭要	易言		盛世危言
	三十六篇本	二十篇本	
			道器

① 郑观应：《盛世危言．女教》，王贻梁评注，中州古籍出版社 1998 年版。

② 郑观应：《盛世危言．传教》同上第 164 页。

续表

救时揭要	易言		盛世危言
			学校（上、下）
		12. 西学	西学
	三十六篇本	二十篇本	
	36. 论裹足		女教
	17. 论考试	13. 考试	考试（上、下）
			藏书
	16. 论议政		议院（上、下）
			原君
			自强论
			日本（上、下）
	18. 论吏治		吏治（上、下）
			典礼（上、下）
	15. 论游历		游历
1. 论公法	1. 公法	公法	
9. 拟请设华官于外国保卫商民论	22. 论出使	2. 通使	通使
8. 拟自尽鸦片烟论	3. 论鸦片	6. 鸦片	禁烟（上、下）
	21. 论传教	3. 传教	传教
1. 澳门猪仔论 2. 续澳门猪仔论 3. 求救猪仔论 4. 论禁止贩人为奴 5. 救猪仔巧报 6. 记猪仔逃回诉苦略	31. 论招工	4. 贩奴	贩奴 盗工
	三十六篇本	二十篇本	
	20. 论交涉	5. 交涉	交涉（上、下）
			条约
			入籍

续表

救时揭要	易言		盛世危言
	30. 论书吏		书吏
			阉宦
	29. 论廉俸		廉俸
			限仕
			汰冗
			革弊
			建都
			户口
			旗籍
			教养
			训俗
			刑法
	33. 论犯人	14. 狱囚	狱囚
			巡捕
			罚赎
12. 议遍考庸医以救生命论	32. 论医道		医道
	三十六篇本	二十篇本	
13. 论医院医家亟宜考究			
10. 拟设议院收无赖丐人使自食其力论	34. 论栖流		善举
22. 论三教要旨傍门惑世		僧道	
	2. 论税务	9. 税则	税则
			厘捐
			捐纳
			停漕

续表

救时揭要	易言		盛世危言
	14. 论盐务		盐务
			度支
	35. 论借款	11. 国债	国债
			商战（上、下）
	4. 论商务	10. 商务	商务（1-5）
24. 论中国轮船进止大略	11. 论船政	17. 船政	商船（上、下）
			保险
	6. 论火车	15. 铁路	铁路（上、下）
			修路
	7. 论电报	16. 电报	电报
	三十六篇本	二十篇本	
	13. 论邮政		邮政（上、下）
			驿站
			银行（上、下）
	12. 论铸银	8. 铸银	铸银
			圜法
11. 辨洋人新闻纸于中土不宜开金矿论	5. 论开矿	7. 开矿	开矿（上、下）
			纺织
			技艺
			赛会
			农功
	8. 论垦荒		垦荒
	9. 论治旱		旱潦
14. 论救水灾	27. 论治河		治河

续表

救时揭要	易言		盛世危言
	19. 论边防		海防（上、中、下） 边防（1-9） 江防
			炮台
			练将
	25. 论练兵		练兵（上、下）
	三十六篇本	二十篇本	
	23. 论水师	18. 水师	水师
	11. 论水师	17. 船政	船政
	26. 论民团	20. 民团	民团（上、下）
			卫屯
	24. 论火器	19. 火器	火器
			间谍
			弭兵
	16. 论机器		
16. 论广东神会梨园风俗	28. 论虚费		
7. 澳门窝匪论			
15. 痛亡者无归论			
17. 劝诫溺女论			
18. 劝诫放生论			
19. 堪舆吉凶论			
20. 救济速报			
21. 劝公门修论			
23. 或问守身要旨			

（此表系根据王贻梁评注《盛世危言》所制，中州古籍出版社 1998 年版，第 13 页）

Ⅱ 王韬：无奈中的追求与复杂的忧患意识

王韬

王韬毫无疑问是中国近代文人心态转型过程中最为独特的一位文人，在他的思想中存在着极为复杂的因素。

初名王利宾，字兰瀛；后改名为王瀚，字懒今，字紫诠、兰卿，号仲弢、天南遁叟、甫里逸民、淞北逸民、欧西富公、弢园老民、蘅华馆主、玉鲍生、尊闻阁王，外号“长毛状元”。江苏苏州甫里镇人。1845 年考取秀才。1849 年应英国传教士麦都士之邀，到上海墨海书馆工作。1862 年因化名黄畹上书太平天国被发现，清廷下令逮捕，在英国驻沪领事帮助下逃亡香港，协助英华书院院长理雅各将十三经译为英文。1867 年冬～1868 年应邀漫游法、英、苏格兰等国，对西方现代文明了解加深。1868～1870 年旅居苏格兰克拉克曼南郡的杜拉村，继续协助理雅各。这是中国知识分子第一次对欧洲的实地考察，每到一地，他总要“览其山川之诡异，察其民俗之醇漓，识其国势之盛衰，稔其兵力之强弱”。英、法等国的物质文明、社会制度和思想文化，给了王韬深刻的印象和强烈的刺激，他当时就将自己的见闻观感笔录下来，后整理成著名的《漫游随录》。

1870 年返香港，1874 年在香港集资创办《循环日报》，评论时政，提倡维新变法，有较大影响。1879 年，王韬应日本人邀请，前往日本进行为期四个月的考察。王韬考察了东京、大阪、神户、横滨等城市，写成《扶桑记游》等。他 1884 年回到阔别二十多年的上海，次年任上海格致书院院长。1894 年为孙中山修改《上李鸿章书》，并修书介绍于李鸿章的幕友罗丰禄、徐秋畦等。王韬一生在哲学、教育、新闻、史学、文学等许多领域都作出杰出成就，著有《韬园文录外编》，《韬园尺牍》、《西学原始考》、《淞滨琐话》、《漫游随录图记》《淞隐漫录》

等四十余种。王韬在墨海书馆工作十三年，还先后和伟烈亚力、艾约瑟等传教士，翻译出版《华英通商事略》、《重学浅说》、《光学图说》、《西国天学源流》等书，为西学东渐作出了贡献，是中国近代著名思想家，我国历史上第一位报刊政论家。

王韬一方面作为一个深受封建传统文化熏染的文人，协助传教士译书，是与他所接受所信奉的封建伦理道德观念是完全背道而驰的；另一方面，他为洋人做事的举动也必然会招致当时许多中国人的指责，这使他非常矛盾。不过洋人所办的墨海书馆薪金毕竟比较丰厚，可以缓解经济的困难还能够补贴家用，这也是无奈之举。因此，王韬只好压抑了来自心理上矛盾，沿着这条被封建士人们所不齿的道路走下去。传统价值观念与他的现实生存需求之间产生激烈冲突，导致他不得不面对残酷的现实，勉强抑制住心中的苦涩，继续在墨海书馆努力工作。他在上海墨海书馆的主要工作是同当时另外的一些中国学者，诸如李善兰、管嗣复、张福僖等人，协助以麦都思为首的传教士翻译西方著作。主要由传教士定出篇目、阐明意思，然后由王韬等人为之修改、润色，特别是对于注释部分的修正，以弥补传教士翻译方面的不足，使译著变得通顺、流畅，为中国人易读易懂而扩大其宣传与传播的范围与影响。

但他对西方社会始终存在着隔阂，甚至对西方人也存在着心理上的障碍。“王韬留居沪上前十年左右所写的作品，几乎没有涉及西方，当然也没有他认为西方是主要‘挑战者’的暗示。考虑到王韬为西方人工作并居住在一个西方人日多的城市这一事实，这是颇为奇怪的……在上一个世纪中叶，受过教育的中国人仍然生活在这样一种世界观的影响下，它认为中国文明几乎不可能遭遇根本性的挑战……这种世界观的一个后果，便是对‘非中国’的严肃的关注予以阻拦。”① 但是王韬的思想在 1870 年从苏格兰回到香港后发生了比较大的变化。最为明显的变化是 1874 年元月，他在黄胜和伍廷芳的帮助下由中国人自己管理的第

① ［美］柯文：《在传统与现代性之间——王韬与晚清改革》，雷颐、罗检秋译，江苏人民出版社 2003 年版。

一份报刊《循环日报》在香港创办，不久后又回上海主编《申报》。在出国之前他是不可能有这种想法的，正是在国外的两年多中，使他对西方近代报刊媒体的作用有了清醒的认识，看到了报刊在社会生活和政治生活中所起的作用是不可小觑的。正像柯文所说："王韬深知报纸在西方国家的重要性并为它在中国的无足轻重而愁叹。"① 而且这使得他对报刊有了自己的独特见解，"西国之为日报主笔者，必精其选，非绝伦超群者，不得预其列。今日云蒸霞蔚，持论蜂起，无一不为庶人之清议。其立论一秉公平，其居心务期诚正。如英之泰晤士，人仰之几如泰山北斗。国家有大事，皆视其所言以为准则，盖主笔之所持衡，人心之所趋向也。"② 从王韬的重要著述《弢园文录外编》我们约略可以看到王韬思想中的主要改良意向，他典型地折射出了从19世纪中叶到19世纪末，中国文人从拒外到认同的曲折之路。《弢园文录外编》一般被认为是中国历史上第一本报刊政论文集，其著述共12卷，收录了185篇文章，为了方便读者，兹列出目录如下：

① ［美］柯文：《在传统与现代性之间——王韬与晚清改革》，雷颐、罗检秋译，江苏人民出版社2003年版。

② 王韬：《弢园文录外编》，中州古籍出版社1998年版。

十二卷版《弢园文录外编》目录列表

卷一	卷二	卷三	卷四	卷五	卷六	卷七	卷八	卷九	卷十	卷十一	卷十二
原道	洋务上	设领事	西人渐忌华商	英重防俄	驳日人言琉球有十证	择友说	送日本八户宏光游金陵序	星軺指掌序	火器说略前跋	英语汇腋序	言和
原学	洋务下	传教上	旺贸易不在增埠	英宜保土	琉事不足辨	智说	送政务司丹拿返国序	艳史丛钞序	火器说略后跋	法越交兵纪序	言战
原人	变法自强上	传教下	欧洲将有变局	土胜俄不足恃	越南通商御侮说	平贼议	送西儒理雅各回国序	花国剧谈自序	书重刻弢园尺牍后	淞隐漫录自序	拟上当事书
原才	变法自强中	达民情	欧洲各都民数	英俄经营亚洲	越南当亲法自存	议剿	征设香海藏书楼序	日本杂事诗序	地球图说跋	陆操新义序	拟设洋药总司仪(附臆谭)
原士	变法自强下	保远民	欧洲近日不轻佣兵	泰西立约不足恃	纪卜斯迭尼教	补尪起废药痼议	征香山南屏乡义学序	海陬冶游录自序	读离骚书后	珊瑚舌雕谈初集序	敦本
变法上	除弊	禁游民	英人减兵非计	西人重日轻华	吕宋岛设立领事议	拟请建蒋芗泉中丞专祠议	火器说略前序	湖山侗翁诗集序	书日人隔靴论后	杞忧生易言跋	简辅

续表

卷一	卷二	卷三	卷四	卷五	卷六	卷七	卷八	卷九	卷十	卷十一	卷十二
变法中	兴利	练水师	禁鸦片	英欲中国富强	洋泾滨海市说	答强弱论	火器说略后序	重刻曾文正公文集序	跋日本冈鹿门文集后	浮生六记跋	治兵
变法下	尚简	设电线	英待中国意见不同	西国兵额日增	粤逆崖略	强弱论	法国图说序	三岛中洲文集序	跋冈鹿门送西吉甫游俄文后	跋湫村诗集后	择将
重民上	停捐纳	制战舰	纪英国政治	亚洲半属欧人	香港略论	台湾不必移驻巡抚论	普法战纪前序	续选八家文序	书众醉独醒翁稿后	弢园老民自传	用兵上
重民中	设官泰西上	慎用兵	英重通商	六合将混为一	任将相说	论日报渐行于中土	普法战纪后序	弢园尺牍序	跋上海字林西报后	先室杨硕人小传	用兵下
重民下	设官泰西下	英但自守	俄人志在并兼	中国自有常尊		各国教门说	普法战纪代序	重刻弢园尺牍自序	跋欧洲游客书后	潘孺人传略	取士
治中	遣使	洋务在用其所长	中外合力防俄	天命不可妄干		论英断不弃属土	创建东华医院序	幽梦影序	仰止帖跋	袁观察保庆传	重儒

续表

卷一	卷二	卷三	卷四	卷五	卷六	卷七	卷八	卷九	卷十	卷十一	卷十二
睦邻	使才	办理洋务在得人	遣使亲俄	日本通中国考		宜索归澳门议	送黎侍郎会越南前序	游晃日乘序	清华馆文会记	法国儒莲传	肃官方
		建铁路	合六国以制俄	日本非中国藩属辨		蘅华馆诗录自序	送黎侍郎会越南后序	徐古春耆旧诗存序	记香港总督燕制军东游	英医合信氏传	久任
		除额外权利		琉球朝贡考		华胥实录序		汇刻陈节母节孝诗文序	何陋轩记	英人栗味敦传	诱谏
				琉球向归日本辨(附:琉球入贡日本考)				重刻徐忠烈公遗集序	读日本东京繁昌记	冯母王太安人寿文	求言
								华阳散稿序	华夷辨	公祭布宜人文	理财
								瀛环志略跋	上当路论时务书	言志	

续表

卷一	卷二	卷三	卷四	卷五	卷六	卷七	卷八	卷九	卷十	卷十一	卷十二
								重顶西青散记跋	代上广州府冯太守书		
								清史逸话跋			

除此之外，王韬在小说创作方面的成就也是较大的，可以说他是晚清最早写小说的文人之一。其小说作品主要有《淞隐漫录》和《淞滨琐话》等，小说中反映了其资产阶级维新改良思想的精神。“纵观王韬全部的小说思想内容，便可发现其现实主义的倾向是十分明显的，在一定程度上反映了社会的黑暗和政治的腐败，有助于我们了解当时的社会生活。”①

（三）含苞待放的前夜

I　转型时代的标志——报纸杂志

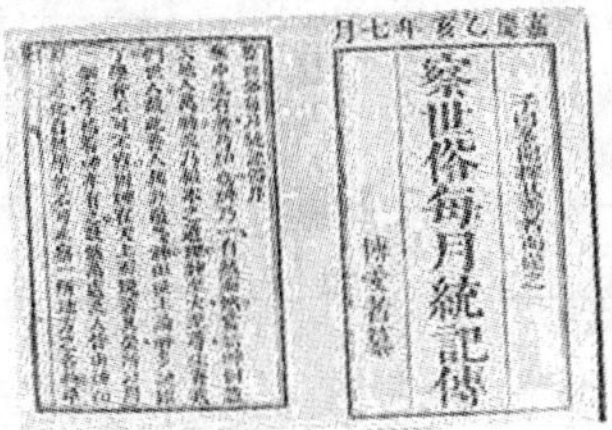
嘉慶乙亥年七月
察世俗每月統記傳
博愛者纂

报纸杂志像潮水般涌现，是近代文化转型过程中一道独特的风景线。中国近代报纸杂志的涌现，一是受 19 世纪以来，特别是鸦片战争后西人办报的影响，“鸦片战争前后，我国的报刊大多是由外国人创办的。19 世纪 40 年代到 90 年代外国人创办的外文中文报刊达到 170 种，占同期报刊总数的 95%。办报是他们宣传西方文明的重要方式，传教士尤其热衷于此。”② 一是中国文人在鸦片战争过程中传统固守的思想开始转变，有了世界意识；《海国图志》的出版，对传统的文人触动很大，他们逐渐在世界意识的基础上产生了强烈的民族意识，面对现实，改革的思想愈来愈日益加深，危机感也更加浓厚，传统儒家思想的影响已逐渐淡漠，“救亡图存”才是最为现实的想法；把传统文人渐渐从宁静安逸的书斋中逼向了社会，传统的自我“良知”心理在危机面前，不得不转化为

① 王韬：《弢园文录外编》，中州古籍出版社 1998 年版。
② 徐松荣：《维新派与近代报刊》，山西古籍出版社 1998 年版。

现实的“保国、保种、保古”意识；但是，如何才可保住这一切，是死守还是革新，则发生了不同的认识与分歧。于是一时间各种舆论甚嚣尘上，这就为近代文人自己办报纸杂志具备了历史的基础，所以在19世纪末报纸杂志如雨后春笋般大量出现，也就不是什么奇怪的事，这为20世纪初的社会革命与新文化及新文学的诞生做了大量的不可或缺的宣传与思想上的准备。试想，如果没有近代这些舆论宣传上的准备，“五四”新文化与新文学会如期而至吗？正是在这一点上，我们研究现代文化与现代文学的人就应该给予足够的重视。为了方便研究者与读者研究与参考，我们把近代的重要报刊杂志列一目录：

中国近代重要报纸杂志目录一览表①

重要报纸杂志名称	报纸杂志创刊时间	报刊创办地址	主要编撰人
点石斋画报	一八八四年		
飞影阁画报	一八九○年		
画图新报	一八九○年		
中外纪闻	一八九五年（木刻本）	北京强学会	康有为、梁启超
强学报	一八九五年（铅字排印）	上海强学会书局	康有为作序
时务报	一八九六年（石印本）	上海强学会分会	梁启超
湘报、湘学新报	一八九七年（木刻本）	长沙校经书院	
国闻报、国闻汇报	一八九七年	天津	严复
知新报	一八九七年（铅印本）	澳门	康广仁、何廷光、徐勤
经世报	一八九七年（石印本）	杭州	宋恕

① 本表依据张静庐辑注“中国近现代出版史料近代初编”制作。

续表

重要报纸杂志名称	报纸杂志创刊时间	报纸创办地址	主要编撰人
实学报	一八九七年	上海	王斯沅、王仁俊
蒙学报	一八九七年	上海	华瀚
农学报	一八九七年	上海	罗振玉
渝报	一八九七年	重庆	潘清阴
萃报	一八九七年	上海	朱强父
求是报	一八九七年	上海	曾仰东、陈彭寿
译书公会报	一八九七年（铅印本）	上海	期刊译印数页而停刊
求我报	一八九八年		
无锡白话报	一八九八年		
通学报	一八九八年	上海	任申甫
清议报	一八九八年	日本横滨	梁启超
蜀学报	一八九八年	成都	吴之英
东亚报	一八九八年	上海	
格致新闻	一八九八年	上海	朱开甲
工商学报	一八九八年	上海	张德坤
商务报	一八九八年	上海	
开智录	一九〇〇年	日本横滨	郑贯一
亚泉杂志	一九〇〇年	上海	杜亚泉
杭州白话报	一九〇一年		
译书汇编	一九〇一年		
苏州白话报	一九〇一年		
扬子江白话报	一九〇一年		
京话报	一九〇一年		
新民丛报	一九〇一年	日本横滨	梁启超
外交报	一九〇一年	上海商务印书馆	

续表

重要报纸杂志名称	报纸杂志创刊时间	报纸创办地址	主要编撰人
译林	一九〇一年		林琴南、林长民、魏易
教育世界	一九〇一年	上海	罗振玉、王国维
普通学报	一九〇一年（石印本）	上海	
新小说	一九〇二年		
选报	一九〇二年		
鹭江报	一九〇二年	厦门	
政艺通报	一九〇二年	上海	邓实
女学报	一九〇三年		
直说	一九〇三年		
童子世界	一九〇三年		
觉民	一九〇三年		
绣像小说	一九〇三年		
大陆	一九〇三年	上海	江吞
新新小说	一九〇四年		
扬子江丛报	一九〇四年		
二十世纪的支那	一九〇四年	日本东京	黄兴、宋教仁
二十世纪大舞台	一九〇四年	上海	陈去病
东方杂志	一九〇四年	上海商务印书馆	
竟业旬报	一九〇六年		
图书月报	一九〇六年		
中国新报	一九〇六年		
新译界	一九〇六年		
日月小说	一九〇六年		
理科杂志	一九〇六年		

续表

重要报纸杂志名称	报纸杂志创刊时间	报纸创办地址	主要编撰人
理学杂志	一九〇六年		
学务杂志	一九〇六年		
图书月报	一九〇六年	上海书业商务会	
国文报（山东国文报）	一九〇六年	济南	
学报	一九〇七年		
中国新女界杂志	一九〇七年		
牖报	一九〇七年		
小说林	一九〇七年		
天义报	一九〇七年		
科学一斑	一九〇七年		
政法学报	一九〇七年		
国粹丛编	一九〇七年		
振华五日大事记	一九〇七年	广州	
政论	一九〇七年	上海	蒋智由
教育新报	一九〇八年		
半星期报	一九〇八年	广州	莫梓龄
学海	一九〇八年		
国学萃编	一九〇八年		
教育杂志	一九〇九年	上海商务印书馆	
女报	一九〇九年		
商业杂志	一九〇九年		
华商联合报	一九〇九年		
蜀报	一九一〇年	成都	朱山
国风报	一九一〇年	上海	何国桢
教育今语杂识	一九一〇年		

续表

重要报纸杂志名称	报纸杂志创刊时间	报纸创办地址	主要编撰人
小说月报	一九一〇年		
地理杂志	一九一〇年		
民声丛报	一九一〇年		
南报	一九一〇年		
广州化学会实业报	一九一〇年		
保国粹旬报	一九一〇年		
法政杂志	一九一一年	上海	陶保霖
南风报	一九一一年		
民心	一九一一年		
留日女学会杂志	一九一一年		
妇女时报	一九一一年		
进步	一九一一年		
中西医学报	一九一一年		

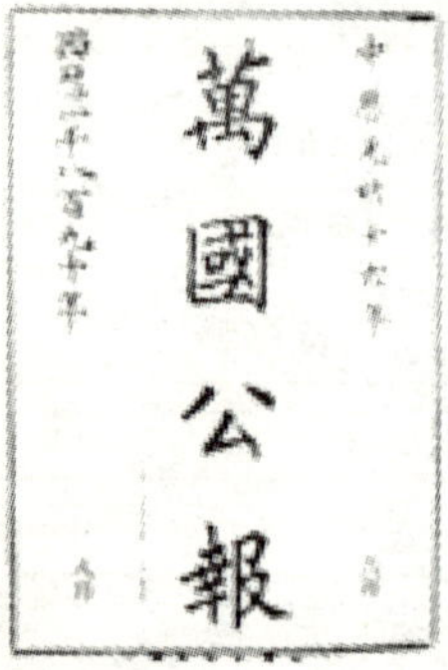

我们从以上的目录可以看出，以上海为中心的都市是中国近代期刊的主要发源地，而其报纸杂志及其翻译西书和近代文人创作小说走向商业化其原因，伴随而来的就是出版社和书局的大量产生，文化业空前繁荣，又反过来推动了意识形态领域的进一步活跃。当然，主要还是依赖于近代城市文化的发展，市民阶层大量产生，为以城市文化为中心的20世纪文化与文学的汹涌发展奠定了思想观念的变革基础；除了较大的报纸杂志之外，在上海的小报的发展也是极为繁荣，据李楠援引祝君宙《上海小报的历史沿革》一文中的统计，在晚清到民国期间，“曾经创刊发行过的上海小报总数至少在一千种以上。”“大报以构建社会缩影为宗旨，将政治、军事、经济、文化、教育、社会生活等汇于一炉，组成了所谓的都市写真。晚清小说把都市看做是传统和西洋享乐场所的

集散地”。① 它与中国传统以农业为主的社会经济发展有着完全不同的发展趋向，把传统封闭保守的农业理念逐渐消解，在这样的背景下，文人，特别是1906年满清取消科举制度以后，他们没有了学而优则仕的功名利禄思想，为了谋生，不得不把自己已有的知识当成谋生的工具，于是近代小说的繁荣有它必然的历史背景。在这一时代背景下，文人开始向现代知识分子转型，他们明白，要想生存，首先是要想怎么挣钱，而以上海为中心的都市文化空间，恰恰是他们卖文为生的最佳选择之地。特别是在辛亥革命后“读书都为稻粱谋”的思想观念就逐日占据了文人思想中的主导，因为传统的通过科举而获得荣华富贵的时代已成明日黄花。

但是当一个时代转变之后，新鲜事物的出现，或者新思想意识的出现，也不可避免地带来了另一种矛盾与问题，很多方面又会出现不是人们所能预想到的障碍，思想界和社会很容易产生各种危机。洋务运动的失败，维新变法的失败接踵而至；于是有了辛亥革命，但革命后，变革的弊病就会愈加明显，有何变化呢，于是有了鲁迅的另一种思考与反思。这在他早年的文言论著中已初露端倪。

其实早在晚清的19世纪末，严复、梁启超等人就在思考中国的前途，提出了一系列设想，梁启超想通过“新小说”的途径改变中国的传统国民的观念，企图使他们由旧民转化成新民，来挽救中国的日益颓势。而严复则有所不同，他似乎看到了在从旧到新的过程中，那种很容

① 李楠：《晚清民国时期上海小报》，人民文学出版社2006年版。

易缺乏理性的浪漫倾向；于是以翻译西方哲人著述来试图把中国引向一个理性而合理且有秩序的轨道，甚至在很多方面提出了自己的意见，来发扬中国文人的“良知”意识与有秩序的社会风气，他是较早站在世界的发展趋势角度研究中国社会的中国近代文人，因此他的许多译著无疑影响了具有“危机意识”的中国后起的知识分子的思想。

Ⅱ 严复：维新思想对近现代文人的影响

严复

严复的一生，不仅影响了19世纪90年代近代的晚清文人，而实质上，他对“五四”时期的现代文化，乃至文学和思想界的影响也是不能忽略的。他的影响大致可以概括为几个方面：一是其维新思想对康有为和梁启超等人的影响；二是他的文学思想对近代直到现代的影响；三是他的“进化论”思想对近代，特别是现代的影响；四是他的翻译思想对近现代的影响，特别是他的进化论思想影响了整整两代人，是19世纪末20世纪初中华民族救亡图存的警钟。有学者认为，严复一生的中西文化观的发展与嬗变，实有其本身的逻辑理路与必然性。我们不能轻易地把它看成前后的断裂或背离，而应慎重地理解为同一思想与精神的信念轨迹上同向的发展和延续。严复始终相信，中西文化性质尽管不同，但各有其存在的价值和发展的前景。严复认为，对西方文化的优点与长处要有正确认识的同时，也要看到西方文化的偏差与不足；同理，对延续至民国以来中国文化传统的积弊与痛疾，要有清醒认识的同时，也要努力发掘中国文化中的美德与瑰宝。这是严复衡估中西文化的基本原则，终生一贯，持守不变。

严复一生以国家民族的保存为念，有强烈的爱国爱民的意识，其实，到了晚年时期，这种感觉尤见强烈。他始终相信，要使中国真正达到富强之境，免受列强的侵侮，最正确而有效的途径是使民质的改进和提高，所以他在晚年仍坚持其一贯以教育和启蒙的手段来拯救国运的信念。他是中国近代第一个从文化特质处入手比较中西文化异同与优劣的思想家，对中西文化经常保持一种理性与持平的批判态度。晚年的严复，对中西文化认识更深，体会更切，有关中西文化优劣取舍的见解，也更趋成熟。20 世纪前 20 年，能对中西文化的真正价值具有正确的理解与识见，又能对其做出恰当的评价与说明者，恐以严复的贡献为多。

1897 年 10 月 26 日，严复在天津创立《国闻报》，社址设在天津租界紫竹林海大道。严复虽然持有激进的思想，做事谨小慎微，从不参加实际维新政治活动，也从不去报馆，而且找了个福建人李志成充当馆主，所著文章也不署名，但严复是该报最主要的创办者和主编者。这份报纸，贯穿着严复个人的思想倾向与对中国社会变革的理想。

从鸦片战争到甲午战争前，外国人在中国创办了约 180 种中外文报刊，这一时期的外报在宣称办报目的时，大多谈其为公众通信息、广见闻的宗旨。外报的出现刺激了国人的办报思想和我国近代报刊的产生。

对维新派来讲，对于西方文明的接纳不能不注意到报纸的巨大作用。在他们看来，报纸的功能在于以下几个方面，其一是“通西情”特别是“通外情”的功能；其二是开通民智的功能；其三是开通风气的功能，即引导舆论的功能。维新派把办报视为民众的当然权力和政治民主的体现，意识到报刊反专制的战斗作用。而正是有了以上的认识，维新派充分利用报刊这一工具推动了 19 世纪末的资产阶级维新运动。

严复作为维新派的同路人，对于中国的前途和发展方向有着同样的理解，因而，对于报纸的作用也并不陌生。1895 年 2 月到 5 月之间，严复在天津《直报》上连续发表了《论世变之亟》、《原强》、《辟韩》、《原强续篇》、《救亡决论》五篇政论。他把中西不同的文教、政治、道德以及风俗一一进行对比，并大声疾呼，“今日中国不变法则必亡”

“西洋之术，而富强自可致。”这是严复最早与报纸发生的联系，可以看出，从一开始，他就试图通过报纸来传播自己的政治见解。这一努力与维新派对报纸的期待是相同的。

此时，严复从英国留学回来已经过了 18 年的时间。18 年里，他一直在海军从事具体的教学工作。尽管在英国留学期间，他对英国的政治、经济和社会制度以及英国得以崛起的思想根源进行了深入的研究，达尔文、斯宾塞进化论思想更是给他留下了深刻印象，但他并没有投身于思想界的活动之中。他人生中最重要的转变发生于甲午海战。正是这次战争的失败，促使他从海军投身于思想界，开始致力于对中国社会整体走向的思考，并开始了他的政治实践。《国闻报》的创办，既是严复内在思想在现实中的自然延伸，也是当时知识分子投身于社会变革时所着意的方式。

严复认为，强国要政有三：鼓民力、开民智、新民德。严复并不像梁启超那样是一个具有强烈实践意识的知识分子，他的思想也更偏向于学术理论的建构，而较少政治制度的设计。所以，在他的强国理想中，也多偏向于对市民社会的关注。这种取向最终落实为对民力、民智与民德的关注，而这种意识也在《国闻报》的取向中得到了体现。

严复始终是《国闻报》、《国闻汇编》的中心人物，报刊上的主要政论文章均由其撰写。在《〈国闻报〉缘起》一文中，严复称该报“略仿英国《泰晤士报》之例”。阐述该报的宗旨和目的时说：“《国闻报》为何而设也？曰：将以求通焉耳。夫通之道有二：一曰通上下之情，一曰通中外之故。为一国自立之国，则以通下情为要义；塞其下情，则有利而不知兴，有弊而不知去，若是者国必弱。”①

这种办报理想再次印证了严复与维新派同路人的色彩，他对报纸“求通”、“通上下之情”、“通中外之故”的思想与梁启超办《时务报》时提出的“去塞求通”的思想惊人的不谋而合。这也就不难理解为什么在当时“戊戌变法”中，《国闻报》与上海《时务报》南北呼应，对

① 张之华：《中国新闻事业史文选》，中国人民大学出版社 1999 年版。

维新运动兴起和高涨起到了推波助澜的作用。而严复“尤以通外情为要务”的办报原则从侧面反映出，严复是要通过报纸介绍西方的先进知识和文化，为未来的政治变革准备思想条件。①

在《国闻报》创刊1月后即1897年11月份，《国闻汇编》也于1897年11月24日出版第一册。1897年12月，严复翻译的赫胥黎的《天演论》开始在《国闻汇编》中陆续发表。《天演论》在正式出版前，先在《国闻报》上连载。文章一经刊出，在知识界引起轰动，这部著作破天荒地向中国人介绍了进化论思想和资产阶级社会学理论。《天演论》脍炙人口，风靡一时，在当时中国思想文化界引起强烈震撼。吴汝纶、康有为、梁启超，乃至以后的鲁迅、胡适等人，无不交口称赞。《天演论》成为改良政治的理论根据，许多爱国的仁人志士以此作为进行救亡、维新与革命的思想武器，产生了重大的社会影响。而“物竞天择”，“适者生存”则成为社会上流行的口头禅。这也是《国闻报》和《国闻汇编》在历史上最大的贡献。

尽管严复个人的兴趣一直在于通过对西方文化的介绍来改变市民社会，但在当时的历史条件下，《国闻报》在国事艰难之时，也体现出了更强烈的对政治的参与意识，并以其报纸的传播能力直接介入了具体的历史事件。《国闻报》不仅首先报道光绪于1898年6月11日诏定国是，刊登了全部上谕内容和康、梁之各项条陈，而且还难能可贵地发表了旗帜鲜明的“按语”和“评论”。慈禧太后发动政变后，《国闻报》仍然在“视死如归”的挑战性标题下，倾注了炽烈的爱国、爱才情愫，大字报道“六君子”为国捐躯的消息。

创办《国闻报》是严复一生中为数不多的直接介入社会变革的活动之一，他本质上是一个思想家，而非革命者，所办《国闻报》意图也在传播学理思想，这一目标通过连载《天演论》部分得到了实现，但最终却无力继续下去。此后，严复的生活完全转入了对西方社会学思想的研究与翻译。创办《国闻报》，介绍西学。批评时政，使之成为与

---

① 余家宏：《新闻学基础》，中华书局出版社1985年版。

《时务报》齐名的维新报纸，这是严复一生中最为人瞩目的时期，正是在这个时候，“他全部被压抑着的思想终于公开表达出来了”，“并且成为中国知识界的出色代言人”。①

严复用他特有的武器——译笔，通过大量地翻译、介绍西方资产阶级的学术著作，启发人们的思想。他翻译的《天演论》一书，被人们称为“警钟”。这口警钟在当时的中国大地上，确曾起过振聋发聩的作用，警醒了许多的中国人，特别是其中的知识分子，促使他们投身于斗争之中。正因为这样，毛泽东在《论人民民主专政——纪念中国共产党二十八周年》一文中称誉他是“在中国共产党出世以前，向西方寻找真理的先进的中国人”。1895 年，严复在天津《直报》上连续发表了 4 篇政治论文：《论世变之亟》、《救亡决论》、《原强》、《辟韩》，尖锐地抨击两千年来的封建专制政治，主张向西方学习，提倡新学，实行改良。他认为救国的根本办法，“一曰鼓民力，二曰开民智，三曰新民德。”所谓鼓民力，就是提高人民的体力，具体地说就是禁止鸦片和缠足。开民智，就是提高人民的智慧，主要是废除科举的八股文，提倡“西学”。新民德，就是提高人民的道德，革新政治制度，因此要设立法院，废除专制政治。这 4 篇文章发表后，严复成了近代文化界令人注目的人物。

严复和当时的维新派人物相比，有着不同之处，就是他曾亲自到英国，接受了资产阶级思想家的学说，对“西学”有直接的和相当深刻的了解。于是从 1895 年到 1898 年，他先后翻译了总计 11 本，其中《支那教案论》、《中国教育议》、《欧战缘起》这 3 本翻译思想性不强，所以影响不大。另外 8 本则思想性强，影响巨大大，被称为严复八大译：赫胥黎的《天演论》，亚丹·斯密的《原富》，斯宾塞的《群学肆言》（即《社会学研究法》），约翰·穆勒的《群己权界论》（即《自由论》），甄克思的《社会通诠》（即《社会进化简史》），穆勒《穆勒名学》（即《逻辑学体系：演绎和归纳》），耶方斯《名学浅说》，孟德斯

① 见《国闻报馆章程》。

鸠的《法意》即（《论法的精神》）。其中以《天演论》的影响最大。严复把《天演论》翻译出来以后，先在天津《国闻报》上陆续发表，1898 年又正式出书，不上几年，《天演论》便成了一般救国人士的理论根据，而“物竞天择，适者生存”竟成了社会上最流行的口头语。赫胥黎的《天演论》把生物界的“物竞天择”“优胜劣汰”的规律，用来解释人类社会现象。严复向中国人介绍这种思想，则是警告中国人民要发愤图强，如不发愤图强，落得亡国灭种，因此具有积极的作用，正因为这样，《天演论》在民族危亡的时刻，给中国人民敲响了警钟，激发人们的爱国思想，促进人们的觉醒。《天演论》也因此风行海内。他抓住了时代的需要，为中国爱国救亡，包括戊戌变法和辛亥革命提供了理论灵魂。正是这一点，他才无愧于是向西方寻求真理的人物。要救国，就必须维新，要维新，就必须学西方，要学西方，最重要的是翻译西书，用西方文化重铸中国人灵魂。鼓民力、开民智、新民德，这是严复的译书动机。归根到底：就是倡导教育救国。

严复生活在 19 世纪至 20 世纪之交，不能简单地认定其是近代人物而得出其思想为近代思想。“尽管严复是处于中国近现代之交的一位人物，其思想中不乏中国传统的和近代的思想，但是他更主要的是通过学习西方，由此而获得西方的现代思想。”① 他对民主和自由的追求，对言论自由的倡导，以及其置身于对西方思想和著述的译介，从本质上看是极具现代性倾向的。他的思想不仅对维新派康有为和梁启超等文人有着非同一般的影响，就是对“五四”的现代知识分子也是有着深远的影响。特别是他 1898 年出版的《天演论》对以鲁迅为代表的一代新派知识分子思想的形成起了重要的作用。他的作用从影响上看，可以概括为“从渐变到裂变”的过程。如果把视野放在近代到现代的转型过程来看，很显然康有为和梁启超为代表的维新派只是转型过程中的“渐变”，而以鲁迅、陈独秀为代表的“五四”知识分子毫无疑问是一次“裂变”。

---

① 庄金宝、林怡：《论严复思想之现代性》，载《福建论坛》，2006 年第 7 期。

特别是1897年在天津他和夏曾佑创办的《国闻报》创刊号发表的《本馆附印小说缘起》中，在近代第一次阐释了小说的价值。他们运用进化论和社会学的观点，论述了小说与社会心理的关系，揭示了小说的社会价值和作用。1902年梁启超在日本横滨创办了近代的第一部小说杂志《新小说》。而“五四”新文化运动兴起后，现代小说的繁荣和发展，毫无疑问近代的影响是巨大的，在现代新文化的特定背景下，小说具有了表达新思想的“话语特权”，而严复对近现代小说思想的形成，其功劳是不可抹杀的。譬如，现代新文化和新思想的代表人物鲁迅就是通过小说来诠释自己的新的现代思想的。

从1902年梁启超创办《新小说》，到1918年徐枕亚创办《小说季报》的十几年间，先后出版发行的小说期刊达到50种以上。其中《新小说》、《绣像小说》（1903年6月创办，半月刊，由李伯元创办兼主

编，商务印书馆发行）、《月月小说》（1906年10月创办，月刊，创办人汪维甫，主编兼总撰吴沃尧，乐群书局出版）和《小说林》（1907年1月创办，月刊，由黄摩西、徐念慈、曾孟补等人主编，小说林社发

行）为清末四大著名小说杂志。与此同时，也产生了一批著名的小说家，如李伯元、吴沃尧、刘鹗、曾孟朴、翻译家林舒等。其中李伯元的《官场现形记》、吴沃尧的《二十年目睹之怪现状》、刘鹗的《老残游记》、曾孟朴的《孽海花》影响最大，被称为清末四大小说名著。清末小说理论的提倡和创作，从根本上改变了中国传统文学不重视小说的观念，破坏了传统文学的秩序。尽管此后的文学创作有些杂乱无章，质量不是很高，但它为“五四”文学的重构扫清了道路，特别是对小说地位的提高和普及奠定了基础。在这一过程中如果低估了严复的作用，显然是不正确的。特别是严复的维新思想，同样体现在梁启超创办小说杂志的目的中，他在《新小说》的创刊号上就发表了一篇重要的发刊词《小说与群治之关系》，阐述了自己的小说思想，“欲新一国之民，不可不先新一国之小说。故欲新道德，必新小说；欲新宗教，必新小说；欲新政治，必新小说；欲新风俗，必新小说；欲新学艺，必新小说；乃至欲新人心，欲新人格，必新小说。”由此可知，梁启超十分重视文学的社会功能，尤其是小说的作用。他认为：“仁人志士，往往以其身之所经历，及胸中所怀，政治之议论，一寄之于小说。”① 而严复早在1895年时就说：“则及今而图自强，非标本并治焉固不可也。不为其标，则元以救目前之溃败；不为其本，则虽治其标，而不久亦将自废。……至于其本，则亦于民智、民力、民德三者加之意而已。果使民智日开，民力日奋，民德日和，则上虽不治其标，而标将自立。”②

中国近代文学和文化的嬗变过程，无疑是一个剧烈变动的时代；是一个为将要诞生文学巨匠而做准备的时代；是一个文化和文学由“有序”走向“无序”的时代。但新文化和新文学的曙光正是在近代的“无序”（解构）状态中诞生。如果说古代文化和文学是一个完美而有序的体系，那么在近代它已经被解体，一切都走向“无序”。而1915

① 梁启超：《译印政治小说序》，见舒芜、陈迩冬、周绍良、王利器等编：《中国近代文论选》上，人民文学出版社1981年版。

② 严复：《原强》，见刘梦溪编：《严复卷》，河北教育出版社1996年版。

年《新青年》的诞生，则标志着一个新时代的来临；一个重新建构“有序”（重构）时代的来临。中国文化和文学从近代到现代完成了一个“有序”——“无序”——“有序”的完整发展过程。而严复显然在消解旧文化和重构新文化的过程中是一个不可或缺的重要人物。

第三章

中国现代文学的萌动——世纪之交的文学革新运动

（一）近代文人从“士大夫”意识到“平民”文学意识的转型

如果说清末小说理论的提倡和创作，从根本上改变了中国传统文学不重视小说的观念，破坏了传统文学的秩序。使古代文化和文学所建立起来的完美而有序的体系在近代被逐渐解构，一切都走向“无序”，那么，1915 年《新青年》的诞生，则完成了中国近代思想从渐变到裂变的发展形态，为新文化和新文学的发展拓展出了广阔的发展和想象空间。

I　从传统走向近代文化背景下的文学——平民化

新文学的萌动早在维新运动时期就开始了它的探索过程，它是伴随救亡图存的脚步而来，同时又承载了改造旧文化、旧文学和改造国民性的历史重任。特别是“戊戌变法”的失败，使一部分改良派文人逐渐认识到，中国的改革必须从民众开始，而他们认为善于改造民众的工具是文学，于是对文学的革新便成了他们宣传救国思想的重要任务。为了达到宣传的目的，以梁启超为代表的近代文学的先驱者们首先对旧文学观念进行了大胆的革新。早在1897年，严复、夏曾佑在《国闻报》创刊号发表的《本馆附印小说缘起》中就第一次阐释了小说的价值。他们运用进化论和社会学的观点，论述了小说与社会心理的关系，揭示了小说的社会价值和作用。1898年，梁启超又在《译印政治小说序》一文中进一步阐述了政治小说的价值和作用。他认为西方各国“政界之日进，则政治小说为功最高焉”，“小说为国民之魂”。另外，徐念慈、林纾、黄摩西等人也对近代小说理论作了进一步的阐述和探讨。在清末十余年间，小说报刊也如雨后春笋般涌现。1902年10月梁启超在日本横滨主持并创办了近代最早的小说杂志《新小说》月刊。最初由《新民丛报》馆发行，从第2期改在上海编辑，横滨发稿，广智书局发行，1904年12月14日正式迁到上海出版。1906年1月停刊，共出24期。编辑者还有韩文举、蒋智由、马君武等人。从1902年梁启超创办《新小说》，到1918年徐枕亚创办《小说季报》的十几年间，先后出版发行的小说期刊达50种以上。清末小说理论的提倡和创作，从根本上改变了中国传统文学不重视小说的观念，梁启超和王国维在这个时期对文学观念的变革和更新起了重要作用。

尽管梁启超过分重视小说的政治功能而忽视审美功能，但他对提高小说的地位，特别是对小说这一文学形式登入文艺的大雅之堂，奠定了基础。他希望通过小说的普及来改造国民的思想观念，把小说当成改良中国社会的政治工具。梁启超的文学思想虽有偏颇，但他已包含着新的观念、新的思想，是新的审美心理结构的萌芽。如果说梁启超还是以一个政治家的角度来解释文学和提倡文学的话，那么王国维则是较早以学者的角度运用西方美学思想和美学理论来观照、体验和感受中国传统文学，力图把西方的美学思想同中国传统的美学思想融会在一起。王国维的美学思想对后来的文学观念的变革产生了较大影响。他对近代文学和美学的贡献起码有三点。一是对西方美学的介绍和研究，尤其是对叔本华、康德和尼采哲学的研究，拓宽了中国文化的思维模式，启发人们重新审视传统文学，动摇了正统的文学观念，体现出新的美学思想；二是他运用西方美学思想来分析研究文学作品，不再用正统的道德、文统作为标准，而是以是否表现人生和文学本身的价值来衡量作品的优劣；三是他认为“文学的任务不是表现儒道，而是表现人生；文学不作某一道德观念的说教。”文学应该是“其所欲解释者皆宇宙人生之根本问题。”① 他同时又特别强调“重文学自己之价值。”② 由此，中国近代文学已经基本完成了文学内部规律和外部规律的理论性探讨。它对“五四”文学革命的影响是不言而喻的。正像近年来有些学者所认为的“五四”其实是晚清以来对中国现代性追求的收煞——极匆促而窄化的收煞，而非开端。没有晚清何来五四?”③ 由此可知，梁启超、王国维等人的文学思想对“五四”的影响不仅是形式的，也是内容的。特别是“新小说”的提倡为小说成为现代文学的正宗和主流铺平了道路。可以说梁启超的通俗化的文学理论，是现代文学实现大众文学和平民文学的第一步。钱玄同曾说：“梁任公实为创造新文学之一人。虽其政论诸作，因时变迁，不能得国人全体之赞同，即其文章，亦未能尽脱帖括蹊径，然输入日本新体文学，以新名词及俗语入文，视戏曲小说与论记之文平等，……此皆其识力过人处。鄙意论现代文学之革新，必数梁君。”④

Ⅱ 梁启超、黄遵宪——开启了近现代文风的先河

梁启超不仅是近代著名的政治家、学者、理论家，他也是一位善于创新的文学家。在他的文学创作中除新体散文外，还有小说、诗歌、戏剧和文学翻译。而在他的众多创作中，最有影响的要数他的新体散文。

---

① 王国维：《奏定经学科大学文学科大学章程书后》，见姚淦铭、王燕编：《王国维文集》第3卷，中国文史出版社1997年版。

② 王国维：《论近年之学术界》，见姚淦铭、王燕编：《王国维文集》第3卷，中国文史出版社1997年版。

③ 王德威：《被压抑的现代性——晚清小说新论》，北京大学出版社2005年版。

④ 钱玄同：《寄陈独秀》，见《文学运动史料选》第1册，上海教育出版社1979年版。

梁启超

由于梁启超的大部分散文都发表在《事务报》、《新民丛报》等报刊上，所以人们把这种文体称为“报章体”。在近代文坛曾风靡一时，甚至对现代文人的创作也产生了重大影响。特别是他的通俗的文风和朗朗上口的句式，已极为浅显易懂，对文学走向平民化和大众化奠定了基础。如果说新文化运动为新文学运动的产生奠定了理论基础，那么维新运动以文化和政治改良为主题的文学运动，为“五四”新文学运动已构建起了一个基本的轮廓。所以“五四”新文学从它一诞生起就能如此成熟，特别是以鲁迅为代表的新文学，是以近代肥沃的文学土壤和营养为其根基的。

梁启超的新体散文在近代文学运动中是影响最大的。梁的新体散文内容上能够淋漓尽致地体现近代文人的理想追求，特别是近代文人的改革思想和情感。其文章特点可以从几个方面概括起来，一是其溢于言表的爱国情感和理想主义的光芒，二是其变革思想和对传统狭隘保守思想的批判，三是其对民智和民权思想的呼唤。可以说他为鲁迅先生的“改造国民性思想”开了先河。梁的散文不仅以其内容感动了一代文人，也以其形式影响了一代文人。其文章语意通俗，不拘一格，感情充沛，大气磅礴，汪洋恣肆，犹如勇往直前的勇士。为富有战斗性的文章开了先河。如果说鲁迅的文章是以其深刻的文化反思和对现实思考而建立起其文章风格的话，那么，梁启超的文章则以其感情的激越构成了荡涤之气。如果说梁的文章还有什么局限的话，那就是他的思想还处在新旧交替的矛盾中，旧式文人的豪气和新的思想并存，旧式文人的语言和改良了的新语言共存，好用典，多少影响了他的文章的大众化和思想表达上的明确性。而内容上则新思想模糊而不够鲜明，对传统思想缺乏足够的冲击力。鲁迅 1907 年写的《摩罗诗力说》，在承接了梁的基础上宣传非常鲜明的西方浪漫主义精神，其“立意在反抗，旨归在动作”的指向，为新文学注入了鲜明的新精神。

梁氏的散文，取材丰富，涉及内容广泛。其代表作不胜枚举，但其中影响较大的有《少年中国说》、《爱国论》、《呵旁观者文》、《论中国国民之品格》、《新民说》、《自由书》等。其中特别是《少年中国说》为国人所称道，其影响几乎是他文章中最大的。他的新体散文尽管有强烈的政治倾向和鲜明的宣传色彩，但其激越真挚的情感和富有鼓动性的语言以及其强烈的爱国主义思想深深感动着读者。尤其是《少年中国说》那种诗一般的语言和豪情满怀、气壮山河的气概、热情奔放的情愫，对读者产生了强烈的共鸣和艺术魅力。如果说鲁迅能把杂文赋予了文学性，那么，梁启超则能把政论性的文章赋予了情感色彩。所以，梁对后人的影响不仅是其文化改革思想和政治改革思想，而其语言风格和文学风格的影响也是不容忽视的。“五四”文学的思想内容虽然与梁启超时代有了本质的不同，文学形式和语言风格也更多地受到西方文学的影响，但其重感情的主旋律却与梁氏的风格有相似之处。虽然梁氏的文章多豪迈之气和大而空的豪言壮语，而“五四”后的作家更多了一些内敛反省和感伤情调，但其传统文人的责任感和使命感以及爱国主义的精神却是一致的。

如果说梁启超的影响主要是小说和散文的话，那么在诗歌方面的影响主要是黄遵宪对诗歌通俗化的追求。他是“诗界革命”的主要代表人物，也是对传统诗歌进行改造的重要代表诗人。他的“我手写吾口”的诗歌创作理念，虽然没能变成真正的现实，但是对传统的诗歌创作语言毕竟是一个挑战，说明诗歌向口语和通俗的方向发展已成为未来的发展趋势。因而，他的诗歌理论受到了梁启超的大力提倡。黄遵宪虽然十分重视对传统诗歌的继承和接受，他又强调在向古人学习的同时“要不失乎为我之诗”，重视诗人自我的存在。在诗歌的内容上，对传统诗歌也敢于提出挑战，他十分重视诗歌的时代特点，反映新生事物，不要为古人所拘牵。正如他所言：“古人未有之物，未辟之境，耳目所历，皆笔而书之。”“用今人所见之理，所用之器，所遭之时势，一寓之于诗。”正是由于他的这种诗歌创作理念，所以他在创作中能突破传统，把现代的新生事物如火车、轮船、照相、电报等西方自然科学的成就纳入他的诗歌中，令人耳目一新。

黄遵宪和梁启超的诗歌理念，说明近代诗人的审美观念和审美心理在发生着深刻的变革，不仅是简单的对诗歌语言和形式的变革。它为诗歌从古典过渡到现代白话诗起了承先启后的作用。这种诗歌理论和诗歌创作的倡导，对后来的“南社”诗人柳亚子、高旭、马君武等人产生了积极的影响。“南社”诗人继承了“诗界革命”的传统，在诗中往往以新的名词表达新理想、新感情、新意境、新追求，在很大程度上突破了旧体诗格律的束缚。甚至有了写通俗新体诗、自由诗的尝试。他们的诗不仅以抒情诗和政治鼓动诗为主，而且还写了一些政治讽刺诗，以诗歌为革命的武器，热情洋溢、慷慨激昂、气势奔放，表现了热烈和蓬勃的进取精神和时代面貌，表现了批评现实、诅咒现实、呼唤未来的革命思想，抒发了具有革命思想的知识分子的思想情绪。从近代的“诗界革命”我们多少可以看到现代白话新诗的雏形。为现代白话新诗的发展，特别是很快能为读者所接受创造了文学基础和语言环境。“五四”新文学中，郭沫若的出现为什么会产生如此大的影响，就不是偶然的。特别是郭沫若诗歌中大胆使用了现代科学名词，甚至直接使用英文词汇作为他诗歌意象，就不能不说受近代“新体诗”的影响。

在近代文学的发展历程中，如果说黄遵宪的诗歌创作已为“五四”新诗的发展奠定了基础的话，那么，近代小说的创作则大大加速了传统文学的解体，使小说这一文学形式迅速发展，逐渐占据了近代文学的主导地位。这一发展趋势，其原因除了梁启超、黄摩西、徐念慈等人的大力提倡外，传统的农业文明开始解体，伴随而来的城市文化的兴起与市民文化的产生也是一个重要的原因。因为，中国社会每一次的变革，都紧密伴随着商业文化的步伐，而商业文化必然使文化由贵族文化走向平民文化，小说作为一种大众化的文学体式必然会适应这一平民化的审美趣味迅速繁荣。在中国，小说这一文学体式的真正产生是晚明，它是晚明商业文化和浪漫主义思想运动的产物。在近代，由于西学东渐之风日盛，中国逐渐受到西方资产阶级商业文化的浸染，在文学上除了翻译小说之外，其创作小说的发展也十分迅猛。正如阿英先生在《晚清小说史》中所说："晚清小说，在中国小说史上，是一个最繁荣的时代。"据阿英先生统计晚清成册的小说，至少在一千种以上。这一文学现象，足以说明古典文学一统天下的时代结束，一个新的文学时代即将来临。因而，以小说创作成就最高的"五四"文学，正是在扬弃近代小说的基础上发展起来的。

Ⅲ　李伯元、刘鹗等的谴责小说——晚清文学的繁荣

李伯元，名宝嘉，别署南亭亭长，江苏武进人，生于1867年，以《官场现形记》、《文明小史》闻名于世。曾主编《绣像小说》、《指南报》、《游戏报》、《繁华报》等。阿英先生认为他的《文明小史》，在晚清是一部出色的小说。因为它全面反映了中国维新运动期的那个时代，从维新党一直到守旧党，从官宪一直到人民，从内政一直到外交。"作者意识到他所处的时代，正是一个新旧过渡的时代，正是黑暗和光明的交替处，是动乱的时代。他对于这期间发生的许多事是不满意的，但他相信这是过渡期的必然。他把这些事无情的揭露出来，希望能为改进的一助。"①

其实，李伯元的小说在思想和艺术上的价值并不是我们今天要关注的焦点，而在于它的时代价值和意义。正如鲁迅先生在《中国小说史略》中谈到其《官场现形记》时所言："头绪既繁，脚色复夥，其记事遂与一人俱起，亦即与其人俱讫，若断若续，与《儒林外史》略同。然臆说颇多，难云实录……况所搜罗，又仅话柄，连缀此等，以成类书；官场伎俩，本小异大同，汇为长编，即千篇一律。"无论是其思想还是艺术价值，都无多少可取之处，但其对社会的谴责和讽刺却是一针见血的。可以说其代表作《文明小史》和《官场现形记》是近代优秀

① 阿英：《晚清小说史》，东方出版社1996年版。

的讽刺之作，作者经常以当时的官场和社交生活场面为背景对当时的官僚给以辛辣的讽刺和嘲笑。有时其讽刺和夸张的手法近似荒诞滑稽，往往在诙谐和幽默风趣中凸现出人物性格。他的小说创作风格倾向，正说明了当时文人对晚清社会的绝望。另一方面，也说明了近代的文学观念在发生着深刻的变革，传统的“文以载道”和“代圣贤立言”的观念几乎荡然无存。文学朝着平民化的方向发展。正是在这一点上显示出近代小说的特殊意义。他们破坏了传统所建立起来的文学大厦，使“五四”文学的重构成为可能。

与李伯元同时代的另一位谴责小说家是以写《老残游记》而闻名于世的刘鹗。刘鹗原名孟鹏，字铁云，号洪都百炼生。《老残游记》在近代文学史上是一部有着独特风格的“谴责小说”，这不仅是因为它描绘了官场的腐败和黑暗，而且还刻画了所谓“清官”的罪行。正如作者自己所言：“赃官可恨，人人知之；清官尤可恨，人多不知。盖赃官自知有病，不敢公然为非；清官则自以为我不要钱，何所不可，刚愎自用，小则杀人，大则误国。吾人亲目所睹，不知凡几矣。”正是作者对官场社会的这种深刻认识，才能成功地塑造出玉贤和刚弼两个所谓“清官”形象，在一定程度上反映出了晚清官场的专横和吏治的腐败。此外《老残游记》在晚清的小说中，艺术上也是最出色的小说之一，胡适说：“《老残游记》最擅长的是描写技术；无论写人写景，作者都不肯用套语烂调，总想熔铸新词，作实的描写。在这一点上，这部书可算是前无古人了。”① 尽管胡适先生的评价有些言过其实，但也足以说明这部小说在晚清文学史上的地位。其次，《老残游记》在语言上基本是用通俗流畅的口语，与“五四”以后的白话文学已无太大区别，可谓从语言上而言开了白话文学的先河。

---

① 胡适：《〈老残游记〉序》，见欧阳哲生主编：《胡适文集》第4卷，北京大学出版社1998年版。

Ⅳ 苏曼殊的言情小说：中国现代浪漫主义抒情文学的滥觞

如果说晚清的谴责和讽刺小说在李伯元、刘鹗等人的小说中已有了相当的发展，那么，苏曼殊的言情小说对近代文学乃至现代文学中的抒情小说发展起了十分重要的作用。他1911年至1916年完成了《断鸿零雁记》（1911～1912）、《天涯红泪记》（1914，未完成）、《绛纱记》（1915）、《焚剑记》（1915）、《碎簪记》（1916）、《非梦记》（1916）等六篇小说。其中尤以《断鸿零雁记》闻名于世。

苏曼殊是一个几乎被人们遗忘的清末民初集革命与创作于一身的“奇人”。在革命上，他热情投身于推翻清朝统治和袁世凯的帝制，在创作上，他以其诗歌、小说、散文的独特风格，在文坛上独树一帜。他的《断鸿零雁记》，可以说是近代真正文人抒情小说的开始。他摆脱了梁启超的政治小说和近代讽刺谴责小说艳情小说的遗风，以其多愁善感的方式，抒写出纯情小说的篇章，为近代文学揭开了新的一页。他的带自传性的作品，使我们想到“五四”以后的郁达夫，为现代感伤抒情小说的发展开了先河。但由于他用文言写成，限制了小说的广为流传。而且他的小说大多完成于“五四”白话文学产生前夕，因而很快就被淹没在白话文学的浪潮中，逐渐被读者所遗忘。《断鸿零雁记》共二十七章，小说从写三郎重会乳母、雪梅赠物、雪鸿送行、东渡省母、静子殷勤，到离日回国哭祭雪梅等，为我们塑造了一个哀感顽艳的悲剧人物——三郎形象。小说感情真挚，心理描绘细腻，语言酣畅淋漓，既充满文人的浪漫理想和孤独感伤情调，又有浓厚的生活气息，栩栩如生地展示了人物复杂的内心思想和矛盾。有着强烈的个性化特点，说明近代文学向文人化的转换。“为中国近代小说从情节小说向性格小说过渡提供了相当成功的榜样和丰富的经验。”①

① 马以君：《苏曼殊文集》前言，花城出版社1992年版。

V 鸳鸯蝴蝶派经典作品———通俗而贴近生活

鸳鸯蝴蝶派小说兴起于清末民初。实际上它的产生是有着复杂的根源的，一是由于一部分文人对清末社会和政治的绝望，二是城市文化的日益发达，市民阶层的产生，为鸳蝴派的产生创造了环境。特别是辛亥革命后，封建帝制虽已被推翻，但社会上种种不平和丑恶依然存在，随着新思想、新观念的传播，新旧思想、新旧观念冲突的日益加剧，人们迫切需要将心中的郁闷和不满发泄出来，于是鸳蝴派的小说便应运而生。到1913年以后随着徐枕亚的《玉梨魂》、李涵秋的《广陵潮》出来以后，鸳蝴派的小说创作才出现了一个高潮。“自《广陵潮》出，一时章回体小说，以潮名者，不下数种；以社会里面，一经揭破，秦庭之镜，温峤之犀，为人所乐睹。”① 说明鸳蝴派小说一时之盛行。

“五四”以后，人们一直把鸳鸯蝴蝶派看作是一个以单纯追求“趣味性、消闲性、娱乐性”为根本目的的文学派别。从表面上看，鸳蝴派确实如此，正如王纯根在为《礼拜六》写的“出版赘言”中所言：“或问：‘子为小说周刊，何以不名礼拜一、礼拜二、礼拜三、礼拜四、礼拜五，而毕名礼拜六也？’余曰：‘礼拜一、礼拜二、礼拜三、礼拜四、礼拜五人皆从事于职业，惟礼拜六与礼拜日，乃得休暇而读小说也。’”② 但这只是对传统文学重功利观念的一种矫枉过正，事实上低级趣味的娱乐，并不是鸳蝴派的主流。不过鸳蝴派的文学追求是不能承载新文化和新文学的使命的，他们只起了对旧文学的破坏作用。因而，“五四”之后，新文学阵营对鸳蝴派对新文学形成的影响进行了激烈的批评，1918年4月周作人在北京大学的演讲中就以《玉梨魂》为例进行了批评。1919年1月，钱玄同指出：“其实与‘黑幕’小说同类的书记正复不少，如《艳情尺牍》、《香艳的语》及‘鸳鸯蝴蝶派的小说’

---

① 陈慎言：《广陵潮》序，百新书店1946年版。

② 王纯根：《礼拜六·出版赘言》，载《礼拜六》，1914年第1期。

等等。”与此同时，鲁迅先生也发表了《有无相同》，周作人以仲密为笔名，发表了《论“黑幕”》、《再论“黑幕”》等，对鸳蝴派进行了系统的批评。尽管鸳蝴小说不同于黑幕小说，但在新文学者看来，它们属于一路货色。1921 年文学研究会的成立，从根本上动摇了鸳蝴派的根基，从而，从真正意义上宣告了一个文学时代的结束，一个全新的文学时代的到来。从此新文学代替了鸳蝴派，成为文学的主流。但并非宣告了“鸳蝴派”的死刑，毕竟它有通俗易懂的大众性。

无论如何，徐枕亚的《玉梨魂》是一部有过广泛影响的小说。徐枕亚，原名觉，别署东海三郎、泣珠生等，江苏常熟人，南社社员。他的小说除《玉梨魂》外，还有《雪鸿泪史》、《余之妻》、《双鬟记》、《鸳鸯花》、《蝶花梦》等。

《玉梨魂》最初连载于《民权报》，1912 年出单行本。小说问世后即风靡一时，曾先后再版数十次，发行几十万册，远至新加坡、香港等地多次翻印。但对这部小说，长期以来人们一直持贬斥态度，有人认为它是“发乎情止乎礼”的封建说教，有人认为它“犯了空泛、肉麻、无病呻吟的毛病”。① 作为一部典型的才子佳人小说，《玉梨魂》描写的是辛亥革命前，年轻才子何梦霞与寡居少妇白梨影的恋爱悲剧。它之所以能广为流传，在一定程度上是因为它反映了当时一部分青年男女在爱情问题上的矛盾心态。由于当时中国固有的传统理念、传统思想在西方新思想、新思潮的冲击下开始发生动摇；新思想、新观念逐渐得到当时一部分青年的认同，特别是男女平等、婚姻自主的观念，对青年产生了极大的影响。不过就整个社会环境而言，当时还没能为新的思想和新的观念创造条件。因而，尽管有了争取婚姻自由的想法，但还不能如愿以偿，两性的恋爱问题仍然不能解决，因此，有新思想的青年男女异常苦闷。而何梦霞、白梨影就是不能真正摆脱传统礼教的思想，他们也无法摆脱情魔的纠缠。情魔与礼教的冲突，使他们陷入深深的苦恼之中，

---

① 平襟亚：《“鸳鸯蝴蝶派”命名的故事》，见魏绍昌编：《鸳鸯蝴蝶派研究资料》上卷，上海文艺出版社 1984 年版。

最终落得一个悲剧的结局。

（二）严复与林纾的翻译——近代翻译史的高潮

如果说近代小说的发展为现代文学的发展带来契机的话，那么，近代的翻译则在某种程度上直接孕育着现代小说。严复的翻译从文化思想和文化观念上对“五四”一代作家产生了积极的影响。而林纾的翻译则对近现代作家认识外国文学的价值，借鉴和学习外国文学产生了较大影响。

阿英先生在《晚清小说史》中说：“如果有人问，晚清的小说，究竟是创作占多数，还是翻译占多数，大概只要约略了解当时情况的人，总会回答：‘翻译多于创作。’就各方面统计，翻译书的数量，总有全数量的三分之二，虽然期间真优秀的并不多。而中国的创作，也就在这汹涌的输入情形之下，受到了很大的影响。”① 其实近代的翻译家是很多的，而严复和林纾的影响是最大的。严复，名复，字几道。福建侯官（福州）人。他主要以翻译西方哲学和社会科学经典名著为主。由于他翻译的目的很明确，因而在翻译选择上是十分精审的。胡适曾对此评价道：“他对于译书的用心与郑重，真可佩服，真可做我们的模范。”② 如他翻译赫胥黎的《天演论》和卢梭的《民约论》其目的就是为了促进国人的维新思想。因此他翻译的著作一经出版，就会在文坛上引起强烈的震动，给当时中国的思想界带来活力，成为先进的知识分子同传统思想和守旧派斗争的思想武器。所以无论是维新派的康有为，

① 阿英：《晚清小说史》，东方出版社 1996 年版。

② 胡适：《五十年来中国之文学》，见欧阳哲生主编：《胡适文集》第 3 卷，北京大学出版社 1998 年版。

还是现代文学史上的革命派都对严复的翻译给以高度评价。周作人在谈到《天演论》时认为“译笔甚好”。康有为称《天演论》为中国西学第一著。就连正统文人吴汝纶也认为我国翻译西学的人，没能超过严复者。而鲁迅青年时代进化论思想的形成更是受《天演论》的影响。曹聚仁在谈到晚清的翻译時说：“清末社会思想，受外来文化（经翻译传入）的影响是很大的。有一回，冯友兰就在《新事论》中谈到这个问题：在清末，达尔文的《进化论》，赫胥黎的《天演论》，初传到中国来，一般人都以为这是一个‘公例’，所谓‘天演公例’。当时‘天演竞争，优胜劣败’、‘弱肉强食’，成为一般人的口头禅，一般人的标语。他们对于所谓天演论，虽然不见得有很深的了解，但凭这些标语，他们知道，一个国如果想在世界上站得住，非有力不可。……有力方不为弱肉；有力方不为强所食。”① 由此可知，《天演论》在近现代的影响之大。它在近代已不是一般意义上的译作，而是成为了救亡图存的警钟。

严复在近代的译述，首先在一定程度上改变了中国文人的传统思维，特别是把西方人的哲学思辨精神引入了中国，西方的严谨务实精神，毫无疑问对中国知识分子在思想上产生了较大的触动。因而，从近代一直到新文学中的现实主义文学思想的形成，不能说不受严复翻译著作的影响。鲁迅早期的创作现实主义精神就是以进化论为基础形成的。胡适在新文化运动中的文学思想也是在进化论思想基础上形成的。其次，严复译著中所包含的爱国主义思想，对现代文人产生了很大的影响。特别是他的独特的忧国忧民思想已彻底摆脱传统的伦理道德观念，他在《与外交报主人论教育书》这篇文章中就鲜明地体现出他爱国思想的特点。“今吾国之所最患者，非愚乎？非贫乎？非弱乎？则径而言之，凡事之可以愈此愚、疗此贫、起此弱者，皆可为。而三者之中，尤以愈愚为最急。何则？所以使吾日由贫弱之道而不自知者，徒以愚尔。继自今，凡可以愈愚者，将竭力尽气、皲手茧足以求之。唯求之能得，

① 曹聚仁：《文坛五十年》，东方出版中心 1997 年版。

不暇问其中若西也，不必计其新若故也。有一道于此，致吾于愚矣，且由愚而得贫弱，随出于父祖之亲，君师之严，犹将弃之，等而下焉者无论已；有一道于此，足以愈愚矣，且由是而疗贫起弱焉，虽出于夷狄禽兽，犹将师之，等而上焉者无论已。何则？神州之陆沉诚可哀，而四万万之沦胥甚可痛也。”① 在近代特殊的时代背景下所形成的这种特殊的具有启蒙性质的爱国主义思想对新文学的影响是非常大的。特别是对鲁迅改造国民性思想的形成产生了重要的影响。再次，严复的翻译理论和翻译风格对近现代文人的影响也是较大的。他认为翻译应遵守三个原则，即“信、达、雅”。这就是他所谓的“三难”，也是翻译的最高境界。鲁迅在评价严复的译文時说：“最好懂的自然是《天演论》，桐城气息十足，连字的平仄也都留心，摇头晃脑的读起来，真是音调铿锵，使人不自觉头晕。”② 郁达夫则认为严复的翻译原则是“翻译界的金科玉律”③。

而以翻译西方小说著称的林纾，对现代作家的影响就更为直接。林纾，字琴南，号畏庐，别署冷红生。尽管他的文学创作的成果也是十分突出的，但“林译小说”的成就则远远掩盖了其创作成就。他一生翻译小说一百七十多种，1200 余万字。涉及的国家有英国、美国、法国、比利時、俄国、西班牙、挪威、希腊、瑞士、日本等。著名作家有莎士比亚、狄更斯、司各德、华盛顿、欧文、斯泰尔夫人、大小仲马、巴尔扎克、易卜生、塞万提斯、托尔斯泰、德富健次郎等。林纾不懂外文，翻译必须要经别人口述，这就限制了他的选择性，同时也限制了他译作的真实性。但由于他的文学才华和文学修养，他翻译的作品有些比原作更加感人，更酣畅淋漓，语言更优美。因此他的翻译，在近代影响是最大的。特别是他的第一部译著《巴黎茶花女遗事》，1899 年 2 月在福州以“畏庐藏版”印行后，一时洛阳纸贵，风行海内。阿英先生说：“晚

① 严复：《与外交报主人论教育书》，见刘梦溪主编：《严复卷》，河北教育出版社 1996 年版。

② 鲁迅：《关于翻译的通信》，见《鲁迅全集》第 4 卷，人民文学出版社 1981 年版。

③ 郁达夫：《读了瑨生的译诗而论及于翻译》，载《晨报副镌》，1924 年 6 月 29 日。

清翻译小说，林纾影响虽是最大，但就文学的理解上，以及忠实于原作方面，是不能不首推周氏弟兄的。问题是，周氏弟兄理想不能适合于当时多数读者的要求，不能为他们所理解，加以发行种种关系，遂不能为读者所注意。”① 由此看来，尽管林纾翻译的小说在真实性上大打折扣，但仍为当时读者所欢迎。

虽然林纾在思想上是一个保守者，他对新文化运动和白话文学是持反对态度的，但他的翻译作品对现代文学的影响仍然是不可低估的。郭沫若在评价林纾時有这么一段话：“前几年我们在战取白话文的地位的时候，林琴南是我们当前的敌人，那时的人对于他的批评或许不免有一概抹煞的倾向，但他在文学史上的地位是并不能够抹煞的。他在文学上的功劳，就如梁任公在文化批评上的一样，他们都是资本主义革命潮流的人物，而且是相当有建树的人物。”② 如果说梁启超对小说从理论上的提倡，还没有取得很大的成功的话，那么，林纾的翻译小说则取得了巨大的成功，为现代作家在一个较早时期认识外国文学乃至外国文化起到了积极的影响。郑振铎先生在评价林纾時认为，林纾有三方面的功绩：“一是增加了中国人的知识，开阔了眼界，认识了西方的社会与我们的社会不十分歧异。知道了外国社会的内部情形，以及他们的国民性；二是使中国人明了西方不仅有强大的物质文明，打破了中国人自以为自己的精神文明尤其是文学的想法，而欧美亦有所谓文学；三是改变了中国人轻视小说的观念。自他之后中国才有了以小说家自命的人，自他以后才开始了翻译世界文学作品的风气。”③ 其实，林纾翻译作品也并非没有任何选择，在一定程度上也有改良中国政治的目的。他在翻译的狄更斯小说《贼史》序言中说：“狄更斯极力抉摘下等社会之积弊，作为小说，俾政府知而改之。……顾英之能强，能改革而从善也。吾华从而改之，亦正易易。所恨无狄更斯其人，如有人能举社会中积弊著名

① 阿英：《晚清小说史》，东方出版社 1996 年版。

② 郭沫若：《少年时代》，人民文学出版社 1979 年版。

③ 郑振铎：《林琴南先生》，见《小说月报》，1924 年 15 卷 11 号。

小说，用告当事，或庶几也。”① 特别是“林译小说”中的现实主义小说，对以现实主义为主流的现代小说产生了积极影响。

其实，中国对西书的翻译，应该早在晚明时期就开始了它的东渐步伐，只是清季时代由于清朝政府所采取的渐趋封闭的“海禁”政策，使得晚明日益活跃的思想潮流迅速扼杀，所以人们也就逐渐忘记了晚明国门其实渐渐开放的历史。但从那时起，经明末传教士利玛窦等人翻译过来的西学著作和文章已不断地影响了一些具有探索精神的文人思想。我们根据周振环所著的《影响中国近代社会的一百种译作》特制作下列目录图表，以供有兴趣的读者参考。

影响中国近代的百种译作的西学文章与著作目录

译作名称	时间	主要编译者
交友论	1595 年	[意] 利玛窦
坤舆万国全图	1602 年	利玛窦、李之藻
几何学原本	1606 年	利玛窦、徐光启
同文算指	1610 年	利玛窦、李之藻
泰西水法	1612 年	[意] 熊三拔、徐光启
远西奇器图说	1627 年	[意] 邓玉函、王征
名理探（逻辑学）	1631 年	[葡] 傅泛际、李之藻
泰西人身说概（解剖学）	1634 年	邓玉函、毕拱辰
火攻挈要	1640 年	[意] 汤若望、焦
英吉利国新出种痘奇书	1817 年	[英] 斯当顿
圣经	1819 年	[英] 马礼逊 [英] 米怜
四洲志	1841 年	林则徐、梁进德
博物新编	1855 年	[英] 合信

① 林纾：《贼史·序》，见薛绥之、张俊才编：《林纾研究资料》，福建人民出版社1983 年版。

续表

译作名称	时间	主要编译者
代数学	1859 年	[英] 伟烈亚力、李善兰
谈天（天文学）	1859 年	伟烈亚力、李善兰
重学（力学）	1859 年	[英] 艾约瑟、李善兰
万国公法	1864 年	[美] 丁韪良
造洋饭书	1866 年	[美] 高第丕夫人
化学鉴原	1871 年	徐寿、[英] 傅兰雅
昕夕闲谈（长篇小说）	1873 年	蠡勺居士
地学浅释	1873 年	华蘅芳、[美] 玛高温
脱影奇观（摄影技术）	1873 年	[英] 德贞
普法战纪	1873 年	王韬
新工具	1877－1888 年	[苏格兰] 慕维廉、沈毓桂
琉球地理志	1882 年	姚文栋
佐治刍言（政治思想著作）	1885 年	傅兰雅、应祖锡
心灵学（心理学）	1889 年	颜永京
百年一觉（小说）	1894 年	[英] 李提摩太
泰西新史揽要	1895 年	李提摩太
治心免病法	1896 年	傅兰雅
光学揭要	1897 年	[美] 赫士、朱葆琛
文学兴国策	1898 年	[美] 林乐知、任廷旭
天演论	1898 年	严复
巴黎茶花女遗事	1899 年	林琴南
佳人奇遇（政治小说）	1901 年	梁启超
经国美谈（小说）	1902 年	周逵
民约论	1902 年	杨廷栋
法意（论法的精神）	1900－1909 年	严复
黑奴吁天录	1901 年	林琴南

续表

译作名称	时间	主要编译者
物竞论	1901年	杨荫杭
哀希腊（诗）	1902年	梁启超
社会学	1902年	章太炎
原富	1902年	严复
十五小豪杰（科幻小说）	1902年	梁启超、罗孝高
群学肄言（社会学著作）	1903年	严复
悲惨世界	1903年	苏曼殊
近世社会主义	1903年	赵必振
社会主义神髓	1903年	中国达识译社译
近世无政府主义（又名《自由血》）	1904年	金一
迦茵小传	1905年	林琴南
进步与贫困	1905年	廖仲恺
撒克逊劫后英雄略	1905年	林琴南
穆勒名学（逻辑学著述）	1905年	严复
血史	1906年	梁启勋、程斗
鲁滨孙漂流记	1906年	林琴南
痴汉骑马歌（诗歌）	20世纪初	辜鸿铭
妖怪学讲义录	1906年	蔡元培
拊掌录	1907年	林琴南
日法规大全	1907年	留日学生
侠隐记	1907年	伍光建
不如归	1908年	林琴南
苦儿流浪记	1909年	包天笑
伦理学原理	1910年	蔡元培
科学管理原理	1914年	穆藕初
威廉·退尔	1915年	马君武

续表

译作名称	时间	主要编译者
福尔摩斯侦探案全集	1916 年	刘半农等
马赛曲	1917 年	刘半农
玩偶之家	1918 年	罗家伦、胡适
化论创	1919 年	张东荪
杜威演讲录（杜威在华期间的演讲）	1919－1920 年	
达尔文物种原始	1920 年	马君武
共产党宣言（全译本）	1920 年	陈望道
互助论	1921 年	周佛海
茵梦湖	1921 年	郭沫若
阿丽思漫游奇境记	1922 年	赵元任
相对论浅释	1922 年	夏元瑮
少年维特之烦恼	1922	郭沫若
莎乐美	1923 年	田汉
查拉图斯特拉如是说	1923 年	郭沫若
苦闷的象征	1924 年	鲁迅
爱的教育	1924	夏丏尊
浮士德	1920－1928 年	郭沫若
忏悔录	1928 年	张竞生
哲学的故事	1929 年	詹文浒
毁灭	1930 年	鲁迅
精神分析引论	1930 年	章士钊
交感巫术（《金枝》节译本）	1931 年	李安宅
自然哲学之数学原理	1931 年	郑太朴
大地	1932 年	伍蠡甫
李尔王	1936 年	梁实秋
约翰·克里斯朵夫	1936 年	傅雷

续表

译作名称	时间	主要编译者
资本论	1938年	郭大力、王亚南
西行漫记	1938年	傅东华等12人合译
震撼世界的十天	1941年	王凡西
钢铁是怎样炼成的	1942年	梅益
天下一家	1943年	刘尊棋
柏拉图巴曼尼得斯篇	1944年	陈康
性心理学	1946年	潘光旦
恶之花	1946年	戴望舒
苏联共产党（布）历史简要读本	1948年	

我们从以上的近代一百种译书目录中，比较清晰地看出了晚明以来中国社会的变迁状态，在这种变化的过程中或多或少都会影响文人的思想及其心理上的一些微妙变化。最明显的是从鸦片战争以来到新文化运动的这一时期，是中国近代史上思想最为活跃的历史时期，翻译西书也由原来的重视西方的自然科学逐渐转变为翻译社会科学的书籍；而到19世纪的90年代末翻译小说成为了最为风靡的事情之一，小说的影响也是最大的。

第四章

启蒙文化语境中的“五四”知识分子

（一）筚路蓝缕的现代勇士

I 陈独秀

陈独秀

陈独秀是20世纪初中国文化界特立独行的知识分子，其功过自有后人评说。他1915年创办的《青年杂志》（一年后改名《新青年》），为近代文化向现代文化的转换奠定了思想的基础。他那激烈而独断的思想，对传统守旧势力毫不畏惧的斗士精神以及其过人的胆量与敏锐的认识，得到了20世纪初中国文化界具有变革精神的文化精英人士们的一致认同；其一呼百应的气质，无疑被认为是新文化的领军人物，为以启蒙为目的“五四”新文化迅速聚集了众多人才。

陈独秀之所以有如此大的号召力，其实是有着历史背景的。我们不妨看看他简单的人生履历就会明白。他早在1903年7月就于上海协助章士钊主编过《国民日报》；1904年初又在安庆创办《安徽俗话报》

等刊物，编辑部后迁至芜湖，宣传极具煽动性的革命思想；1905 年组织反清秘密革命组织岳王会，任总会长；1907 年入东京正则英语学校，后转入早稻田大学；1909 年冬去浙江陆军学堂任教；1911 年辛亥革命后不久，任安徽省都督府秘书长；1913 年参加讨伐袁世凯的“二次革命”，失败后被捕入狱，出狱后于 1914 年到日本，帮助章士钊创办《甲寅》杂志；并开始以“独秀”笔名撰写文章；1917 年初受聘为北京大学文科学长；1918 年 12 月与李大钊等创办《每周评论》。这期间，他以《新青年》《每周评论》和北京大学为主要阵地，积极提倡民主与科学，提倡文学革命，反对封建的旧思想、旧文化、旧礼教，成为新文化运动的倡导者和主要领导人之一；1919 年五四运动后期，开始接受和宣传马克思主义；马克思主义思想在中国的传播，除李大钊外，他是最重要的人物之一；20 世纪 20 年代末马克思主义思想在中国逐渐得到愈来愈多的知识分子的关注和认同，其功劳是不可抹杀的。

特别值得我们思考的是其 1915 年《新青年》的创办，与中国最早由英国传教士马礼逊等人在苏门答腊岛创办的近代第一份中文报刊《察世俗每月统计传》相距整整一百年。百年的历程对这个饱受困惑和苦难的民族来说，似乎太长，但对一个有着几千年悠久文化传统的民族来说又似乎太短太短。当 19 世纪初随着西方列强逐步打开久已封闭中国的大门后，中国人，特别是对习惯于安逸宁静的中国文人来说，是怎样的不适应，怎样的排斥。他们陷入了进退两难的矛盾中，最捷径的办法是甚至不敢睁着眼面对眼前的现实。“这闭着眼睛便看见一切圆满，当前的苦痛不过是‘天之降大任于斯人也，必先苦其心志，劳其筋骨，饿其体肤，空乏其身，行拂乱其所为。’于是无问题，无缺陷，无不平，也就无解决，无改革，无反抗。因为凡事总要‘团圆’，正无须我们焦躁；放心喝茶，睡觉大吉。”① 确实正像鲁迅所说的，在 19 世纪初的鸦片战争之前，我们看不到中国文人在做了些什么。即使有，像龚自珍等人，还有着中国传统文人的“良知”，但也是若隐若现的表达出了

① 鲁迅：《论睁了眼看》，见《鲁迅全集》第 1 卷，人民文学出版社 2005 年版。

自己的一些认识和不安。对于所谓正统文人来说，也只能是鲁迅所说的“中国人的不敢正视各方面，用瞒和骗，造出奇妙的逃路来，而自以为是正路。在这路上，就证明着国民性的怯弱，懒惰，而又巧滑。一天一天的满足着，即一天一天的堕落着，但却又觉得日见其光荣。”① 老舍在其巨著《四世同堂》中也有类似的认识，只不过鲁迅指责的是负有民族文化重任与“良知”的传统文人，而老舍则把批判的矛头指向了自以为一切都与自己无关的下层社会而已。小说通过祁家大院的长者祁老人的形象就深刻而鲜明地揭示出在传统文化背景下的中国普通百姓或者市民身上的那种没有任何民族意识的愚昧认识。但日本人的战火烧到北京的时候，祁老者的反应是什么呢，他仍然认为日本人来就来呗，只要日本人不欺负自己，就似乎与自己无关，还想关起门来过自己的小日子，甚至还要庆七十大寿，享受清福安度晚年。当事实并不是他所想的，当日本人危及到他自己的切身利益的时候，他开始愤怒了，有了反抗的意识。从这些现象与事实来看，可以说鸦片战争是中国近代文化史上的重要转折，在血的事实面前，中国人，尤其是中国文人有了些许变革的思想。于是有了林则徐的《四洲志》，于是有了魏源的《海国图志》，中国人不得不睁开眼睛看世界，开始从被动走向了主动，“富国强兵”、“救亡图存”等政治话语直到“五四”新文化运动都是有“良知”精神的文人放不下的口头禅。

随后就是“中学为体，西学为用”的晚清变革，即洋务运动，中国文人从传统的不动脑髓的浪漫幻想开始转入了面对现实的务实。但由于骨子里并没有真正具备了变革的现代思想，也就决定了所做的一切都是徒劳，结果仍然是以悲剧而收场。康梁的维新变法运动，结果也是清朝不买账的悲剧收场，这也就决定了辛亥革命是必须的和必要的。

但革命后的民元时期，中国的状况又如何呢，你可以看看鲁迅这个对辛亥革命充满希望的满怀救国赤诚思想文人，在民国时期的自甘颓废与无言就会知道些许道理。正像他自己所说：“我于是用了种种法，来

① 鲁迅：《论睁了眼看》，见《鲁迅全集》第1卷，人民文学出版社200年版。

麻醉自己的灵魂，使我沉入于国民中，使我回到古代去，后来也亲历或旁观过几样更寂寞更悲哀的事”。① 他甚至称辛亥革命后中国的社会现状是“换汤不换药”，是“旧柱子上刷了一层新漆”，是“咸与维新”，“鞭子可以割掉”但还可以“再种上”，一不小心就又长出来了。“我觉得革命以前，我是做奴隶；革命以后不多久，就受了奴隶的骗，变成他们的奴隶了。”② 辛亥革命推翻了满清统治，但没有带来真正意义上的实质性社会和文化变革，事实上也就为新文化运动埋下了伏笔。

在一次又一次近代的失败与经验教训中，思想界逐渐形成了一个共识：那就是必须从根本上革除旧文化中遗留的一切痼疾，重构一种新的文化秩序。这是一个需要英雄的时代，于是英雄应运而生，而陈独秀就是这个时代英雄中的一个。1915 年《新青年》的诞生，为那些具有变革思想的知识分子开辟了用武之地，开启了下层社会启蒙的广阔空间。

而要想对下层社会进行启蒙，最好的武器无疑就是文学。所以对文学的革新又一次重新摆在了新文化人士的面前。其实在晚清时的梁启超等一代人对旧文学的改良，已经为新文化开创了借鉴的天地，但晚清的文学改良有些半途而废，甚至带来了诸多负面的影响。晚清的文学思想造成了 20 世纪初，特别是辛亥革命后中国文学的一片混乱局面，以至于使新文学一开始就面临着来自两种势力的挑战。一是要面对近代所形成的通俗文学，即“鸳鸯蝴蝶”派的挑战；一是来自守旧势力，尤其对白话文学的质疑与斥责。当然，从另一种角度看，近代文学对文人从传统的道德意识向现代的平民化意识的转变扮演了重要的角色，其意义是不容忽视的，但从建立一种健康而有序的新文学角度来说又是一种新的障碍，所以新文学从一起步就受到来自各个方面的重重压力。如果说对付“鸳鸯蝴蝶”派还不是什么难事，但对有着几千年所形成的文化积淀而已经深入人心的传统思想来说则是一件非常艰难的事情。

所以正是基于此，陈独秀采取的是一种非常激烈的反传统主义精

① 鲁迅：《呐喊自序》，见《鲁迅全集》第 1 卷，人民文学出版社 2005 年版。
② 鲁迅：《忽然想到三》同上第 16 页。

神，这种过激的甚至带些虚无的态度是完全可以理解的。“有不顾迂儒之毁誉，明目张胆以与十八妖魔宣战者乎。予愿拖四十二生的大炮，为之前驱。”① 他为什么会如此生猛，如此激烈，甚至甘愿当时代之罪人呢，那是因为他对当时的中国现状极为不满的一种激愤之情，正像他说的：“求夫目无古人，赤裸裸的抒情写世，所谓代表时代之文豪者，不独全国无其人，而且举世无此想。文学之文，既不足观。应用之文，益复怪诞。碑铭墓志，极量称扬，读者决不见信，作者必照例为之。”② 要想打破这种顽固的守旧的现状，非得有勇士的精神不可。所以所谓冒天下之大不韪的罪过他是直认不讳的。“但是追本溯源，本志同人本来无罪，只因为拥护那德莫克拉西（Democracy）和赛因斯（Science）两位先生，才犯了这几条滔天大罪。”③ 那是因为，“西洋人因为拥护德赛两先生，闹了多少事，流了多少血；德赛两先生才渐渐从黑暗中把他们救出，引到光明世界。我们认定只有这两位先生，可以救治中国政治上道德上学术思想上一切的黑暗。若因为拥护者这两位先生，一切政府的压迫，社会的攻击笑骂，就是断头流血，都不推辞。”④ 在新文化运动的初期，如果说陈独秀所开辟的新文化园地需要更多的人去维护和浇灌，那么钱玄同就是其中最为勇敢的悍将之一。

---

① 陈独秀：《文学革命论》，见《文学运动史料选》第 1 册，上海教育出版社 1979 年版。

② 同上。

③ 陈独秀：《本志罪案之答辩书》同第 110 页。

④ 同上，第 111 页。

Ⅱ 钱玄同：新文化运动的悍将

钱玄同

钱玄同，1906年赴日本早稻田大学习师范，与章太炎、秋瑾等人交往，次年入同盟会。1908年，始与鲁迅、黄侃等人师从章太炎学国学，研究音韵、训诂及《说文解字》。1910年回国后曾任中学教员、浙江省教育总署教育司视学、北京高等师范附中教员、高等师范国文系教授、北京大学教授、《新青年》编辑、北平师范大学中文系教授和系主任等。他在语言文字学方面的主要贡献集中体现在语文改革活动、文字、音韵和《说文》的研究等几个方面。

其思想最为活跃的时期就是任《新青年》编辑时，与陈独秀、刘半农等呼应为新文化早期的发展做出了重要贡献。正像陈独秀所说："社会上最反对的，是钱玄同先生废汉文的主张。"① 他那独断的思想和认识，是很符合陈独秀的主张的。比如说，他不仅化名王敬轩与刘半农扮演了一出"双簧"，为新文化和新文学鸣锣开道，制造声势，而且在一些主张上，是极端的猛烈，以至林琴南在其攻击新文化和白话文的小说《荆生》与《妖梦》中极力讽刺了新文化的主要人物陈独秀、胡适和钱玄同，小说中金心异就是影射钱玄同的。我们不妨看一下钱玄同言论与行为就知道他是怎样的猛烈，他在1918年3月14日致陈独秀的信中说"我要爽爽快快说几句话：中国文字，论其字形，则非拼音而为象形文字之未流，不便于识，不便于写；论其字义，则意义含糊，文法极不精密，论其在今日学问上之应用，则新理新事新物之名词，一无所有；论其过去之历史，则千分之九百九十九为记载孔门学说及道教妖言之记号。此种文字，断断不能适用于二十世纪之新时代。我再大胆宣言

① 陈独秀：《文学革命论》，见《文学运动史料选》第1册，上海教育出版社1979年版。

道：欲使中国不亡，欲使中国民族为二十世纪文明之民族，必以废孔学、灭道教为根本之解决，而废记载孔门学说及道教妖言之汉文，尤为根本解决之根本解决。”① 他对传统文人们所奉行的文章称为是“选学妖孽”、“桐城谬种”。

所有这些言论咋看起来确实有过激的行为，但我们把它放到当时的背景下看，又有其合理性的一面。另一方面也正是这种激烈与过激的行为，很容易激起了守旧派对《新青年》的不满，从而扩大了新文化的影响。他甚至在《新青年》第4卷第3号上已经和刘半农导演了一出“双簧”，钱玄同化名王敬轩致《新青年》一封信，收集了所谓社会上批判《新青年》言论，以“文学革命之反响”的题目在《新青年》上发表，后由刘半农以《新青年》记者的身份给予了反驳，目的也是为了扩大《新青年》的影响，可见他们的用心良苦。

钱玄同不仅对中国的语言文字有过很多的议论和争论，而且对文学也有不少真切的见解，他认为文学作品能够配得上国语文学的只有两种“一种是民众的巧妙的活语言，一种是天才的自由的白话文；而后者又必以前者为基础。”② 他特别强调的是“活语言”，这就说明他为什么会不断批判那些陈词滥调的贵族化的文人语言，那只是解释孔孟之道的程式化了的语言，要使语言转变成来自生活的鲜活形象的语言，才符合时代的要求，才能体现现代人的思想与感情；这一观点，与新文化对下层社会启蒙的目的是一致的，也是最为现实的语言。他明确指出语言也是随着时代而发展的，不是一成不变的死的东西，不能成为束缚我们现代人思想的镣铐。所以他又强调说：“文学革命的目的有两个：一是要踢开死尸，专讲活话；二是要扭断镣铐，恢复自由。民歌是最能使用活话而又最能极自由活泼之致的文学，所以我主张今后的学童应该以民歌为他们的重要的国语读本。就讲内容，无论思想好坏，总是赤裸裸地说

---

① 钱玄同：《中国今后之文字问题》，见《新青年》第4卷第4号，第354页。

② 钱玄同：《关于民众文艺》，见《钱玄同文集》第3卷，中国人民大学出版社1999年版。

出，比那拿仁义道德来遮掩男盗妇娼的贵族文学，不知道要高明过几千万倍！这种自由、活泼、率真的文学，才真是青年的良好读物。”① 从上面这一段话里，我们可以得出这样的结论：钱玄同不仅重视文学语言的鲜活性，而且也重视用活的文学改变下一代青年人的思想，抛弃那些用“仁义道德来遮掩男盗妇娼的贵族文学”，使文学真正成为平民的文学。钱玄同的这种精神是完全符合陈独秀所提出的“写实文学”即现实主义文学的总体思路的，同时也是对胡适所提倡的白话文学的有力支持。正像陈独秀说的“钱先生是声韵训诂学大家，而提倡通俗的新文学，何优全国之不景从也?”钱玄同在日本期间曾经做过章太炎的弟子，而章太炎先生不仅是二十世纪民主主义革命先锋和著名的经学大师，同时又是在文学、历史学、语言学等方面，都具有很大成就；其所著《新方言》《文始》《小学答问》，上探语源，下明流变，颇多创获，是有着很大影响的一位“小学”大师。再比如鲁迅也是由于其深厚卓识的国学功底才能在新文化运动中，在批评以吴宓为代表的“学衡派”与以章士钊为代表的“甲寅派”的复古逆流的斗争中取得胜利。梁实秋曾经说在那一代人中，鲁迅的国学功底是出类拔萃的。钱玄同正是像鲁迅一样在新文化运动中起到了不可或缺的中坚角色，为新文学在从传统贵族向现代平民文学过渡的关键时期做出了特殊的贡献。

---

① 钱玄同：《关于山东民歌》，见《钱玄同文集》第 3 卷，中国人民大学出版社 1999 年版。

（二）稳中求变的理性智者

I 胡适：理性背后的激烈

胡适

对新文化运动与新文学运动而言，胡适是温和的与理性的，但对能够扭转旧的传统文学与语言转向新文学与白话文的方向来看，其实是具有石破天惊作用的。当然，早在晚清时期就有许多文人做过类似的事情，譬如梁启超、黄遵宪、裘廷梁等人，但都没有取得真正意义上的革命性变革；需要肯定的是他们为后来者开辟了一条通往现代之路的基础。而胡适可以说是为中国文学从传统到现代新文学转换开垦了一块广阔的新天地，使现代知识分子看到了希望的曙光。最起码说他在1917年1月于《新青年》上发表的《文学改良刍议》为新文学构建了一个起点，之后才有了陈独秀的《文学革命论》，才有了周作人的《人的文学》与《平民文学》，李大钊的《什么是新文学》，才有了《小说月报》的改革，才有了鲁迅的《狂人日记》那震撼人心的现代小说开端，才有了郭沫若“绝断的自由，绝断的自主”式的现代白话新诗。如果说新文化运动是一种现代意义上的启蒙，那么，胡适所提倡的白话文是不是可以说是对现代作家的一次启蒙？

你可以说胡适只是对语言工具的改革，但文学的工具是什么，不就是语言吗？诚然你也可以说工具比内容重要，但没有语言工具，内容又从何而来？马克思不也说过“语言是思想的直接现实”吗。所以本人只是基于这样的认识，对胡适在新文学运动中的作用做一客观的评价。

我们还是仔细辨析一下《文学改良刍议》究竟涉及不涉及内容。我们简单看看其在文章中所谓的“八事”，首先谈到的是“一曰，须言之有物。”显然着重点在“物”上，何为物？明眼人一看就会明白的；“二曰，不模仿古人。”看起来似乎不涉及内容，但要看怎么理解的问题，“不模仿古人”是指不模仿古人的语言，抑或是包括内容呢，也可以说得通；而陈独秀在《文学革命论》的“三大主义”中直截了当就说“曰推倒雕琢的阿谀的贵族文学，建设平易的抒情的国民文学。曰推到陈腐的铺张的古典文学，建设新鲜的立诚的写实文学。曰推到迂晦的艰涩的山林文学，建设明了的通俗的社会文学。”看起来，陈独秀比胡适更多是涉及文学的内容转换的问题，如果胡适的不模仿古人，不涉及内容的话，陈独秀的观点，也算是对胡适不足补充吧。但我们会看出来，陈独秀的文章中无论是三点中的哪一定显然更多是指古人的，不要忘了陈独秀的文章是在胡适之后发表的，是否陈独秀受了胡适的启发呢，还很难说。我们再来看胡适所提出的第三点，“三曰，须讲求文法。”主要是指文章的结构与层次问题，应该是不涉及内容的。但第“四曰，不作无病之呻吟。”又显然包括内容的；“五曰，务去滥调套语。”主要是指文人长期形成的程式化语言，似乎也未谈内容，而“六曰，不用典。七曰不讲对仗。八曰，不避俗字俗语。”看上去也似乎没有谈及内容，但有明显的有平民化倾向，在中国传统文学中，如果能用俗字俗语的也似乎只有在不登大雅之堂的小说中才会出现的吧，而在正统者来看，又显然看成是三教九流的下等东西的，是所谓的“小道”与“街谈巷语”。我们看胡适自己又是怎么解释的呢，一，他认为是主要讲“感情”“今人所谓‘美感’者，亦情感之一也。”另外，他认为文学的思想也是十分重要的，“思想，吾所谓‘思想’益见地，识力，理想三者而言之。兼不必皆赖于文学而传，而文学以有思想而益贵。思想亦以有文学的价值而益贵也。”鲁迅的文学创作已经证明了这一说法。对不模仿古人，他的说法是“文学者，随时代而变迁者也，一时代有一时代之文学。”对“须讲求文法”他说“夫不讲文法，是谓‘不通’。”对“无病之呻吟”他则主要认为“其流弊所至，遂养成一种暮气，不思奋发有为，服老保国，但知发牢骚之音，感叹之文。”而对“不用典”他认为有狭义和广义之分，广义之典，不是什么典，而狭义之典他认为是文人墨客没有自己的创意，“吾所谓‘用典’者，谓文人词客不能自己铸词造句以写眼前之景，胸中之意”。对于“对仗”的解释是他认为在古人中像老子等人的文章中有对仗，但那是“此皆近于语言之自然，而无牵强刻削之迹”，而后人则不然，“后世文学末流，言之无物，乃以文胜”对俗字俗语他则说：“吾唯以施耐庵曹雪芹吴趼人为文学正宗，故有‘不避俗字俗语’之论也。……（辽，金，元）此三百年中，中国乃发生一种通俗行远之文学。”从胡适自己的解释看，并非不涉及内容问题，只是不那么激烈而已。用他自己的话来说就是“我最初提出‘八事’和陈独秀提出的‘三大主义’都顾到形式内容的两方面。我提到‘言之有物’，‘不模仿古人’，‘不作无病之呻吟’，都是文学内容的问题。”① 胡适是学哲学的，考虑问题比较严谨而谨慎，正像他在《治学的方法与材料》一文中所说的“大胆地假设，小心地求证。”胡适有考证的国学功底，因此，他总是要说话有依据，早年在治学方法上受清代“朴学”之风影响较大，推崇的是朴实的学风。在思考问题上比较学理和理性，但其具有开创性的精神还是毋用置疑的。

“胡适在参与中、西文化的论证中所提出的主张和见解，自然也可以看成是一种方案。但他比其他任何人都更加关注的，是调整人们的文化心态问题。”② 在北大创办《国故》月刊就是很好的例子，但那正像有人所说：“从乱七八糟里面一个条理脉络来；从无头无脑里面寻出一个前因后果来；从胡说谬解里面寻出一个真正意义来；从武断迷信里面

---

① 胡适：《中国新文学运动小史》，见欧阳哲生编：《胡适文集》第 1 卷，北京大学出版社 1998 年版。

② 耿云志：《论胡适的文化心态形成背景及其特点》，见《胡适评传》，上海古籍出版社 1999 年版。

寻出一个真价值来。”用胡适自己的话说就是“只为了我十分相信‘烂纸堆’里有无数无数的老鬼，能吃人……用精密的方法考出古文化的真相；用明白晓畅的文字报告出来，叫有眼的都可以看见，有脑筋的都可以明白。这是化黑暗为光明，化神奇为臭腐，化玄妙为平常，化神为凡庸；这才是‘重新估定一切的价值’。他的功用可以解放人心，可以保护人们不受鬼怪迷惑。”① 但在那个要清算传统的时代，那个所谓“打倒孔家店”的时代，这看起来是一件非常不合时宜而出力不讨好的事情。所以会有鲁迅先生所说的“历史癖”与“考据癖”之说。其实胡适考证国故的目的，并非是要钻到“故纸堆”里去做那些无用的功，而他的目的是为了所谓“打鬼”，是为了“化玄妙为平常”、“化神为凡庸”。其用意还在为建设新文化所做，如果还没有完全分清中国传统里的精华与糟粕，简单地扫除一切旧的传统，显然有过激之嫌。一种文化它之所以能保持了几千年，必然有它的优点与能够生存的诀窍，如果简单否定，肯定是不科学的态度。你就拿鲁迅先生来说，尽管看起来他是那么激烈，实际上他是一个“矛盾”人物，他一方面，告诫青年“少读，甚至不读中国书”，那是为了未来着想，正像他自己所说自己何尝没有太多中了老庄和韩非子的毒，怎么还能劝青年继续中毒呢，另一方面，鲁迅的骨子里面仍然还是流着中华文化传统的血，自己则是非常喜欢中国的传统的金石字画，酷爱线装毛边书等；他只不过在写文章时，却时时不忘对中国传统文化中弊病的攻击，他存在着“情感”与“理性”之间的矛盾。而胡适则是一个非常理性的人，可以说是理性有余而情感不足，这是由他的内心修养和教育决定了的，但其目的与新文化没有根本的分歧。

从胡适的教育看，如果说在1910年之前主要是受中国文化的教育，而且对中国传统经学很有造诣，在他几岁的时候其父亲就十分注意对他这方面的开导，且在有戴震朴学之风浓厚的徽州文化环境影响中，徽州

① 胡适：《整理国故与“打鬼”》，见欧阳哲生编：《胡适文集》第4卷，北京大学出版社1998年版。

是宋代理学大师程朱（程颢、朱熹）的故里，清代朴学大师戴震的家乡，胡适特别对戴震的“志存闻道，必空所依傍”的治学态度极为推崇，养成了注重实证治学风格。1911 年之后他主要接受的西方文化的影响，后来又是实证主义哲学家杜威的弟子，这就更造就了他务实而朴实的文风与人格。另外，西方教育中的那种比较宽容和自由的学术精神，也容易养成他温和而求实的思想特点。而同时代留学日本的热衷于新文化运动的人物就比较激进一些，这可能与当时在日本的一些晚清革命家如孙中山、章太炎，特别是维新变法失败后，流亡日本的梁启超等人有着直接的关系。不妨我们看看当时流亡日本的中国人以及留学生界在辛亥革命前所办的报刊杂志，在留日学生界是有着多么大的影响，兹列出影响较大的具有革命性报刊目录如下，以供参考：

辛亥革命前在日中国人所办具有革命性质的报刊目录①

报刊杂志名称	创刊时间	创刊地点	编者或发行人
译书汇编	1900 年	东京	戢元丞、杨廷栋等
开智录	1900 年	横滨	郑贯公、冯自由等
国民报	1901 年	东京	戢元丞、沈翔云等
湖北学生界	1902 年	东京	刘成禺、李书城等
新民丛报	1902 年	横滨	梁启超、蒋智由、 韩文举、马君武
浙江潮	1903 年	东京	孙翼中、蒋智由等
江苏	1903 年	东京	秦毓鎏、张肇桐等
湖南游学译编	1903 年	东京	杨守仁、梁焕彝等
旧学	1903 年	东京	湖北学生界增刊
汉学	1904 年	东京	湖北学生界改名
女子魂	1904 年	东京	抱真女士
二十世纪之支那	1905 年	东京	田桐、宋教仁、陈天华等

① 本表依据张静庐辑注“中国近现代出版史料近代初编”制作。

续表

报刊杂志名称	创刊时间	创刊地点	编者或发行人
民报	1905 年	东京	胡汉民、陈天华、章炳麟、刘光汉、朱执信、汪东、汤增壁、陶成章、黄侃
复报	1906 年	东京	高天梅、柳亚子、田桐
鹃声	1906 年	东京	雷铁崖、董修武等
云南	1906 年	东京	杨秋帆、吕志伊登
洞庭波	1906 年	东京	陈家鼎、杨守仁等
直言	1906 年	东京	直隶留学生
中国新女界	1906 年	东京	燕斌
天讨	1907 年	东京	民报附刊
晋声	1907 年	东京	景定成、景耀月等
天义报	1907 年	东京	刘光汉、和殷震
汉帜	1907 年	东京	陈家鼎、景定成等
大江报	1907 年	东京	夏重民、黄增耆
醒狮	1907 年	东京	高天梅
四川	1907 年	东京	雷铁崖
日华新报	1908 年	东京	夏重民

下面我们再看一下同时期在欧美等地华人所办的具有革命性质的报刊情况。与在日华人所办报刊杂志相比，显然从数量上是无法相比的，而且报刊内容上也比在日中国人的报刊内容要温和得多。

辛亥革命前欧美中国人所办报刊杂志一览表

报刊杂志名称	创刊时间	创办地点	编者或发行人
檀山新报	1903 年	美国檀香山	程蔚南、何宽等
民生日报	1906 年	美国檀香山	曾长福、张孺伯等
新世纪报	1906 年	法国巴黎	张人杰、吴敬恒等
华英日报	1907 年	加拿大温哥华	周天霖、崔通约

续表

报刊杂志名称	创刊时间	创办地点	编者或发行人
警东新报	1907 年	澳大利亚墨尔本	
大声报	1907 年	美国檀香山	庐信、孙科、许棠
大汉日报	1910 年	加拿大温哥华	冯自由、张孺伯等
少年中国报	1910 年	美国旧金山	李是男、黄超五等
民国日报	1910 年	澳大利亚悉尼	洪门致公堂
少年学社旬刊	1910 年	美国旧金山	李是男、黄魂苏等

所以不同的教育，会造就人们在思维上的不同认知与思想倾向。比如同期的梁实秋、徐志摩、陈西滢在一些问题的理解点上，胡适是很容易与他们沟通的，他之所以加入“新月社”而不是别的，与他们共同接受欧美教育是有极大关系的。但在“五四”新文化中，有趣的现象是胡适和林语堂相对于欧美留学生派而言，在温和理性中更富于激情，相对在某些问题的认识上要激进一些；而在留日派中，周作人在看似激情背后则比同时期的留日学生派更多了一些理性，所以显得相对要温和一些。

Ⅱ　周作人：激烈中蕴含理性

如果说，在新文学运动中胡适更重视的是文学的语言工具的革新，陈独秀更重视的是打击旧文学的气势，有气势如虹的猛汉精神；而周作人则在对旧文学的打击上明显更为沉重，无论是他对传统文学中那种“文以载道”的说教的“教化”作用，还是对近代“黑幕”小说，此类小说反映了这一流派作者游戏的、消遣的、趣味主义的文学观，虽然揭露了社会上的种种丑恶，但在写法上赤裸裸地描绘现

周作人

实，社会效果适得其反；他还是在对“鸳鸯蝴蝶”小说，此类小说以游戏笔墨，以“消闲”、“遣愁”、“排闷”为其主要宗旨的文学倾向的批判上，都为新文学做出了极大的贡献。所以他在起草文学研究会的宣言中就指出：“将文艺当做高兴时的游戏或失意时的消遣的时候，现在已经过去了。我们相信文学是一种工作，而且又是与人生很切要的一种工作；治文学的人也当以这事为他终身的事业，正同劳农一样。”① 特别要指出的是他们已经把文学家和“劳农”摆在了同一的位置上，文学也是一种工作。这是文学从文人意识向平民意识一次根本意义上的转向，为20年代新文学在内容上的整体思路作了一个明确的指向。

其实，周作人在1918年的新文学运动初期已经写了《人的文学》发表在《新青年》第五卷第六号上，之后又在1919年1月19日的《每周评论》第五号上以仲密的笔名发表了《平民文学》，为新文学摇旗呐喊，阐述了自己对新文学的认识。“我们现在应该提倡新文学，简单地说一句，是‘人的文学’。应该排斥的，便是反对的非人的文学……譬如说‘人的文学’，这一句话，岂不也像时髦。却不知世上生了人，便同时生了人道。无奈世人无知，偏不肯体人类的意志，走这正路，却迷入兽道鬼道里去，旁皇了多年，才得出来。……所以我们相信人的一切生活本能，都是美的善的，应得到完全满足。凡是违反人性不自然的习惯制度，都应排斥改正。”② 而且他特别强调了“我说的人道主义，是从个人做起。要讲人道，爱人类，便须先使自己有人的资格，占得人的位置。”周作人所说的“个人”并非是“个人主义”，而本质上是为以个性解放为启蒙的“五四”新文学有了在内容上更加明确的方向，这就为新文学之作家在创作上有了一个指路的明灯。在此之前，鲁迅先生所创作的《狂人日记》其实通过形象的故事叙述也是对那非人的几千年“吃人”式的制度，通过看似“狂人”，实则恰恰是一个清醒者的对社会上人们习以为常的一切怀疑甚至是质疑，说明了那些不符合人道的

① 《文学研究会宣言》，见《文学研究会资料》上册，河南人民出版社1985年版。

② 周作人：《人的文学》，见《文学运动史料选》第1册，上海教育出版社1979年版。

社会的所有现象必须排斥。但当时的一般人却往往把它看成是一种异道和异端而加以排斥，鲁迅为什么用了比较隐晦曲折的手法塑造出具有象征意义的狂人现象呢，这显然是对当时社会整体意识的反讽。所以他在写了《狂人日记》之后的1918年8月20日给老友许寿裳的信中就谈到：“偶曰《通鉴》，乃悟中国人尚是食人民族，因成此篇[①]。此种发现，关系亦甚大，而知者尚寥寥也。”也明显表现达了鲁迅对时局的认识和对中国人的思考。他认为中国人是“看客”，其实也是客观上的“吃人”。既是被吃者，也是“吃人”者，这一认识，确实是鲁迅对中国文学的伟大思想贡献。

所以，周作人在新文化运动初期，其对新文学理论上的建设是可以说是20世纪中国新文学的先声，与鲁迅所提倡的精神一唱一和，起到了推波助澜的作用。

而在《平民文学》中的就更是对陈独秀新文学观念的脚注，陈独秀阐明了新文学是平易抒情的国民文学，而周作人则进一步提出了新文学所谓的平民文学概念。“平民的文学正与贵族文学相反。……并非说这种文学是专做给贵族或平民看，……不过说文学的精神区别，指他普遍与否，真挚与否的区别。”可见周作人特别指出平民文学要反映人们一种“普遍”与“真挚”的感情。“所以平民文学应该著重与贵族文学相反的地方，是内容充实，就是普遍与真挚两件事。……我们不必记英雄豪杰的事业，才子佳人的幸福，只应记载世间普通男女的悲欢成败。”周作人所谓的平民文学主要指的是“平民文学不是专做给平民看的，那是研究平民的生活——人的生活——的文学。”他还指出“平民文学也不是慈善主义的文学。”看来他不是指平民能够看懂的通俗文学，而更是指一种文学的理念，即像胡适所谓的“不模仿古人”；陈独秀所谓的“新鲜、立诚的写实文学”；钱玄同所谓的“活的文学”。尽管这中文学观，看起来不是为平民而写，但其文学理念，同传统文学已经大相径庭，不可同日而语，目的主要是抛弃传统文学中的“无病呻

① “因成此篇”，此篇即指第一篇小说《狂人日记》。

吟”之作，建立一种适应时代的新文学，但其目的显然是向下看，而不是为才子佳人或贵族的附庸风雅的文学；而是从最广大的普通平民中记录他们的生活，反映他们的心声；似乎是平民或社会的代言人；这是对文学家创作角色的一次转型。就像鲁迅在《阿Q正传》，就是表明作家创作角色转移的最为有说服力的一篇经典之作。

所以《阿Q正传》如果从某种文学理念的角度看，又显然是对周作人文学思想的形象化诠释。鲁迅在小说的第一章用了“序”，“序”怎么可以成为小说的一章呢，其目的和用意是明显的。我们认为一是为了说明或暗示阿Q这一形象，并非是特指某一时代或某一特定的地方人，而是一个中国人精神弊病的“象征”；二是阿Q又是一个中国人中占绝大多数的最普遍的下层人，是传统文学几乎不涉及的对象。正像鲁迅在第一章“序”中所说的：“若论‘著之竹帛’这篇文章要算第一次”，“因为从来不朽之笔，须传不朽之人”。但阿Q又显然不是什么不朽之人，鲁迅要为阿Q写传，但阿Q连姓名和籍贯都没有，“孔子曰，‘名不正则言不顺’”，怎么写呢？甚至连阿Q的生平事迹都不知道，鲁迅在第二章的“优胜记略”一开头就写到：“阿Q不独是姓名籍贯有些渺茫，连他先前的‘行状’也渺茫。”怎么能写呢，可鲁迅就是给我们写出了阿Q的行为和精神，真是令读者发人深省，意在言外。所以我们认为《阿Q正传》不仅表达了鲁迅对中国人和中国文化弊病的深刻思考，同时，又在某种程度上体现了鲁迅对文学的认识，那就是新的文学，应该以反映为历代文人所不齿写的下层社会的平民为作家的首要表现对象，为平民说话，揭示出他们身上的一切精神现象，不管是优点还是缺点，必须启蒙下层社会，使他们时时照着镜子，方能进步，才能觉醒，只有这样，才是中国能够走上强盛之路的必由途径。他早在1908年在《河南》杂志上发表的《摩罗诗力说》中就说“首在审己，亦必知人，比较既周，爰生自觉。自觉之声发，每响必中于人心，清晰昭明，不同凡响。非然者，口舌一结，众语俱沦，沉默之来，倍于前此。盖魂意方梦，何能有言？即震于外缘，强自扬厉，不惟不大，徒增欷耳。故曰国民之精神之发扬，与世界识见之广博有所属。”① 如果还像阿Q那样，已经愚昧之至，却还在自我陶醉，甚至还幻想革命，革命胜利后，他又能干什么呢，即使革命了也是想着升官发财，还有女人，那样的革命，社会会变成什么样子。即使幻想，做着白日梦，人家还不让他革命呢，最后落得个不明不白的悲剧下场，但中国的民众能记住他吗？很快就会相安无事，过着各自的日子。

但值得我们注意的是，鲁迅也写了阿Q的内心感情，所以就发生了第四章的“恋爱的悲剧”。阿Q也有自己的感情，也有人应该有的七情六欲，但他在恋爱上的不正确认识，和封建社会的所谓“纲常名教”对人们的束缚，就已经决定了他的悲剧。在那个时代，人还是人吗，还有自己的“位置”吗？他们的一切人的权利已经被彻底剥夺了，连恋爱的资格都没有。这正是对下层社会的真实描写。这就是周作人所谓的“普通男女的悲欢成败”。“写普遍的思想与事实”同时也是符合《平民文学》中所要求的“只需以真为主，美即在其中”的审美原则。

总之，周作人在新青年时期，在文学思想上与鲁迅的主张是一致的。周氏兄弟做到了一个在理论的引导上，一个在文学的创作上开拓，珠联璧合，为草创时期的新文学开创了一个无人能够替代的历史作用。周作人的特点是在看似激烈中蕴含着冷静与理性，而鲁迅的创作则是在冷静与理性中蕴含着激情。

---

① 鲁迅：《摩罗诗力说》，见《鲁迅全集》第1卷，人民文学出版社2005年版。

（三）留学生与中国近代文化思想转型

I 不同留学去向下的差异，“欧美派”与“留日派”的同中之异

从19世纪70年代清朝政府开始了向欧美派遣留学生的步伐，为中国近代培育出了众多有用之才，如科学实业界的詹天佑，思想界的严复都是一代佼佼者。不过到了19世纪的90年代，甲午之后，则有更多的留学生涌向日本，这就使得近代留学生产生了两股主要的势力，“留日派”与“英美派”，他们虽然在文化的取向上有某些差异，但目的是共同的，那就是“救亡”和“图存”。尽管在“五四”后的数年间，以鲁迅为代表的“留日派”与以陈西滢为代表的英美派有过多次的思想碰撞和文笔之争，但同样对中国文化和文学向现代转型过程中所起到的启蒙作用是不可抹杀的。

从19世纪70年代开始已经完全走向衰落清朝政府不得不向海外派遣留学生，试图给已经衰竭的心脏注入一些活力。如何评价派遣留学生的得失，我们应该吸取什么样的教训和经验，近代留学生对中国近现代究竟带来什么，而留欧美和留日的留学生在思想和价值观上又有何区别，仍是一个值得进一步研究的重要课题。

简单来看，中国近代留学生在国外所接受的教育最大的变化是吸取了西方（泰西）的适用技术，譬如军事海防、地质矿产开发、机器和轮船制造等，其实这只适用于近代早期的急功近利的适用观念；而20世纪初叶即光绪三十六年之后，对留学生作同样的评价，就是失之偏颇的不切实际的结论。其实，这一时期最大的变化更应该是价值观念的变化，中国人更趋于理性的思考，逐渐抛却了传统的感性观念和不切实际的浪漫幻想，这一变化在19世纪的后期，已经发生着变化，比如较早的留英学生严复，所以后来他才能够成为维新思想界的重要人物；20世

纪之后这一变化就更加明显，譬如代表性人物鲁迅、胡适、陈独秀、钱玄同等人即是典型例子，而这一时期留学英美的人物，与留日学生，无论在思想观念还是文学的审美理念上都有着不同的追求指向，因而在“五四”时期形成了两道独特的风景线。这种现象在“五四”新文化运动之后形成了不同阵营和不同观念之间的激烈争论，而鲁迅就是争论旋涡的焦点人物。这时中国文人从传统的浪漫主义逐渐转向了更加务实的现实主义；这也是“五四”新文学现实主义形成的基础，以至于现实主义形成了一股重要的思潮，是中国文人从传统走向现代知识分子的前提，30 多年的中国现代文学一直延续了这一传统，牢牢占据着主流地位。

随着晚清“洋务运动”的深入，“办工厂，开同文馆派留学，表明中国朝野士大夫至少有一部分人已确信中国自立自强非学习西方不可。这较之19 世纪四五十年代的观念已有很大不同了。从鄙夷人，力严夷夏之防，到学习夷人之长，以不如夷为耻，这是观念上的一个重大变化。”① 其实，早在鸦片战争之后魏源就在其巨著《海国图志》中提出“师夷长技以制夷”的明确思想。这在当时的中国，无疑是一道划破夜空的闪电，确实是给中国文人一个尖锐的问题思考。“为中国近代思想的发展提出了一个全新命题。所谓‘师夷’，就是向西方学习，在今天看来，这是非常普通的主张，没有人会对此提出异议，但在魏源生活的时代，这可是石破天惊之论。”② 从当时的中国社会和文化背景来看，这确实是一件中国文人难以想象的事情。魏源的思想尽管还不能说已具备了启蒙性，但他确实开启了一个新的思想时代。所以有学者认为魏源某种程度上说是中国现代思想文化的开端，“19 世纪是中国由中世纪社会向现代社会转型期的开端，也是中国思想文化由古代形态蜕变的漫长过程的开端。”③ 但这只能说还是局限于上层社会的启蒙，而真正的具

① 耿云志：《近代中国文化转型导论》，四川人民出版社 2008 版。
② 郑大华：《魏源的‘师夷长技以制夷’》，载《光明日报》，2006 年 2 月 24 日。
③ 袁伟时：《中国现代思想散论》，广东教育出版社 1998 年版。

备中国现代启蒙意义的则是19世纪末留学生逐渐回归后的事情，那就是社会文化的变化主要依靠下层社会的启蒙运动。因此，19世纪末的康梁维新运动的诞生也就不是偶然意义的事情，维新运动如果从表面来，它确实是一次上层社会的变革，但它实质上已经在其中孕育着对下层社会文化特别是底层国民一定程度的关注。假若不是这样，维新运动为什么会在"五四"的文人中仍然会有较大的影响呢？事实是在维新运动失败后，以梁启超为核心的文化和思想界社会精英，俨然站在了当时思想界的前沿，说他是当时文化和思想的前沿，主要是因为梁启超在失败之后，在流亡日本的时期，他的思想和观念发生着一个明显的变化，从他20世纪初在日本流亡时创办的几个刊物看，是一目了然的。他创办的《新民丛报》（半月刊，1902年2月8日创办于日本横滨，共出96期。）同年11月27日《新小说》也在横滨创刊，它以内容分类登载，有历史小说、政治小说、科学小说、哲理小说、侦探小说、冒险小说，后续增语怪小说、法律小说、外交小说、社会小说、写情小说、札记小说、传奇小说等等。这一系列的事情很显然表明梁启超想做一件事，那就是把中国改革的希望试图寄托在国民身上。所以，从某种意义上说，如果把魏源看成是晚清文人上层社会的启蒙滥觞，那么梁启超显然是清末下层社会启蒙的开端。说梁启超具有了真正意义上的现代下层社会启蒙思想，那是因为他首先把国民的改造放在一个重要的位置。所以钱玄同在谈到新文学时，是这样评价梁启超的，"梁任公实为创造新文学之一人。虽其政论诸作，因时变迁，不能得国人全体之赞同，即其文章，亦未能尽脱帖括蹊径，然输入日本新体文学，以新名词及俗语入文，视戏曲小说与论记之文平等，……此皆其识力过人处。鄙意论现代文学之革新，必数梁君。"① 尽管，梁启超与"五四"的新文学思想还是有一定距离的，但他对新文学的荜路蓝缕，以启山林的作用是无法抹杀的事实。正像杨国强所说："就中学（旧学）和西学（新学）而言，西学东渐过程里产生的每一个命题都曾间接或直接地带来过具有启蒙意

① 钱玄同：《寄陈独秀》，见《文学运动史料选》第1册，上海教育出版社1979年版。

义的影响。但启蒙成为一种自觉的意识则开始于维新运动。”①

Ⅱ 新知识阶层的形成

而事实上，中国近代文化与文学真正在迈入现代步伐中起到不可替代作用的，是一个具备了现代思想观念的知识分子群体，或者可以说是一个阶层，那就是晚清以来的留学生群体。魏源还是地地道道的不过是一个理想的中国传统文人，梁启超就是一个在现代和传统之间徘徊的具有积极进取精神的近代思想者的代表，而19世纪末到20世纪初的留学生，则显然与前两者有了本质的不同。正是因为有了这一群体，中国的近代文化与文学才有了一个真正意义上的质的飞跃，它是近代文化与文学在渐变过程中的一次裂变，这个过程是在长达半个多世纪之后的“五四”新文化中产生出来的。“五四”新文化与近代最大的不同就在于它把“个性解放”这一命题纳入了民众的视野中，把“个性解放”作为中国社会解放和文化更新的前奏。正是在这一思想背景下，1915年九月在上海诞生的《青年杂志》（后更名为《新青年》）从它一诞生开始，就把启蒙和“个性解放”推到了一个显著的位置，目的已不言自明。也就是说从它一开始就把近代前两代的启蒙者们已远远抛到了后面，以至于后来的人很容易把维新运动前的很多文人看成是时代落伍者，这种认识可以说一直从“五四”到今天也不乏大有人在。事实上我们是不能离开历史的自身来看历史的，必须给它还原，才是理性的，学理的。

如鲁迅先生就显然是一个很清楚历史的人，他尽管看起来是比较激烈的，但实质并非如此，而是非常理性的。譬如他能够写出像《阿Q正传》这样的经典名作，不是因为他的过分激烈，也许就其小说中的人物形象看，有些是激烈的，但那是艺术，艺术就不乏夸张，但他的思想总体是中国的，或者说在骨子里仍然有着中国传统文人的使命情怀。

---

① 杨国强：《百年嬗蜕——中国近代的士与社会》，上海三联书店1997年版。

因而鲁迅经常是徘徊在“情感”与“理性”之间，造成了其文学作品与人格上的某种分裂。他的思想恰恰是他经过长期观察和缜密思考的产物。是在继承了前代人的思考基础上形成了其深邃的“改造国民性”思想。在近代以梁启超、严复为代表的维新文人对此已经有过不同程度的阐述。梁启超创办《新小说》的目的不就是与其“新民”思想紧密联系在一起的吗，他在《新小说》的创刊号上的《小说与群治之关系》一文中就说过“欲新一国之民，不可不先新一国之小说。故欲新道德，必新小说；欲新宗教，必新小说；欲新政治，必新小说；欲新风俗，必新小说；欲新学艺，必新小说；乃至欲新人心，欲新人格，必新小说。”① 由此可知，梁启超十分重视文学的社会功能，尤其是小说的作用。从根本上改变了中国传统文学不重视小说的观念，破坏了传统文学的秩序。尽管此后的文学创作有些杂乱无章，质量不是很高，但它为“五四”文学的重构扫清了道路，特别是对小说地位的提高和普及奠定了基础。严复先生在《与外交报主人论教育书》中也有过这样的论述：“今吾国之所最患者，非愚乎？非贫乎？非弱乎？则径而言之，凡事之可以愈此愚、疗此贫、起此弱者，皆可为。而三者之中，尤以愈愚为最急。何则？所以使吾日由贫弱之道而不自知者，徒以愚尔。继自今，凡可以愈愚者，将竭力尽气、皲手茧足以求之。唯求之能得，不暇问其中若西也，不必计其新若故也。有一道于此，致吾于愚矣，且由愚而得贫弱，虽出于父祖之亲，君师之严，犹将弃之，等而下焉者无论已；有一道于此，足以愈愚矣，且由是而疗贫起弱焉，虽出于夷狄禽兽，犹将师之，等而上焉者无论已。何则？神州之陆沉诚可哀，而四万万之沦胥甚可痛也。”② 由此可知，鲁迅的思想，其实是源自近代的，如果对近代文化及其思想流变不是很了解的话，对鲁迅思想的理解也只能是一知半解而已。正是在这一点上，说明鲁迅往往是用历史的眼光去思考历

① 舒芜、陈迩、周绍良、王利器编选：《中国近代文论选》，人民文学出版社 1981 年版。

② 刘欣：《试析五四时期归国留美留日学生政治见解差异之原因》，载《徐州师范大学学报》（哲学社会科学版），2003 年第 3 期。

史的。

那么鲁迅在20世纪20年代为什么会遭到很多思想其实并不保守的留学文人的围攻呢，原因是很简单的。其实最重要的，那是因为在近代以来的留学生群体中，主流群体有两类：一是留日派，一是英美派，由于他们在接受西方的教育中存在着一定的差距，所处的文化背景和思想背景也是有着不同的，特别是价值观取向，虽然日本也是在19世纪末的维新中学习西方的背景下发展起来的，但文化的本质还是有较明显的差异的，从本质上讲，日本与中国文化有着更多内在的共同之处，而英美则不同；他们的文化，在近代文化背景下，更崇尚的是“自由”和“个性主义”。“留美学生与留日学生是五四新文化运动中的骨干，由于留学国度不同，他们政治见解上也有较大差异：留美留日学生都提倡民主，反对专制，但在中国振兴道路的选择上，留美学生重视实业救国，留日学生重视社会革命；在政治思想上，留美学生信奉资产阶级改良主义，留日学生信仰社会主义。”① 由此看来，鲁迅先生尽管其思想最终宗旨是共同的，但留日派的文人有较强的“危机感”和“使命感”。而正是由于这些差异，“近代中国的留美和留日教育是两种风格截然不同的留学教育，对近代中国的社会发展亦产生了不同的历史作用。”② 英美派留学生有时对鲁迅的主张是无法理解的，在这方面，鲁迅的文章似乎流露出更为激烈的情绪，这也是造成鲁迅的思想和文学在一般人的印象中比较偏激的原因，我上面已经指出，其实鲁迅是一个非常理性的思想者。不过我们不能因此就过多批评比较温和的英美派，他们同样对中国近代文化向现代转型的过程中是不可或缺的因素。譬如，看过陈西滢《西滢闲话》的人，绝不会因为陈西滢与鲁迅之间的文笔之争，就简单否定陈先生的，他们还是有许多共同之处的。尽管对文化或者说对社会的认知上也有共同之处，看过徐志摩作品的人会更是如此，但毕竟他们

① 蒋纯焦：《近代中国留美和留日教育之比较》，载《江西社会科学》，2000年第1期。

② 同上。

尚存在着文化接受上的某些不同，因而他们之间是无法沟通的。

（四）从“五四”小说看作家创作理念的变化

I 真挚感情中的“稚拙”美

只要我们细心体会就会发现，“五四”初期的小说创作有一个鲜明的特征——“稚拙”。“稚拙”中蕴涵着丰厚和纯真的美。

“稚拙”美，首先是来自于作家真挚的感情，而不是小说形式的精细。因为“五四”小说无论在思想还是形式上都有着稚气。正如李欧梵先生所说：“判断中国现代小说艺术质量的一般标准是自然的情感和现实，而不是小说本身的丰富多彩。”① 觉醒的现代小说，它是现代人的第一声令人兴奋的发自肺腑的呼喊，就像是一个刚刚学话的婴儿第一次喊出“妈妈”二字时的喜悦、惊异，唯其“真”，所以“美”。陈衡哲在她的《小雨点》自序中说：“我的小说不过是一种内心冲动的产品，它们既没有师承，也没有派别，它们是不中文学家的规矩绳墨的。它们存在的唯一理由是真诚，是人类情感的共同与至诚。”② 这一段话可以说道出了“五四”文学的实质。那种“稚拙”美的特征在郭沫若的诗歌和“湖畔”诗社的创作中有着更为突出的表现。“五四”文学之所以至今仍有感人的价值，就因为它能使我们感受到萌芽时期的文学的那种稚气和天真。就像是《诗经》中的“国风”至今受人们喜欢，是因为它有一种原始的“稚拙”和质朴的美吧。

---

① ［美国］李欧梵：《论中国现代小说》，载《中国现代文学研究丛刊》，1985 年第 3 期。

② 陈衡哲：《小雨点》自序，见 1985 年 3 月上海书店影印本。

“五四”初期的大部分作家所追求的“真”，是毫不掩饰的赤裸裸的真。“中国文学从来没有象‘五四’时期这样坦白过，有些作者简直坦白到了‘赤裸裸’的程度。”① “情真”是“五四”文学创作的内在机智和动力，是灵魂。康德说：“一首诗，可以写得十分漂亮而又优雅，但却没有灵魂。一篇叙事作品，可以写得精确而又井然有序，但却没有灵魂。一篇节日的演说，可以内容充实而又极尽雕琢的能事，但却没有灵魂。一些谈吐可以不乏风趣而又娓娓动听，但却没有灵魂。甚至一个女人，可以说是长得漂亮、温雅而又优美动人，但却没有灵魂。那么，究竟什么是我们所说的‘灵魂’呢？从美学的意义上来看，所谓‘灵魂’（GEIST）是指心灵中起灌注生气作用的那种原则。”② 在“五四”的小说创作中那种“灌注的生气”就是“情真”。真挚与否是评判作品的最高美学标准。

庐隐的《海滨故人》，从形式技巧方面看是十分幼稚的，可它又是十分感人的。关键在于她的真挚的感情。她表达了那个时代妇女的追求、彷徨、寂寞和苦闷。顾仲起的《最后一封信》使读者感动的，在于它抒发了一个即将要自杀的青年内心的真挚感情。冰心对“母爱”的歌颂，王统照对“爱”和“美”的执著的追求，都是以没有任何虚伪的感情来取胜。他们的小说给我们一种“非虚构性”的感觉。因为他们追求的是那“童稚”般的真。因而，尽管他们对人生、社会的看法表现出一种不成熟，但给我们一种“稚拙”美的感觉。冰心、叶圣陶想通过“母爱”和“童稚”之爱来消除人类的“隔膜”，是十分幼稚的，但那个冰冷的“超人”最终为“母爱”所感化时，我们又觉得它是合理的，不禁为此而感动了。一位同时代的评论者说：“《超人》出来已赚得青年人的许多眼泪了！”③ “五四”小说，也正是凭这热情显示出了它的伟大。英国小说家佛斯特说：“如果他有热情，他可以成

① 刘纳：《论‘五四’新文学》，浙江文艺出版社 1987 年版。
② ［德国］康德：《判断力批判》导论，商务印书馆 1964 年版。
③ 佩衡：《评冰心女士的三篇小说》，见《小说月报》13 卷 8 号。

为一位伟大的小说家那时技巧上多么迟蠢拙劣、忸怩造作都没关系。”①

“五四”小说的“稚拙”美还表现在它的生命活力。形式虽不成熟，但它显示出了广阔的发展前景和对未来的信心。正因为它没有固定的“模式”，所以它不是僵死的，永远处在不断地探索中、变化中。新文学是在反对旧思想旧形式的僵死模式中成长起来的，所以，我们从它的幼稚和天真中看到了潜在的发展背景。“五四”小说创作中没有成见的“吸收”和没有“偏见”的博采终长，以及那种永不满足的好奇、幻想和探索精神正是构成“稚拙”美的重要因素。

“五四”的现实主义小说和欧洲的现实主义文学相比，相对幼稚。它没有欧洲现实主义那么纯熟、壮观。但它更贴近下层劳动人民。它没有拘泥于欧洲现实主义固有的模式。就像是一个儿童在画布上创作他的绘画一样，绝没有任何既定模式对他的限制，他完全按照他的内心想象去构思。“五四”小说的形式，往往不是以生活的逻辑来构造他的情节，而常常是以作者自己的“情感逻辑”来组接。大多数作者并不重视情节本身，而注重的是“情感”是否真挚。到了后期，虽然现实主义成熟了，客观了，但我们又似乎感到失掉了某些动西。特别是“五四”小说中那种特有的“生气”，虽然它更深刻、更广阔。但那特殊的美学风格却难以找到了。所以我认为，“五四”小说正是以它的“稚拙”美而征服了广大的读者。

Ⅱ 特殊的悲剧意识与悲剧感

只要我们把“五四”小说创作稍加领略，就会发现，悲剧“感念”是当时小说创作的共同特点。但那只是刚刚觉醒的悲剧意识，还不是真正的悲剧。“大团圆”式的悲剧的结束，并不意味着“真正”悲剧的诞生。可是，“五四”小说有它特殊的悲剧表达方式、悲剧意识和悲剧

① ［英国］佛斯特：《小说面面观》，花城出版社 1983 年版。

风格。

有觉醒的悲剧意识，才会有悲剧感，而悲剧意识的觉醒又来自于“人”的觉醒。“人”的觉醒的首要标志是要求把人当做人来看待，人不是工具，人也不是随便可以践踏的小草。然而，那时的觉醒者还只是少数的知识分子，大多数人虽处在悲剧地位，但并不知自己是悲剧人物。这就决定了“五四”小说中的悲剧主人公不可能成为真正的悲剧主人公。他们只是封建制度的牺牲品。正如英国美学家马斯特所说：“如果苦难落在一个生性懦弱的人头上，他逆来顺受地接受了苦难，那就不是真正的悲剧。只有当他表现出坚毅和斗争的时候，才有真正的悲剧，哪怕表现出的仅仅是片刻的活力、激情和灵感，使他能超越平时的自己。悲剧全在于对灾难的反抗。”①“五四”的悲剧，我们大致可分为两类。一类是觉醒者眼光中的悲剧。描绘那些还未觉醒者的悲剧生活、悲剧命运。这一类悲剧创作，存在着作者自身浓烈的悲剧意识与所表现的悲剧对象的无悲剧感之间的矛盾。最能体现这种悲剧特点的是鲁迅。像孔乙已、阿 Q、祥林嫂，都是受害者，但孔乙己并不知道自己是封建科举文化的牺牲品，在无名的寂寞和耻辱痛苦中死去时也仍穿着那代表身份的长衫，聊以自慰那孤寂的灵魂。阿 Q 被绑赴刑场时还不知道是怎么回事，当他明白了要杀头时，还仍在自我欺骗，“似乎觉得人生天地间，大约本来有时也未免要杀头的。”祥林嫂尽管对灵魂的有无提出了疑问，但并无反抗意识，最终默默地死去。而小说中倒是灌注着鲁迅的觉醒与强烈的悲剧感受，而给读者以反抗意识的启示。“鲁迅的悲喜剧不仅存在于下层群众的生活和命运之中，而且存在于观察这些群众生活的主体之中，即悲剧和喜剧的产生同时也是由于‘发现’悲剧或喜剧的人的主观机智。因而这里的悲剧和喜剧性又是‘被意识了’的悲剧性和喜剧性——这个‘发现者’或‘意识主体’只能是作为历史

---

① ［英国］马斯特：《悲剧》，见朱光潜：《西方美学史》，人民文学出版社 1979 年版。

‘中间物’的知识者。”①

叶圣陶的小说所描绘的也大多是些平庸、猥琐、怯懦的小资产阶级知识分子。“是一些没有勇气和环境抗争，揉揉肚子就把他的‘理想’折扣成零的妥协者。”② “乡土文学”中的大部分作品也都描绘下层人民的不幸、痛苦，同时，也写出了他们的麻木。像王思玷的《偏枯》，许钦文的《石宕》等。但他们的创作提供给了我们新的东西，那就是他们能正视现实，反映下层人民的不幸的悲剧命运，不再添上一个理想的尾巴，来求得心理上的平衡“自我欺骗”。他们打破了中国传统的以“善”的愿望结尾的悲剧观念。这是一种觉醒的悲剧意识，它是伴随着人的觉醒而来的。

另一类悲剧是描绘觉醒者与封建家庭、社会甚至整个封建文化对抗的悲剧。这一类悲剧人物能清醒的认识到自己的悲剧地位，并有反抗意识。但他们的反抗意识比较朦胧，因而，面对强大的封建势力时，显得软弱而感伤。这在庐隐的小说、冰心、王统照的小说中表现的比较明显，而在郁达夫、冯沅君的小说中尤为突出。他们的小说，一方面表现出“意识到的历史内容”的深刻性，另一方面又表现出他们在现实面前的软弱性和逃避性。像冯沅君的小说中既反映出觉醒的妇女对爱情的执著追求，又反映了她们对“母爱”的过分依恋，因而那矛盾也不能达到强烈激化的程度，没有真正的冲突。恩格斯说悲剧是“历史的必然要求和这个要求实际上不能实现”之间的矛盾。但“五四”作家在处理这个矛盾时表现出一种幻想性和妥协性。王统照企图以“爱”和“美”来调和，以空幻的人生理想去“提高人类的思想，及调节人类的感情。”③ 因而只能让那女模特儿永无止境而得不到结论地“沉思”。冰心则想通过“人类之爱”来沟通人与人的“隔膜”。庐隐在封建势力面前又只能让自己的人物“游戏起人间”来。许杰在《醉人的湖风》

① 汪辉：《历史的“中间物”与鲁迅小说的精神特征》，载《文学评论》，1986 年第 5 期。

② 茅盾：《中国新文学大系——小说一集导言》。

③ 王统照：《对于诗坛批评者的我见》，《诗》月刊第 1 卷 3 号，1922 年 3 月 15 日。

中塑造了一个受着经济压迫的知识分子，但终因自己是“知识分子”而放不下架子饿着肚子。王以仁也只能以“神游病者”来抒发“经济的苦闷”和“性的苦闷”。许地山的小说因其浓厚的宗教色彩，连本来是不幸的爱情悲剧也描绘得那么美丽、纯净，仿佛主人公不是走向可怕的地狱，而是走向那“极乐天堂”。这无疑又降低了作品的悲剧效果。他们的作品之所以能给我们以悲剧感受，不是因为他们写出了“真正”的悲剧，而在于那些人物能认识到自己的悲剧命运，在于作者渗入作品中的强烈的悲剧情绪。和西方悲剧相比，“五四”小说的悲剧，仍然表现出根深蒂固的传统文化对他们的深刻影响。一方面是悲剧意识的觉醒，一方面又受传统牵制的矛盾形态。

因而，我们评价“五四”小说的悲剧，不能看它是否塑造出了“崇高”的悲剧形象，而是看它是否描绘了可悲的现实，是否在作品中蕴含着作者自己强烈的悲剧意识。鲁迅只能在喜剧形式的嘲讽中塑造出令人可笑的阿Q、孔乙己。因而鲁迅的悲剧人物同西方的悲剧不同，它不是给人以“崇高”，而是“麻木”、“愚昧”、“懦弱”和“不觉悟”。引起读者不仅是同情，而是同情中的“嫉愤”。“五四”小说中许多描绘下层劳动人民苦难生活的小说，描绘爱情悲剧的小说，之所以能引起我们的悲剧感，是因为它表现出一种强烈的民族责任感和历史使命感，似乎面对我们的是难以摆脱的几千年积压在我们头上的封建阴魂。那是一种最沉重的历史悲剧感，它给我们一种整体感受上的崇高性和沉重性。

因而我们说，“五四”小说的悲剧不是以崇高的悲剧形象引导人民前进，而是以描绘可悲的现实生活来唤醒人们觉悟，使读者知道我们原来如此。正像茅盾所说：“我们希望国内的文艺青年，再不要闭了眼冥想他们梦中的七宝楼台，而忘记了自身是住在猪圈里。”①

由此看来，“五四”小说中的真正悲剧形象正是作家自己。鲁迅曾这样描绘自己的心情，“独有叫喊于生人中，而生人并无反应，既非赞

① 茅盾：《“大转变时期”何时来呢?》，载《时事新报》，1923年12月31日。

同，也无反对，如置身毫无边际的荒原，无可措手的了，这是怎样的悲哀呵，我于是以我所感到者为寂寞。”① 《狂人日记》中的“狂人”具有清醒的反抗意识，实际那种强烈的叛逆意识是鲁迅自己的意志。郁达夫、庐隐也是在与封建社会和封建礼教的对抗中完成了自己的悲剧主人公形象。“五四”悲剧是渗透着作者自身的主观意识和主观情感的特殊悲剧。是现代观念的体现者与传统观念支配下的社会结构的斗争和失败的过程。是变革社会的改革者的激情与对自身悲剧命运的深切体验。他们的使命感和悲剧感是“来自于他们对历史必然要求的深刻理解和意识到自身难以成为这种历史必然要求的胜利的体现者的痛苦感受。”②这构成了“五四”小说悲剧的基本调子。形成了“五四”特殊的悲剧风格。

Ⅲ　传统审美心理与外来影响

毫无疑问，“五四”小说是西方思想、西方文学和古老、厚实、坚硬的民族传统文化相碰撞迸发出来的“火花”。那是因为“五四”作家大多都受外国文学的影响。郭沫若曾说他是在看了惠特曼的《草叶集》后有一种强烈的创作欲望。鲁迅说他是因为读了百来篇外国小说。而老舍受狄更斯的影响，王统照受叶芝和泰戈尔的影响，茅盾受佐拉的影响，郁达夫受日本“私小说”和西方感伤浪漫主义的影响都是勿庸置疑的。正因为这一点，才使“五四”文学和传统文学有了完全不同的美学价值。“个性”的张扬在“五四”的小说创作中得到了较为充分的发展。而这又显然是受西方文学的影响。因而当时的大多数小说是第一人称或书“信体”。因为它更能把作者的感情灌注到作品中去。

郭沫若甚至认为“艺术家的目的只在乎如何能真挚地表现出自己

---

① 鲁迅：《呐喊》自序，见《鲁迅全集》，人民文学出版社 1981 年版。

② ［英国］佛斯特：《小说面面观》，花城出版社 1983 年版。

的感情，并不在乎使人能得到共感与否。”① 郁达夫干脆把小说认为是作家的“自叙传”。朱自清也认为“自叙传性质的作品，比较的最是真实，是第一等。”②“五四”的小说创作中很多都带有自传的性质。他们更注重小说的真挚感情，而不是结构布局。甚至一些小说注重的是情绪，而不是故事情节。这显然是西方文学影响的结果。

然而，中国传统文化积淀而成的审美心理定势又始终潜伏在“五四”的小说创作中。鲁迅小说中的人情风物，语气节奏，内在神韵，情感逻辑，又是完全中国式的、民族的。鲁迅观察生活的特殊的思维方式表现出鲜明的民族性。别林斯基曾说：“法国古典派在悲剧中把古希腊和罗马的英雄们法国化了：这是真正的民族性，即使在歪曲中也还是忠于自己！它包含在为某一民族特有的思想和感情方式中。”③ 郁达夫的小说具有卢梭式的坦白和赤裸裸的真挚，可是他小说中的人物又是十足的中国文人，有强烈的道德感，中国知识分子特有的那种怀才不遇和清高感。老舍的小说受狄更斯的影响，然而，这并不影响他是一个纯正的民族作家，他的民族性不在于他描绘了北京的风土人情和习俗，而在于他是以北京人的感情、北京人的体验、北京人的情绪、北京人的感受、北京人特有的思维方式和精神气质来写的。即使幽默滑稽也是纯北京式的，而不是英国式的。他完全是中国化的。

如果我们对“五四”小说创作进行一番总体考察，你就会发现，那些骚动不安的情绪中，传统文化中的“中庸”、“求静”、“内向”和“柔韧”的审美心理始终体现在当时的小说创作中。

庐隐的《海滨故人》中的女主人公露莎的文婉多情，多愁善感，我们似乎看到了“现代林黛玉”。许地山的具有浓郁的宗教色彩的小说，正是和中国的“静美”，道家思想找到了契合点。他的人生哲学仍然体现着“天行健，君子以自强不息”的精神。在王统照的作品、冰

① 郭沫若：《文艺论集》黄淳浩汇校本，湖南人民出版社 1984 年版。
② 朱自清：《文艺的真实》，《小说月报》第 15 卷 1 号，1924 年 1 月 10 日。
③ 《别林斯基选集》第 1 卷，满涛译，上海译文出版社 1980 年版。

心的作品中的那种缠绵悱恻的细腻感情，能给我们以“柔情似水”和素雅明净的美学感受。绮琴的《黯淡底秋夜》，使我们想起了“如怨如慕，如泣如诉”的悲凉意境。潘训的《牧生和他的笛》给我们一种空灵之美，仿佛呈现在我们面前的是一幅浓淡相宜的水墨画。“中国传统艺术虽不易给人那种如醉如狂、痛快淋漓、强烈狂欢式的艺术感受，它却往往以一种温和宁静、细腻、婉转的风格，使人一唱三叹，留连惝徉，感受到一种温柔甜美的艺术享受。”① “五四”作家几乎没有一个不是用外国文学的乳汁喂大的，它可能促使他们的思想感情和心理的变化，但它不可能彻底改变了他们的内在“气质”和固有的“神韵”。因为中国传统审美心理毕竟不喜欢“具有锐利锋芒的人物”，而更欣赏的是“乐而不淫，哀而不丧”的美学风格。因而“五四”作家的那种对社会的对抗，往往是通过“愁”和“怨”的情调表现的。仍然表现出中国传统思想中那种“外求不得反求诸身”的消极性。但是，“它是一种交织着妥协的奴隶精神和极其顽强深沉的力量在内的复杂综合。对这样一种在一个伟大民族的心灵中植有深根的精神倾向，任何简单化的评价都是不适当的。”②

而鲁迅所提倡的那种“乐则大笑，悲则大叫”的精神，在“五四”也并不是一种普遍的精神状态。从当时的小说创作看，觉醒的知识分子始终处在中西文化撞击的夹缝中挣扎，他们在思想心理上认同西方文化，但在行动上又表现出东方人的性格。“一个文学的作家，并不只是现代的产儿，在纵的一方面他是受有特殊历史，遗传，而尤为重要的是思想的渊源。而横的一方面，乃与时代精神合一。”③

“五四”小说的抒情风格也是不同于西方文学中的抒情。大部分“五四”小说不是直抒胸臆，而是通过富有诗意的意境或委婉曲折的倾吐表现的。它往往不给人以力量感，而是韵味感。“任何民族都可以从

① 远帆：《中国传统艺术中的柔性精神》，载《文艺研究》，1986年第2期。

② 同上。

③ 王统照：《泰戈尔的思想与其诗歌的表象》，《小说月报》第14卷9号，1923年9月10号。

别一民族有所借镜，可是他非在那些带有模仿的特色的借物上面捺上自己的天才烙印不可。”①

“五四”小说的重功利和重审美教育作用，不能不说是同传统文学的“文以载道”有着某种程度的联系。“五四”文学虽反对“文以载道”但并不反对文学的功利性。虽然他们把所提倡的文学功利性泛指为“为人生”，与传统文学中的功利性有着本质的区别，但我们必须注意到接受主体在几千年的传统文化背景中所形成的心理定势对现代小说家所起的作用，是一种无形的力量。“五四”的小说创作是复杂的，是多方面的文化动力的综合，它典型地体现出过渡时期和社会意识转型的特征。而正因为这样一个混合性特征，给“五四”小说创作带来了富有生气的令人激动的美学效果。但我们在欣赏艺术的背后却感受到了文人向知识分子心态、理念转换的艰难和矛盾心态。

（五）从文学观转型看现代作家创作心态

20 世纪以来，中国社会不仅政治和文化在发生着剧烈的变动，而伴随着社会而变革的文学，事实上它比社会的变革更直接，更预先形象地体现在文学作品中。这种现象在“五四”文学的创作中表现的极为鲜明，它预示了中国文学将从 19 世纪末对旧文学破坏之后的混乱无序状态中建立一种新的秩序，重新建构一种新的文学体系，使业已衰落的传统文学再次建构新的秩序。不过，这种新秩序是在西方 19 世纪末以来的文学思想观念影响下寻求到的，因而，新文学从他一开始就试图找到与世界文学发展相一致的契合点，即文学的人性化和平民化。

① 《别林斯基选集》第 1 卷，满涛译，上海译文出版社 1980 年版。

I　开放心态的文学理念

近代以来的文学思想和中国社会现实决定了中国现代文学从它一开始就不可能是封闭的而是开放型态的，它的胃口是现实主义的，但它完全可以吸收浪漫主义、唯美主义、乃至现代主义象征主义等有益新文学发展的一切流派。

正如《小说月报》改革宣言中所宣称的："同人以为今日谈革新文学非徒事模仿西洋而已，实将创造中国之新文艺，对世界尽贡献之责任：将欲取远大之规模尽贡献之责任，则预备研究，愈久愈博愈广，结果愈佳，即不论如何相反之主义咸有研究之必要。故对于为艺术与为人生两无所祖。必将尽忠实介绍，以为研究之材料。"①"我们主张为人生的艺术，我们自己的作品自然不论创作译丛论文都照这个标准去做但并不是欲勉强大家都如此，所以对于研究文学的同志们的作品，只问是文学否，不问是什么派，什么主义。"②譬如，以宣传现实主义为己任的《小说另报》在改革以前主要发表"礼拜六 "派的小说，但在沈雁冰主编的小说新潮栏宣言中就指出"现在新思想一日千里，新思想是欲新文艺去替他宣传鼓吹，所以一时间便觉得中国翻译的小说实在是都不合时代，况且西洋文艺已经由浪漫主义保持原样进而为写实主义（Realisrn）表象主义（Symbolicism），新浪漫主义（New Romanticim），我国却还是停留在写实以前，这个又显然是步人后尘。所以新派小说的介绍，于今实在是很急切的了"③《小说月报》从十一卷一号开始由沈雁冰主编"小说新潮"栏进行了革新，这是大势所趋，新文学新观念逐渐占领了上风。《小说月报》的革新，说明孕育中的新文学已到了它的产期，尽管在此之前《新青年》已诞生出鲁迅的《狂人日记》，北京大学

① 见《小说月报》第12卷第1号，第3页。

② 见《小说月报》第12卷第6号附录《文学研究会会务报告》第2页。

③ 见《小说月报》第11卷第1号"小说新潮"第1页。

也办起了《新潮》以发表新小说为主，但那只是报春之花，而真正的百花争艳的时代应该是《小说月报》革新以后。说它是在重新寻找新的秩序，新的体系，说它是成熟的，我们从改革宣言中便可略知其大概。首先，他们“深信文艺进步全赖有不囿于传统思想之创造的精神”，以介绍西洋名家著作为己任；其次是对中国旧有文学，他们认为“不仅过去时代有相当之地位而已，即对于将来亦有几分之贡献。所以“甚愿发表治旧文学者研究所得之见”。这对近代梁启超所提倡的现实主义文学既是接轨，又是发展。

新文学家们认为建设新的文学，不仅仅是创造我们的“国民文学”，而且要把文学作为“沟通人类感情代社会人类呼吁的唯一工具”文学能使世界不同色的人种可以融化可以调和，所以“文学家要在非常纷扰的人生中寻求永久的人性。要了解别人，也要把自己表露出来使人了解，要消灭人与人之间的沟渠”。这样的文学 就是“为人生”的文学。王统照说：“我们相信文学为人类情感之流底不可阻遏的表现见，而为人类潜在的欲望的要求”① 实际上对于一个刚刚从几千年沉睡中觉醒的民族的文学来说更是如此，被压抑的欲望必然会通过文学表现出来，它不可能以纯客观的角度来观察人，观察社会，观察生活，它既有新奇的感受，也有不安的焦虑，既有对未来的向往，亦有对前途的茫然痛楚、兴奋、悲哀交织在一起，这是觉醒时期文学的特征。正像郑振铎在《文艺丛谈》中所说：“文学不惟是最好思想的记录，爱默生（Emerson）所说的，并且也是人们的一切感情的结晶。他把我们的笑，我们的哭，我们的叹息，我们的崇慕，恨怒，以及我们的一分一秒间的脑中的波动与变化，微妙而且感人地写下来”②

---

① 王统照：《本刊的缘起及主张》，这里本刊指《文学旬刊》，载《晨报副刊》，1923年6月11日。

② 见《小说月报》第12卷第1号第31页。

Ⅱ 抒情为主旋律的初期创作

新文学早期小说创作固然庞杂多样，作家总的倾向、艺术风格也不尽一致，但作为一个整体来看，我们可以在庞杂多样中找出一个较为普遍的特点，初期的创作“抒情”多于冷静思考。

无论是“创造社”的浪漫主义代表作家郁达夫还是追随“文学研究会”“为人生”艺术的庐隐和冰心，即使被称为杰出的现实主义大师的鲁迅也不是传统意义上的现实主义作家，更何况鲁迅在民元前留学日本时期的长篇文言论文《摩罗诗力说》就主要介绍的是英国东欧和俄国的浪漫主义诗人，试图为死水一潭的中国文坛激起一点浪花，为黑暗中生存的中国国民输入一丝新鲜血液，他写《摩罗诗力说》的宗旨在于“立意在反抗，旨归在动作”。这说明在鲁迅早期的文学观中认为，在压抑的文化和社会背景下，浪漫主义是激起国民觉醒的最好方式，也是作家抒发内心苦闷的最佳选择。不妨仔细阅读和体会他的第一篇开山之作《狂人日记》，其中就充满激情，不乏浪漫主义特征，这篇作品从某种意义上看，可以说是一首抒情诗，是对旧文化和旧道德的诅咒诗，是一声绝叫，是黑暗的铁屋子中的绝叫。

这篇作品一般认为是现实主义的，但他同传统意义上的现实主义截然不同。它给人的感觉是作者压抑已久的内心世界的一种释放，它更像他在散文诗《死火》中曾经描述过的那种被冰冻了的火，有焰焰的形，但那是“死火”，不过总有复活的时候，爆发的潜力。在鲁迅所有的作品中我们都能感觉到这种极具爆发的张力的存在，“地火在地下运行，奔突；熔岩一旦喷出，将烧尽一切野草”。这足以证明鲁迅就是一团火，但又是被冰冻的火，他没有简单的乐观，更没有单纯的表露自己的内心世界，而是选择了理性的冷静的视角来观察人生和社会，因而表面看，鲁迅是那样的冷静，很容易被人们看作是一个冷峻的现实主义作家，当你真正能够解读了他的内心世界的时候，他的本质其实激烈的，这种激烈不仅仅来自他文章中的好斗精神，而是对未来充满憧憬和希望，但现实却不能使他看到希望和光明后被抑制的激情。因此，鲁迅本是一个充满个性的极具张力作家。只是鲁迅的作品同现代文学史上的以郭沫若为代表的浪漫主义作家以不同的方式表现出来而已。

所以我们不难看出，“五四”时代启蒙文学的总体特质是充满激情的，是对传统几千年来人性被压抑后焕发出来的激情。

Ⅲ 时代转型期的忏悔意识

忏悔意识是初期小说创作中的一个主要特征，这一类小说多采用第一人称的手法，以描写下层贫民的生活为主，但目的不仅是写下层贫民的苦难生活，而且是通过对某一事件或生活情节的描绘叙述，来反映“我”的思想感情和态度，由“我”的感情波动变化来思考人生，因此多数小说情节非常间单，这些小说还不能普遍深入地反映下层贫民的生活，几乎也没有写了什么人物性格，“我”和所叙述者的感情融在了一起，构成了一幅具有巨大精神包容量的写意画。带着强烈的从朦胧中苏醒过来的知识分子对于“人”的重新发现而产生的感慨诗绪。

“人”的发现，一方面是自我的发现，另一方面又是通过自我对于他人的发现。对于自我的价值，又是对他人的价值的发现。忏悔意识正是在对于他人的价值发现中窥察到了自我。这也是不同于中国古代文学中的人道主义的一种新的意识，是近代以来所提倡的人道主义思想的体现。在古代文学作品中的人道主义只是一种精神，一种倾向，一种人民性，其中几乎没有真正的自我。如杜甫的“三吏”、“三别”它只能反映出作者对于那些不幸者的同情、怜悯，其实质是在通过描绘现实来讽喻封建统治者，目的无非是“致君尧舜上，再使风俗淳”。而现代文学中的人道主义却是对“人”的真正发现，是对人生的形而上的哲学思考，它不仅仅是一种“同情”和“怜悯”正如周作人在《平民文学》中所说的，“平民文学者，见了一个乞丐，绝不是单给他一个铜板，便安心走过；捉住了一个贼，也绝不是单给他一元钞票放了，便安心睡下，他照常未必给一个铜子或一元钞票，但他有他心里的苦闷，来酬付他受苦或为非的同类人，他所注意的，不单是这一人缺一个铜子或一元钞票的事，乃是对于他自己的与共同的人类的运命。他们用一个铜子或用一元钞票，赎得心的苦闷的人，已经错了"① 如果说胡适的《人力车夫》还只是知识分子对于贫民的同情和怜悯的话，鲁迅的《一件小事》则是如识分子从劳动者的形象中对比出了自己"渺小"的一面，忏悔意识也不仅仅是发现下层贫民的"崇高美德"，而是对于整个人生的思索，他们因此而苦闷、而忧患。表现出了一种深刻的自我启蒙精神和虔诚的反省精神，是以往时代的文学中没有的。这种忏悔意识是想摆脱传统束缚的心态，是对传统的绝望，对新生活的憧憬。

其实在"五四"对传统文化的否定中，知识分子在接受西方的资产阶级人道主义思想的时候，也有意或无意地和中国传统的人文主义思想融汇在了一起，其忏悔意识和忧患意识便是一种传统文人品格。西方的人道主义特别强调的是自我，是"个性"，只有在自我的价值的实现中才体现了对于人类的爱。对他人的爱首先应该是对自我的尊重。"创造社"的作家在他们的创作中似乎更体现出这种西方式的"个性"。然而，终因不符合中国人的精神而不得不逐渐转向现实。

"五四"文学的忏悔意识还表现在小说中的主人公颇像俄国十九世纪中叶文学中"多余人"形象，他们"苦闷"、"彷徨"，绝望于社会，也厌恶自己，他们感到自己在社会中是没有用的。正像赫尔岑《谁之罪》中的主人公所说，"……为什么人生而有这样的力量和这样的憧憬，而无用武之地呢？这简直是不可理解的"。"五四"时期的中国知识分子感到自己在强大的封建势力面前是如此微弱、渺小。庐隐笔下的那些凄凄切切的哀怨的女性，郁达夫笔下的"零余者"都感到自己的"多余"。他们不但经济拮据，而且在思想转型时期，体现出了对国家、民族和自我的忧虑。这使他们和社会的下层有了密切的思想上的联系，

① 周作人：《平民文学》，载《每周评论》第五号，1919年1月19日，署名仲密。

很容易和被压迫者结合起来，谋求新的生活。不仅仅是我的生活，而且也包含着对民族生存前景的思考。所以，“五四”后新文学不同于传统的一面，主要体现在是以“自我”的形式表现的，把“自我”意识和整个社会联系在一起，不断地反省自身存在的传统道德观，这就是“五四”文学中忏悔意识形成主要原因。

Ⅳ　“爱”和“美”的追求

对“爱”和“美”的追求也是当时许多作家表现的主题。“五四”时期对于“爱”和“美”的理解，是和封建的“爱”和“美”有着完全不同的意义，是对人的内在生存本质的追求。正像茅盾所说：“我们觉得文学的使命是声诉现代人的烦闷，帮助人们摆脱几千年来历史遗传的人类共有的偏心与弱点，使那无形中还受着历史束缚的现代人的情感能够互相沟通，使人与人中间的无形的界线渐渐泯灭，文学的背景是全人类的背景，所诉的情感是全人类共同的情感。”① 这说明，“五四”时期，知识分子在思考问题时把中国放在全人类的文化背景中思考的，而传统民族主义思想中的“夷夏之辨”思想已荡然无存。而在传统文化中民族主义不仅是人与人之间筑起了一堵厚厚的墙壁，而且民族与民族之间，国家与国家之间也隔开了一道厚厚的墙壁，无法有真正的感情的交流。“五四”文学在很大程度上反映了人们寻求突破这种“隔膜”的途径。鲁迅在《故乡》中就沉重地感觉到了这种“隔膜”的痛苦，是封建礼教使他与闰土之间隔了一层可悲的厚障壁。他希望下一代他们应该有新的生活，为我们所未经生活过的。再不要像他们似的存在精神上的“隔绝”。但鲁迅并没有指明如何消除这“隔绝”，而冰心则想以“母爱”、“童真”去感动那冷冰冰的超人，她希望人类就像母亲爱活泼天真的儿童一样去相爱，使爱变成一种天性，消除“隔膜”。她是中国文学史上第一个写真正写“母爱”，歌颂“母爱”的作家。固然，在中

① 茅盾：《创作的前途》，载《小说月报》第12卷第7号第45页，署名沈雁冰。

国文学史上可以找到许多“母爱”的例子，但那都是带着封建理性色彩将“母爱”赋予了浓厚的封建理性思想。所以，这样的思考，在“五四”时期是有积极意义的，她把母爱赋予了现代色彩。

另外，叶圣陶对“自然之美”和“童稚之爱”的歌颂，王统照对于超越现实人生的“爱”和“美”的追求，也都是觉醒者的对于人的思考和追求。这也是觉醒时代文学的一个重要特征。他们不是在幻想，而是在追求，它不是缥缈的，而是充实的，正是在对“爱”和“美”的追求中表达了“五四”后知识分子的价值取向。

V　“国民性”主题的发掘

对“国民性”主题的发掘，也是当时文学创作所关注的问题。二十世纪初，改良主义者梁启超就提出了“新民”的主张，他说：“现在的民德民智民力，不但不可以和他讲革命，就是你天天讲，天天跳，这革命也是万不能做到的”① 而在近代，真正拿起改造“国民性”武器的是鲁迅。《小说月报》的改革宣言中也说：“同人深信一国文艺为一国国民性之反映，亦惟能表现国民性之文艺能有其价值，能在世界的文学中占一席地”。对于一个刚刚从沉睡中醒来的民族来说，对于一个落后的民族来说，对于一个有进取精神的民族来说，对有反思精神的民族来说，它必然有着反省精神，它必然正视国民性的弱点，对于我们这个有着几千年文明的民族来说，既有闪光的珍宝，亦有积淀的沉疴。

“五四”文学的启蒙性质，需要以揭示国民性的弱点为主。它是一种更深层的文化反省精神。在“五四”后的文学创作中反映国民性题材的作品，除鲁迅外，还体现在二十年代中期受鲁迅影响的“乡土文学”中，他们对农村的落后、闭塞、愚昧陋习的展示，使我们不仅看到了那些淳朴的风土人情画面，而且也看到了中国农民习惯于逆来顺受的听天由命的落后意识。如许杰的《惨雾》、《赌徒吉顺》就是在通过

---

① 见梁启超《饮冰室合集·专集》之89《新中国未来记》第38页。

野蛮愚昧的互相残杀，恶劣的民风；做着发财美梦的赌徒的堕落来写中国传统乡村的国民性。“乡土文学”在一定程度上展现了二十年代中国农民的落后和牢固的传统意识。

为什么在1923后会兴起“乡土文学 ”难道仅仅是寓居都市的作家对于故乡的怀恋和反省？难道仅仅是对于淳朴风土人情的赞美与歌颂？其实它蕴含着在现代意识冲击下的知识分子对中国乡村民俗社会的重新审视，是“五四”后中国现代知识分子把启蒙转向平民的重要特征，也是现代知识分子思想向底层社会转型的重要标志。譬如这一时期，即使以反映知识分子题材为主的郁达夫，同样一改过去的狭隘圈子，写出了《春风沉醉的晚上》和《薄奠》，把自己的视野转向平民社会，开始关注平民的生活。

（六）带来新世纪曙光的前驱

马克思主义作为一种思想工具的最早传播应该是从李大钊开始。他早在1918年《言治》季刊上就发表了《法俄革命之比较观》，尽管文中还没有提到马克思主义思想，但为他后来研究和提倡马克思主义思想奠定了基础。而1919年5月在《新青年》“马克思主义研究专号”上发表的《我的马克思主义观》系统介绍了马克思主义学说，是马克思主义思想在中国传播的开端。由此，他开创了一个全新的启蒙时代；即“后五四”新文化运动，即马克思主义思想影响中国革命的滥觞。

李大钊，中国马克思主义思想的引路人

马克思主义作为一种思想工具在中国的传播应该是从李大钊开始的。他在1918年的《言治》季刊就发表过《法俄革命之比较观》，只是当时这篇文章还没有提及马克思主义，不过从现有资料看应该是他最

李大钊

早提到十月革命的一篇文章，为他不久之后把马克思主义介绍到中国已经奠定了思想的基础。1919 年 5 月他就在《新青年》“马克思主义研究专号”上发表了《我的马克思主义观》开启了中国研究马克思主义的先河，某种意义上讲他开创了一个全新的启蒙时代，即“后五四”文化启蒙的时代，成为了十月革命和马克思主义思想在中国传播的引路人。李大钊马克思主义思想的产生，其实是有着非常深刻的历史原因和近代中国社会政治经济的现实基础。

在近代随着西方资本主义物质文化的挤压下，中国近代的有识之士不断思考一种解决中国问题的方法和途径，目的就是“救亡图存”，而且“救亡图存”一词成了当时最时髦的政治话语。但近代中国的变革几乎都是最终以失败而告终，这就为中国近代知识分子提出了一个极为严峻而尖锐的现实问题，中国应走向何处，如何才能使中国进行真正的变革。维新运动失败了，甚至辛亥革命也没有取得实质意义上的成功。于是 1915 年以《新青年》为阵地的新文化运动的诞生成为了顺理成章的事。新青年派的代表人物陈独秀从一开始就打出了“民主”与“科学”的大旗，对中国的传统文化进行了猛烈的冲击，这种极有号召力的新观点很快就得到了当时具备新思想文人的认同。所以当 1917 年《新青年》迁入北京后，当时的一批具有锐意改革和进取精神的文化精英人士聚集到《新青年》，为以启蒙为目的的新文化聚积了极大的能量。不过 1919 年当新文化运动推向高潮以后，《新青年》阵营发生了明显分化。李大钊认为只有马克思主义才能真正改变中国的现状，“主义”才是救国的良方。而且他还在当时影响较大的《晨报》上协助开办了“马克思主义研究专栏”，但胡适则提出了不同的观点，他在 1919 年 7 月的《每周评论》第 31 期上发表了《多研究些问题，少谈些主义》认为空谈外来进口主义是没用的，是危险的，中国的现实是更应多谈人力车夫的生计问题等等。此后以李大钊为代表的具有马克思主义思想的文人对此展开了批评，他针对胡适的观点写了《再论问题与主义》一文，一时形成了“问题与主义”的论战。

1920年3月在李大钊的努力与宣传下，“马克思主义学说研究会”在北京大学正式发起。其中成员有邓中夏、黄日葵、高君宇、何孟雄、朱务善、罗章龙、张国焘、瞿秋白等。这是马克思主义在中国能够发展的极为关键的一步，也是马克思主义在中国开始为越来越多的新一代知识分子即新文化背景下成长起来的知识分子接受的主要因素。他们是不同于“五四”一代知识分子的一个新的群体或者说是一个新的阶层，我们可以称他们为“后五四”文化启蒙者。如果说“五四”初期的知识分子仍然还是在对中国近代失望背景下在黑暗中摸索的话，那么“后五四”一代则是在十月革命和李大钊所宣传的马克思主义思想影响下看到了中国革命的前途和曙光，那就是马克思主义的代表无产阶级利益的社会主义，他们坚信找到了挽救中国的良方。因此，马克思主义思想对他们更有吸引力，再加上十月革命的成功，更增强了他们对马克思主义的信念。“五四学生们深信，他们能够从下层通过唤醒同胞们的社会意识的办法挽救中国”① 因为他们看到了人类一种全新的制度正在俄国大地诞生，真正的能够代表“劳工”阶层利益的无产阶级社会制度的曙光正在冉冉升起。

马克思主义思想为什么会在中国受到了知识分子的广泛认同，前面讲过，其实是有它必然思想原因和历史基础：其一是因为中国近代的改革不断地失败，而近代的改革又主要是受西方近代资本主义物质文化的影响的结果。从本质上说，无论是近代的顽固保守派文人，还是思想较为灵活的革新派文人都对此有着一种本能的排拒心理。只是改革派文人，他们是从“救亡图存”的角度看到了问题实质，从理性的角度对待问题，而不是用固守的情感角度分析问题。譬如编著过《近代译书目》的王韬就是这样一个带着复杂矛盾情感的晚清改革思想家。再譬如在维新运动失败后1902年去日本留学的鲁迅，其实早在1907年写的

① 许纪霖编：《20世纪中国知识分子史论》，新星出版社2005年版。

长篇文言论文《文化偏至论》和发表于1908年12月《河南》杂志上的《破恶声论》中，已流露出了对中国近代只是看到西方物质文化就一味盲目学习的批评。鲁迅所绝望的并不是中国物质文化的落后，而让他更绝望的是国民灵魂的沉沦，因而他的思想开始转向以改造“国民性”为基础的改造中国文化的艰难求索之路，试图寻求新的救国良方。辛亥革命后他也有过短暂的兴奋，但很快便失望。“五四”新文化运动中他也曾以一个热情的追随者为新文化“呐喊”过，但也并没有让他看到真正的希望，“五四”后他仍然是一个在十字路口徘徊的不甘于寂寞的知识分子，一个怀着赤诚救国思想的为寻求光明而不停地绝叫者。但是30年代他与瞿秋白的相遇才真正彻底改变了他的思想，这时的鲁迅思想才真正发生了质的变化，他开始转向对马克思主义的信仰和追求。也正是由于他的思想迅速改变，以至于当时许多具有无产阶级思想的进步文人对鲁迅的这一转变并不适应，对他采取了敌视与排斥的态度，认为他并不是一个真正的与无产阶级站在一起的文人。

其实现代知识分子的绝望，并不仅仅是因为近代改革失败的绝望。他们更加明确地认识到了19世纪中叶以后，西方资本主义的发展已经显示出来很多弊端和矛盾。马克思主义思想也正是在这样的背景下应运而生，马克思精确而深刻地揭示出资本主义矛盾存在的根源。因此，马克思的思想很快便得到了全世界无产者的认同，所以当时的工人运动在欧洲此起彼伏，而且很快就在俄罗斯获得成功，把马克思主义思想变成了社会主义的现实制度，不仅仅是理想。

基于以上的分析我们不难看出，李大钊早在十月革命的一年后，就能把马克思主义思想和十月革命迅速介绍到中国，是有他长期以来对中国社会的政治和经济现状的考察思考和研究的基础的。他在1918年《新青年》第5卷5号上发表一篇署名守常的《庶民的胜利》的文章中就认为“1789年的法国革命，是19世纪中各国革命的先声。1917的俄国革命，是20世纪中世界革命的先声。”这是多么精辟的认识和预见，在当时其实他已经把中国革命纳入到20世纪革命的范围中来考察。而

20世纪对世界革命影响最大的思想毫无疑问是马克思主义。所以他正是在寻求中国前途的过程中看到了马克思主义思想在俄国的胜利，那么在1919年他开始介绍马克思主义学说，宣传马克思主义思想也就不是偶然的或心血来潮的事情。

李大钊对中国现代革命的贡献，不仅仅是对马克思主义的革命思想和对俄国十月革命在中国的宣传，他对“五四”新文学革命的贡献也是非常重要的。他为新文学革命在一开始就注入了马克思主义社会主义思想的血液和活力，使新文学从他起步阶段就在一定程度上具备了不同于追求改造旧文学和以“个性解放”为启蒙基础的“五四”文学。他早在1919年12月8日就在成都的《星期日》周刊“社会问题”号上发表了《什么是新文学》的文章，针对早期新文学中存在的改良主义倾向发表了自己对新文学的看法和认识。他认为新文学不是简单地罗列新名词，仅介绍些新学说，或光是用白话写文章，就算是新文学。他特别强调了新文学应该是为社会写实的文学，应该建立在“宏深的思想、学理，坚信的主义，优美的文艺……土壤、根基”上。这是对新文学的忠告，也是对早期新文学用马克思主义思想审视的角度的一种理解，为后来中国现代“革命文学”的产生在理论上奠定了马克思主义文艺思想基础。

在李大钊马克思主义思想的影响下，早在1924年左右共产党人邓中夏、恽代英、沈泽民就强调文艺应反映社会的实际生活和民众的疾苦，文学要能够体现伟大的时代，表现民众反抗精神的革命文学。这些较早提出的革命文学思想，对30年代初革命文学的成功和“左翼文学”运动的在中国的形成无疑是有引导作用的。譬如瞿秋白就是直接受李大钊马克思主义思想的影响而走上了无产阶级的革命道路，并在1920年8月就启程以《晨报》记者的身份去莫斯科进行实地采访，并出版了《饿乡纪程》和《赤都心史》两部报告文学式的散文集子，20年代末30年代初他曾致力于翻译和介绍俄罗斯马克思主义文艺理论著作，为马克思主义文艺思想在中国的传播立下了汗马功劳。另外，李大钊的马克思主义思想对早期在北京大学图书馆工作过的毛泽东，组织天津“觉悟社”的周恩来，最早在上海创办共产主义小组的陈独秀等人都受到过相当大的影响。

李大钊虽然不是早期中国共产党组织的缔造者，但他对马克思主义思想在中国的传播和对十月革命在中国的宣传功劳是巨大的；他不仅是马克思主义思想理论和社会主义思想在中国的创始人，而更应该把他看成是“后五四”文化启蒙的开创人；为社会主义革命在中国的成功从理论思想上奠定了坚实的基础。更重要的是，社会主义之所以能在中国成功，还因为马克思主义是 20 世纪中国革命和民族振兴的必然选择。因为在 19 世纪末和 20 世纪初以来，中国知识分子还没有找到比马克思主义思想对他们更有说服力的任何其他思想。

第五章

用文学诠释新思想的中国现代文学

特殊的历史和思想背景下，中国现代文学既是文学史，也是中国现代知识分子的思想史，因为它充分映射出了中国现代知识分子的思想发展和心路历程。现代文学从“五四”起点到四十年代的“解放区”文学的终点，始终与中国的现代文化和思想的发展相吻合，形成了中国文化转型期的重要组成部分和重要考察因素。因而，它不仅是一部文学史，知识分子思想史，同时又是一部中国现代社会史、政治史、经济史、哲学史。它的发展同中国近现代社会的变革和革命紧密联系，完成了中国文化和文学从传统的有序到近代的无序到现代的新的有序的一个完整的发展过程。

（一）从“为政治”到“为人生”文学观的转型

中国现代文学观念的转型，是在近代文化观念转换背景中逐渐演进而来，新文学虽然也承担着改革社会和改造“国民”的重任，但它显然发生着鲜明而深刻的变革，现代文学不同于近代文学的根本性标志就是新文学不仅朝着平民化方向发展，而重要的是文学的内在本质发生着不可忽视的变化，即从“为政治”到“为人生”文学观的转型。文学不仅是社会和政治变革的工具，而把社会政治和文化的变革融进了一个以“个性解放”为前提的视野中，把“理性”很完美地渗透到“感性”中，呼唤着新的时代到来，具备了明确的现代性意识，形成了独具特色的适应“五四”精神的现实主义理论。

I　文化观念转换背景中的文学观念转型

小说，在中国文学史上向来是不登大雅之堂的东西，是“街谈巷语”，是“道听途说”，堂堂正正的文人雅士是不屑做的，但到了近代这种观念逐渐破产，对小说的认识发生了一个突变。这首先产生于向西方寻求救国真理的改良派，但是他们对于小说的抬高，主要表现在小说的宣传教育作用上。梁启超认为：“仁人志士，往往以其身之所经历，及胸中所怀，政治之议论，一寄之于小说。”① 他们想通过小说的普及来改造国民的思想，把小说当成改良中国社会的政治工具，甚至不无夸张的认为：“欲新一国之民，不可不先新一国之小说。故欲新 道德，必新小说；欲新宗教，必新小说；欲新政治，必新小说；欲新风俗，必新小说，欲新学艺，必新小说，乃至欲新人心，欲新人格必新小说。”②显然，他这里所谓的“新”，包含着新的观念、思想，尽管极不彻底，但已包含着反封建的因素，是新的审美心理结构的萌芽。他们甚至提出了要系统地介绍外来文学，然而，限于他们的思想、环境，他们只能在理论上为小说观念的变化做出贡献。

王国维的美学理论在近代无疑弥补了梁启超等人的不足。如果说梁启超还只是一个以政治家的身份来理解文学解释文学提倡文学的话，那么王则是第一个以学者身份运用西方的美学理论来观照中国传统文学，体验中国文学，感受中国文学，企图把外国的美学思想同中国的传统美学思想融汇在一起。看起来王对后来的文学创作影响并不明显，这主要

---

① 梁启超：《译印政治小说序》，见舒芜、王利器等编选：《中国近代文论选》，人民文学出版社 1981 年版。

② 同上。

是由于当时把小说作为救国的工具是非常得人心的。但作为一个开拓者，我们认为他对后来新文学的贡献起码有三点。一是他对西方美学的介绍和研究，尤其是对叔本华、康德哲学的研究，拓宽了中国文化的思维模式，启发人们重新审度思考，动摇了正统的文学观，体现出一种新的文学观念；二是他运用西方的美学来评论文学作品，不再用正统的道德、文统作为标准，而是以表现人生和文学本身的价值来评论作品；三是他认为文学的任务不是表现儒道，而是表现人生；文学不作某种道德观念的说教，“其所欲解释者皆宇宙人生之根本问题。”① 同时又要“重文学自己的价值。”② 这对梁启超的文学观是一次巨大的深化和进步。可以说，文学研究会的文学主张汲取了王国维和梁启超的两家之长，在新思想新观念指导下形成的。

不管近代文学的成就如何，我们必须承认，延续几千年的封建正统文学在近代开始崩溃、瘫痪，这是事实。新的观念开始孕育形成，这也是事实。但是他们没有成功，我们以为从文学本身来说，除了他们理论本身的缺陷，把文学作为一种新的政治的附庸以及它的不彻底性以外，还在于当时还没有大批的读者能欣赏西洋文学，而只有极少数的留学生或稍稍了解外国，还没有形成一个产生它的社会和思想基础。正是在这种情况下，出现了大量的武侠小说、侦探小说、黑幕小说，甚至后来的“鸳鸯蝴蝶派”，因为它正适合大多数中国人的欣赏趣味，这不是偶然的。但从混乱、驳杂、庸俗、低级的文学现象中，我们可以窥到一点未来新文学兴起的信息。因为这些混乱本身就是对正统文学的“亵渎”，说明了近代思想的混乱和转型，传统审美观念开始破产了。尽管在这些作品中仍充斥了封建的腐朽思想，但在封建卫道者们看来，已经是难以忍受，简直是世风日下，人心不古了，因为文学正朝着平民化方向发展。昔日的所谓边缘文化逐渐取代了“正统”文化。

---

① 王国维：《奏定经学科大学文科大学章程书》，见《王国维文集》第3卷，中国文史出版社1997年版。

② 同上。

Ⅱ 对新文学新意识的呼唤

鲁迅是最早开始用新的思想探讨文学的人。他一方面继承和发展了梁启超的文艺观，又同时强调文学的独立性。正如他在《摩罗诗力说》中说："由纯文学上言之，则以一切美术之本质，皆在使观听之人，为之兴感怡悦。"同时又说："文章之于人生，其为用决不次于衣食，宫室，宗教，道德。"重要的是他介绍了西方的一批摩罗诗人，他们多是现存社会的叛逆者。其中有拜伦、雪莱、普希金、果戈理、莱蒙托夫等等。他把这些浪漫主义反抗精神的诗人介绍给中国读者，正如他自己所说，凡所入文者，都是"立意在反抗，指归在动作。"而这种目的，正是近代文学理论中所缺乏的。

其次，鲁迅对当时的林译小说由崇拜转向了不满。于是他和其弟周作人准备系统地翻译介绍域外小说，并注重于被压迫被侮辱损害的民族文学。这除了因为林译小说任意删改，不能完全忠实于原文，再加之以林纾不懂外文，限制了他的选择性以外，主要还是由于林纾缺乏现代意识。而在鲁迅这里则有一种新的观念新的意识在起作用。他在呼唤着新的文学，新的意识。"五四"文学中的个性解放，人道主义等等彻底反封建的思想，都在这里开始萌芽。

所以鲁迅翻译外国小说是在新观念指导下选择的。正如他所说："在看外国作品的时候，也看文学史和批评，这是因为想知道作者的为人和思想，以便决定应否介绍给中国。"① 我们认为新文学新意识的产生应以鲁迅早期的文言论文为滥觞，以他与周作人翻译《域外小说集》为标志。

二十世纪初，废科举，兴西学，不仅有大量的留学生，而且国内也逐渐有了自己的新文学，当时大学教授有许多是留学回国或关心改革，思想比较进步开明的学者。如陈独秀、胡适、蔡元培、李大钊、周作人

① 鲁迅：《我怎么做起小说来》《鲁迅全集》第4卷，人民文学出版社1981年版。

等。这就可能为新文学培养出大批的作者和读者，迎接新文学的诞生。因而陈独秀和胡适等所提倡的“写实文学”很快得到了反响。用新的思想观察社会时，自然会有许多问题，它需要借文学来揭露。十九世纪的批判现实主义文学对他们无疑是启发。

一九一八年十二月五日《新青年》第五卷第六号刊登了周作人的惊世骇俗的《人的文学》，在中国文学史上第一次明确提出了人道主义思想的文学口号。发表于同年五月鲁迅的《狂人日记》已体现了这种精神。可以毫不夸张地说，周氏兄弟的文章是中国现代文学史上的双璧，为“五四”文学的发展奠定了一个总的方向。

周作人的文学观是提倡极端的个性解放。他说：“我们相信人的一切生活本能，都是美的善的，应得完全满足。凡是违反人性不自然的习惯制度，都应排斥改正。”① 这对封建伦理道德、封建文学是有力的打击。首先他不像陈独秀的“三大主义 ”那么空泛，使新文学有了明确的目的，那就是要表现人的生活。他特别强调地说：“我所说的人道主义，并非世间所谓的悲天悯人或博施济众的慈善主义，乃是一种个人主义的人间本位主义。最主要的是使自己有人的资格，占得人的位置。”他对文学创作的要求提出，“用人道主义为本，对于人生诸问题，加以记录研究的文字，便谓之人的文学”② 在《人的文学》之后，周作人又于1919年1月《每周评论》第五号上发表了《平民文学》进一步阐述了新文学的基本内容，认为人的文学应以普通的平民为对象。认为“我们不必记英雄豪杰的事业，才子佳人的幸福，只应记载世间普通男女的悲欢成败 ”。并认为只有真，即记录真实的思想与事实，才是美的。

中国近代文学虽然不成熟，没有产生什么杰出伟大的作品，但它的现实主义精神对“五四”文学则有不可忽视作用和影响。随着陈独秀、鲁迅、周作人等人的对现实主义文学的提倡推崇，到文学研究会成立，现实主义文学得到进一步的发展，并具备了新的内容和思想素质，进入

① 周作人：《人的文学》，见《文学运动史料选》，上海教育出版社1979年版。
② 同上。

了一个新实践的阶段。

Ⅲ 适应“五四”精神的现实主义理论的形成

从近代到“五四”文学的演变，尽管浪漫主义文学也伴随着现实主义文学时隐时现，但现实主义文学始终坐在了文坛的主流位置。关心政治、关心国家、民族的危亡是中国新文学的根本特征。近代文学是以梁启超的“新”文学观推向了高潮。“五四”文学是以反帝反封建和下层启蒙为己任。梁启超为了使文学变成改良的工具，在《小说与群治之关系》一文中把小说的社会作用推向了一个极端，目的是想通过小说来改造国民性。陈独秀也认为通过文学可以改变“阿谀、夸张、虚伪、迂阔之国民性。”① 这使现实主义文学比浪漫主义文学更具有了发展的可能。

其次，鲁迅现实主义小说创作的成功和影响，得以使现实主义文学获得优势。鲁迅对现实主义小说创作的贡献主要是尤以揭示国民的灵魂为主，因而作者的主观渗透性很强，但又能通过艺术的隐蔽的形式来表达，正视人生，并带有“五四”革命气息的现实主义。他在吸取欧洲批判现实主义的时候，紧紧和中国的现实情况联系起来，使现实主义具有了中国特色。塑造了一批典型人物，为“五四”现实主义文学树立了不朽的丰碑。他的思想的深刻和创作的成功，必然会促使当时现实主义的发展和深入。

再次，还有一点不可忽视的，就是中国人的审美思想更接近于现实主义，中国人读书总希望从中得到一些教诲，以便更好地做人，这或许是受“史官”文化的影响。当然“楚文化”更富于浪漫主义，并产生过像屈原那样伟大的浪漫主义诗人。但史文化始终是中国文化的正统。其次是儒家的“入世”精神，也促使了文学干预生活。孔子就认为“诗”可以“兴观群怨”。这些功利主义的美学观，几千年来一直影响

---

① 陈独秀：《文学革命论》，见《文学运动史料选》，上海教育出版社 1979 年版。

着中国文学，形成了一种审美心理定势。

李白被人们认为是天谪仙人，李贺被认为是“鬼才”、“怪才”，似乎都有点不正常。晚明浪漫主义文学的积极倡导者李贽更是命运不佳。从几千年的文学发展看，现实主义文学也始终是中国文学的大潮。浪漫主义文学却不像现实主义文学那样强调功利性，而更强调个性自我。因而在时代非常需要文学，并把文学的社会功用推崇得如此高的情况下，浪漫主义文学的命运便不会更佳。而“文学研究会”所主张的“为人生”的现实主义文学很快获得了更多的读者的青睐。诚然，“创造社”的浪漫主义文学在“五四”时期同“文学研究会”的现实主义形成了双峰并峙。甚至一度时期“创造社”的冲击力大于“文学研究会”。那是处于当时对传统文化全面否定的气候下，它给人以清新兴奋的感觉。那是由于初期推崇“个性解放 ”主情文学占着上风，那是由于有一种刚刚觉醒的人的躁动不安，想发泄一下的感情。随着对传统的冷静思考，随着新文学的成熟，它的影响就逐渐微弱了。浪漫主义很快衰弱，它是由多方面的原因综合而形成的。仅仅从时代背景上找原因未免简单。“因为对现实的失望，既可能导致正视现实的现实主义，也可能导致反抗与回避现实的浪漫主义或现代主义。”① 如果说近代文学还只局限于救国的政治目的，那么到了“五四”，文学却逐渐从政治独立了出来，更多地注意于文学自身的规律。这和近代文学相比，是一个巨大的发展。而且文学表现形式和对象也发生了新的变化。从《小说月报》的创作来看，文学创作对象大大开阔了，内容完全脱去了旧文人的情调。在形式上不仅是语言文字的革新，而且彻底摆脱了陈旧模式，把西方文学作为他们的范本，把追求西方化作为他们与传统决裂的标志。正像李之常在《自然主义的中国文学论》中说的：“为扫除粗劣作品计，为完成文学今日底使命计，则今日底中国文学非西方化不可，非跳上世界文学的轨道不可。”当鲁迅在谈到他是怎样做起小说来时也说 ：“ 大

---

① 温儒敏：《欧洲现实主义的传入与“五四”时期的现实主义文学》，载《中国社会科学》，1986 年第 3 期。

约所仰仗着的全在先前看过的百来篇外国作品和一点医学上的知识，此外的准备，一点也没有。”① 郁达夫也是在留学时看过的千余篇外国作品的基础上走向了创作。而在近代，多数的小说作者是地道的中国落魄文人。《小说月报》的革新，正是适应新的现实主义文学思潮应运而生的。它不仅仅是为了对抗封建的“文以载道”扫荡“鸳鸯蝴蝶”派的社会影响，而更主要的是建设全新的文学框架和体系，目的主要是走向世界文学。它不仅受西方资产阶级文艺思潮的影响，而且也受当时震撼世界的“十月革命”的社会主义思潮的影响。但它又和近代的资产阶级启蒙文学有着密切的联系，尤其是把文学作为改良社会改造人生的工具这一点上，是一脉相承的。如果说陈独秀、周作人等是以西方文学为参照系，对新文学的建设提出了一整套方案，那 么“文学研究会”的成立目的就在于实行这一套方案。

我们对革新后的《小说月报》十一年间的翻译介绍的小说作了一个初步统计，大约有 25 国 345 篇作品，几乎包括了世界各地区不仅欧洲、美洲，而且有非洲、南美，其范围如此之广，其数量如此之多，是前所未有的。就像是文艺复兴时期的意大利发现了古希腊、古罗马的灿烂文明一样，中国人发现了西方世界的文明。激动、兴奋、羡慕、新鲜、惊异，同时又伴随着凄凉、悲哀。像一个饥不择食的孩子，拼命地吮吸、吞咽。近代也有过这么一段令人难忘的时期，但缺乏选择性，被商业化左右了。就像王无生所说：“近世翻译欧、美之书甚行，然看书与市稿者，大抵实行拜金主义，苟焉为之。事势既殊，体裁亦异。执他人之药方，以治己之病，其合焉者寡矣。”② 而现代尽管也讥不择食，但有益于健康。它是用一种现代人的眼光，觉醒者的胃口去吸收的。是和当时的现实主义文艺思潮相适应的。现实主义作家占了绝大多数。尤其重视对俄国文学和东北欧以及法国文学的介绍，并出过“俄国文学研

---

① 鲁迅：《我怎么做起小说来》《鲁迅全集》第 4 卷，人民文学出版社 1981 年版。

② 王无生：《中国历代小说史论》，见舒芜、王利器等编选：《中国近代文论选》（上），人民文学出版社 1981 年版。

究”、“法国文国研究”和“被损害民族文学”专号，由笼统的对外国文学的崇仰移向了对外国文学中描绘下层贫民的文学的注重。中国对于西方的崇仰首先是从科学、物质文明开始的。随之而来的是那不可阻挡的西方资产阶级思想。在“五四”“赛先生”（Science）和“德先生”（Democracy）非常盛行的环境中，现实主义文学更有可能受人们的欢迎，因为它能更客观地反映现实生活，而且实证主义哲学在“五四”也有一定的影响。所以我们认为沈雁冰介绍“自然主义”，正是为了符合这个潮流的。尽管他们知道“写实主义文学，最近已见衰歇之象，就世界观之立言之，则写实主义之真精神与写实主义之真杰作未尝有其一二，故同人以为写实主义在今日尚有切实介绍之必要。”① 由此可见，他们对西方文学并不是盲目崇拜，也不是赶时髦，而是切切实实地建设中国的新文学，按照自己的实际情况动脑髓“拿来”。

他们并没有把与世界文学取得同步，看做是仅在形式上取得一体化。为了建设新的文学，就必须先廓清“文以载道”和以游戏消遣为创作原则的“鸳鸯蝴蝶”派的影响。因为这二者的共同特点都是虚假。前者“抛弃了真正的人生不去观察不去描写，只知把圣贤传上朽腐的格言作为全篇‘柱意’，凭空去想象出些人事，来附会他‘因文以见道’的大作。后者却是本着他们的‘吟风弄月文人风流’的素质，游戏起笔墨来。”② 因而自然主义是对付他们的最好武器。正像茅盾所说：“中国做小说的人和看小说的人，对于这种不实不尽的描写，几乎视为当然，要想校正他，非经过长期的实地观察的训练不能成功。这又是自然主义确能针对现代小说病根下药的一证。”③ 他并不是不知道自然主义的缺陷，当有人对自然主义提出怀疑的时候，他解释说：“我们的实际问题是怎样补救我们的弱点，自然主义能应这要求，就可以提倡自然主义。”④之常也说：“中国底病的黑暗的现状，亟等谋经济组织底更

---

① 《小说月报》“改革宣言”，12 卷 1 号。
② 茅盾：《自然主义与中国现代小说》，见《小说月报》13 卷 7 号。
③ 同上。
④ 茅盾：《自然主义与中国现代小说》见《小说月报》13 卷 7 号。

变，非用科学的精密观察描写中国底多方的病的现象之真况，以培养国人革命底感情不可，非采取自然主义作中国今日文学主义不可。中国文学采取自然主义，是适应环境。"① 茅盾所提倡的"为人生"是剥下了束缚文学的理性伪装，撕破了游戏文学的虚假面孔。写人的感情，人的灵魂，人的忧乐，人的命运，写那实实在在的人的生活。他同时认为只要他是"为人生"的，就不在于他是浪漫主义，还是表象神秘或象征，只要是"真的文学气都是好的文学"。这种极其宽容的态度，促使后来现实主义文学的发展不可能是封闭的，而是开放的。能吸收各家之长，形成"五四"现实主义文学的特色。郑振铎的提倡"血和泪"的文学可以说是对茅盾的"为人生"的文学观的具体化，是对周作人对平民文学的进一步发展。但在郑振铎那里，更强调文学的"情感"。他说："文学是人生的自然呼声。人类情绪的流泄于文字中的，不是以传道为目的，更不是以娱乐为目的，而是以真挚的情感来引起读者的同情的"② 如果说茅盾早期过于强调"科学"和"客观"的话，那么郑振铎又似乎更强调作家的主观的真挚性，是对茅盾理论不足的弥补。

新文学初期，既然还有很多不完善的地方，因此，梁实秋也曾针对新文学中的一些弊端写过不少的批评文章，譬如他在《现代中国文学之浪漫的趋势》一文中就指出："'抒情主义'的自身并无什么坏处，我们要考察感情的质是否纯正，及其量是否有度。从质量两方面观察，就觉得我们的新文学运动对于情感是推崇过分。情感的质地不加理性的选择，结果是：（一）流于颓废主义，（二）假理想主义。"③ 这是对新文学的中肯的批评，也是对新文学中一些偏颇和过激的纠正。而"五四"文学正是在不断的争鸣过程中构建起了较为成熟的具有中国特色的现实主义文学思想。这种与中国现实和社会现状相适应的现实主义文

① 之常：《支配社会底文学论》见《时事新报》1922年4月21日《文学旬刊》第35期。

② 郑振铎：《新文学观的建设》，见《时事新报》，1922年5月11日《文学旬刊》第37期。

③ 《梁实秋作品集》，敦煌文艺出版社1997年版。

学现象一直延续到新中国建立后和“新时期的文学。”

（二）中国现代知识分子的心路历程

中国文化和思想从近代打破了单一化的完整格局后，进入了一个混乱而无序的群雄并起时代；一个群龙无首的诸子百家时代，在这样的背景下，需要的不仅是激情，而是理智和激情的结合，是冷静和热情的熔铸；多元文化的整合和包容。“五四”新文化和新文学正是在这样的历史环境中应运而生，把思想与理想，反思和希望灌注成了一个空前壮观的激情澎湃而多彩缤纷的一段前所未有的历史。中国现代知识分子正是在这样的时代历史重托中完成了心灵的洗礼，完成了从地狱到炼狱的心路历程。

I　冷静和热情的熔铸——多元文化的整合和包容

新文化的和新文学的重构不仅需要对旧的文化和文学进行扬弃和革新，更需要注入一种全新的充满活力的不同于中国任何一个时代的新鲜血液。同时它又是产生在社会思想、文化发生历史性的转折时期。“知识酝酿的激荡年代不可能在没有国内外某些重大发展的情况下出现”①这毫无疑问给了知识分子以必须背负的不可推卸的时代责任。

中国近代文学与传统文学相比，虽然发生了较大变化，西学某种程度上已经对它发生了化学反应，但这种反应，是被动的，不成熟的，因为是在思想和文学观念没有发生质变的条件下的产物。而新文化背景下的新文学则不同，它是在文化观念革新环境中诞生的，而且新文化的提倡者是主动利用新文学来倡导一种新的思想和文化理念。试图把新文学

① ［美］徐中约：《中国近代史：1600－2000，中国的奋斗》（第6版），计秋枫、朱庆葆译，世界图书出版公司2008年版。

变成一种新观念和新文化道德的文学诠释，是在突破传统文学的“载道”模式后建立一种不同于过去任何时代的新的审美模式。尽管新文学吸收了近代文学中某些功利原则，但不是简单的汲取，而是用较为理性的批判意识进行新的整合。如果说近代的革新理念还只是建立在“救亡图存”背景下的话语政治，而现代新文学则不然，它是在更广泛的西方近代意识和思想“自由”的前提下，构建更加重视“个体”的一种价值观念。“要讲人道，爱人类，便须先使自己有人的资格，占得人的位置。”① 周作人所提倡的这种“个体”价值观，是对“五四”启蒙者思想的深刻解释，也是对鲁迅早年在文言论文《文化偏至论》中所提倡的“尊个性，而张精神”理念的进一步延伸。刘半农则从“文”的角度解释道：“若如八股家之奉四书五经为文学宝库，而生吞活剥孔孟之言，尽举一切‘先王后世禹汤文武’种种可厌之名词，而堆砌于纸上，始可称之为文，则‘文’之一字，何妨付诸消灭。”② 陈独秀则是对传统文学的贵族化和“文以载道”的倾向进行了猛烈的批判，“文学本非为载道而设，而昌黎以讫曾国藩所谓载道之文，不过钞袭孔孟以来极肤浅极空泛之门面语而已。”③

基于以上言论我们不难看出，“五四”文学是建立在对中国下层社会启蒙背景下的文学，也是以理性思索为根基的文学，因此它不仅仅是激情的产物。既然以理性思考为其新文学的前提，那么，新文学的激情就是由理性制约下的激情。

现代新文学从另一方面看，它的目的显然是要破坏旧文化所形成的理性而构建一种新的理性。但是，既然要破坏旧的理性，就会产生破坏的激情，所以，“五四”文学中富有热烈而感情充沛的浪漫主义文学也就有它产生的历史和思想基础。正是在这一明确目标的情况下，无论是新文化和新文学的倡导者陈独秀，还是以冷静理性“为人生”的文学

① 周作人：《人的文学》见 1918 年 12 月 15 日《新青年》第 5 卷第 6 号，第 578 页。
② 刘半农：《我之文学改良观》见 1917 年 5 月 1 日《新青年》第 3 卷第 3 号。
③ 陈独秀：《文学革命论》见 1917 年 2 月 1 日《新青年》第 2 卷第 6 号，第 2 页。

研究会作家，其实也不乏激情。只不过浪漫派的激情是缺少理性的张扬自我，而现实主义是以理性为基础的激情。不妨我们仔细分析一下就会明白，为什么以郭沫若为代表的浪漫主义在初期仍然会有众多的追随者。“他人已形成的形式是不可因袭的东西。他人已形成的东西只是自己的监狱。形式方面我主张绝端的自由，绝端的自主。”① 产生这一文学观念的原因，并非是不受约束的非理性的因素所致，恰恰是建立在对旧有形式的破坏的理性化基础上，试图构筑一种新的不同于任何时代的新形式。旧文学的理性是以“文以载道”为根基的理性主义，是抑制个性的理性主义，是贵族化的理性主义，不是建立在人性的自然基础上的。因此现实主义文学的倡导者们声称新文学并不排除一切有益于新文化和新文学的“古典主义”、“浪漫主义”、“现代主义”抑或是外国的还是中国的。

这体现了新文化所追求的新理性思想的包容性和开放性，所以“五四”文学的现实主义，也是不同于任何时代，任何文化背景下的现实主义，它是一种极具宽容精神的“五四”文化所形成的特殊形态的现实主义和新理性主义。

在“五四”初期，蔡元培先生的“兼容并包”的理性主义文化观念为什么会有如此大的凝聚力，原因就是因为这种精神是建立在新理性思想的基础上的宽容精神，是在多元文化理念背景下对传统旧文化进行整合的新思想。

20世纪20年代，胡适、梁实秋、陈西滢等人为什么会受到来自鲁迅等人的抨击，今天看来恐怕不是因为他们的思想多么落后，而更重要原因是因为他们在某些方面太理性的结果。而新文化启蒙者则不同，他们也寻求新的理性，但他们所追求的新理性首要的目标是破坏旧的文化已经形成的传统理性，是以下层社会启蒙为目的，因而必须是满怀激情，而不仅仅是同情。但无论是胡适、梁实秋还是陈西滢所缺乏的正是这种对下层社会民众进行启蒙的精神热情。胡适更热衷的是对中国现实

① 田汉、宗白华、郭沫若著：《三叶集》，上海书店1982年版。

的务实态度，建立一个“理想政府”。而“五四”启蒙者则不这么认为，他们认为挽救中国的希望在于对下层民众的启蒙。而在李大钊所宣传的马克思主义思想影响下，在“五四”新文化背景下成长起来的一代青年则逐渐看到了挽救中国的新的曙光，那就是马克思主义思想。这一代受新文化和马克思主义思想的影响，把理想付诸现实的青年，可称为“后五四”文化的一代，在承继了“五四”新文化的基础上，对中国文化进行了又一次新的融合和整合，使中国文化和文学真正走出了旧的桎梏，迈向了一种不同于任何时代文学的新文学之路。

Ⅱ “后五四”文学的形成——马克思主义文艺思想潮流

中国现代新文学在1927年之后，发生了又一次转折，简单来看是由于大革命的失败后，国民党破坏了统一战线，迫使无产阶级不得不构建属于自己的无产阶级文学，事实是无论当时的政治和文化怎样发生变化或不发生变化，无产阶级文学的产生已经形成了它的必然的历史条件和思想基础。

原因十分简单，中国新文学是在近代“救亡图存”的话语政治背景下逐渐演进而形成。“五四”新文化启蒙者，是对这一话语政治的进一步升华。美籍华裔学者王德威曾经说过：“过渡意义大于一切。但在世纪末重审现代中国文学的来龙去脉，我们应重识晚清时期的重要，及其先于甚或超过五四的开创性。”① 这一说法是颇为精辟的，但我认为，“五四”不是单纯的开创，而是对近代业已形成的文学改良的承继，是在吸收了现代性基础上的重新整合，如果从开创层面看，是不能同日而语的。近代文学新概念的形成，其救亡目的是十分明确的，但就“被压抑的现代性”角度来看是无从谈起，其原因就在于近代思想者们的现代性目的是非常模糊的，甚至是混乱和矛盾的，何况还包含着其他层面的思想，这是其一；另外的原因就更加简单，在近代文化精英们身上最为缺失的是“个性”这一现代性话语；即使有，也是被动的，而没

① 王德威：《想像中国的方法：历史·小说·叙事》，生活·读者·新知三联书店1998年版。

有真正意义上的意识。所以鲁迅早在1907年写的文言论文《文化偏至论》中就给予了批评，并提出了“尊个性，而张精神”的思想。所以“被压抑的现代性”也就真的变成了一种“想象”。王德威先生还说：“我们要感叹以五四为主轴的现代性视野，是怎样错过了晚清一代更为混沌喧哗的求新声音。……五四其实是晚清以来对中国现代性追求的收煞——极匆促而窄化的收煞，并非开端。没有晚清，何来五四?”①“没有晚清，何来五四?”确实是精辟之语，有助于我们更深化对五四的研究和思考视野。

但令我惊讶的是“五四其实是晚清以来对中国现代性追求的收煞”的结论，实在费解。“五四”所追求的“科学”与“民主”以及“个性解放”，是对近代追求现代性的收煞吗，周作人在《人的文学》中所提出的“人道主义”也是对近代的“窄化”收煞吗。事实是，如果近代是中国现代性的开端，那么“五四”就应该是对近代的升华；如果说近代的改良，只是从传统到新文化的渐变，那么，“五四”新文化，则是一次裂变，是以全新的面貌出现的。“新文化运动是中国思想发展史上一座巍峨的界碑。中国现代意义的人文学科和社会科学绝大多数都是以它为起点才真正发展起来的。以史学来说，虽然上个世纪末一些先驱已期望建立‘新史学’，实现‘史界革命’，但在新文化运动前，它一直是涓涓细流；在新文化运动推动下，现代史学上升为主流，并逐渐人才辈出，成果累累的局面。”②“五四”新文化开创了前所未有的思想高潮，不仅文学、史学甚至哲学和文学等领域的研究也是其他时代所无法比拟的，比如王国维用西方美学思想对中国传统研究和诠释的拓展，如果不是建立在新的现代性理念基础上，是不可想象的。“经过新文化运动的洗礼，除经学史学以新的面貌出现以外，还产生了文化史、思想史、哲学史等许多新学科，在这个领域，中国文化走向繁荣而不是

① 王德威：《想像中国的方法：历史·小说·叙事》，生活·读者·新知三联书店1988年版。

② 袁伟时：《中国现代思想散论》，广东教育出版社1998年版。

衰落。”①

但是新文化启蒙者们，始终难以找到一个既能符合现代思想精神的历史需求和趋势的现实，又能使中国真正从传统中解放出来，还能代表中国下层社会出路的现实思想哲人。只是一味用西方近代已经逐渐过时的精神来呐喊，期望唤醒正在沉睡的国民。

其实早在1919年李大钊就提出了一个还没有真正引起人们注意的新的思想和主义，由此还引发了一场“问题与主义”的论战。不过值得注意的是在李大钊的努力宣传下，以北京大学为中心一批新的知识分子群体逐渐浮出历史的地表。那就是受“五四”文化影响而走上历史前台的“后五四”文化启蒙者，是他们让中国的希望从朦胧中渐趋明朗。它就是不同于“五四”文化启蒙者们所遵从的马克思主义思想。正是在这一思想的引导下，在1923年以后，具有马克思主义思想的革命者和文学家就开始呼吁革命文学，也就是说这一时期革命文学的萌芽已经生根，只待时机的成熟，就会破土而出。

所以，20世纪30年代无产阶级革命文学的出现也就是必然的历史趋势。因为这是中国社会的政治和经济现实决定了的，是谁也无法扭转的历史。只要我们去回顾一下中国近代以来的现实就会明白许多，晚清试图拯救国运的“洋务运动”失败了；企图改变中国的政治和思想文化的“维新变法”运动也同样走向了失败的命运；紧接着的“辛亥革命”，在某种意义是胜利了，但也只能是形式上的胜利，仍然无法改变中国的现实；以启蒙为宗旨的“五四”新文化运动，给在黑暗中徘徊的中国带来了一线光明。因为“五四”新文化运动的伟大性不仅是它的反封建性，更在于它的启蒙性质，而且是对中国下层社会民众的启蒙目的。

譬如鲁迅虽然目睹了中国近代以来的许多失败后，有过多的绝望，甚至对现实失去了希望，但在新文化中再次站了起来，而且很快就站到了新文化的最前沿，究其原因是他从以下层为启蒙目的的新文化中看到了希望。这也是他为什么会把自己的文学创作称为是“遵命文学”，是

① 袁伟时：《中国现代思想散论》，广东教育出版社1998年版。

“听将令”的，是“呐喊”的根本所在。正是在这种心态的驱使下鲁迅创作了《狂人日记》《阿Q正传》等一系列震撼中国的小说，把丰富的历史内容和生动的艺术形象完美地融合了起来。因为他所创造的文学形象，带给读者的不仅是艺术的享受，更是对中国文化，近代以来的思想以及民族和个人的哲学思考，他用文学形象去诠释了“五四”的启蒙目的。

所有这些现象都说明了一个道理，“五四”的伟大还在于它能把中国如此多的文化精英聚集起来，对顽固传统的守旧派形成了巨大的压力，荡涤了文人们从近代屈辱历史中所形成的郁积于心头的淤泥，中国的希望在他们心中似乎隐约可见。所以会有《凤凰涅槃》式的激情，形成了一曲雄壮有力的交响曲。如果说“五四”时期的冷静的反省和深沉的思想是一部交响曲的全部主题；那么，文学式的激情和如泣如诉的作品就是副部主题，共同构成了一曲时代的交响乐。

前面说过，一个成熟的时代，仅有激情是不够的，光有理性也是不行的。因为热情过后，会有浮躁的感觉，理性太重，会有枯燥之感。所以在1923年之后思想界就发生了分化，新文化进入了一个冷却期，历史又步入一个必须选择的十字路口。因为新文化在激情与理性，理想与现实中的冲突中似乎又一次迷失了方向。鲁迅的《野草》徐志摩的诗歌《我不知道风是在那一个方向吹》就是当时思想界现象的最好诠释：“我不知道风/是在那一个方向吹——/我是在梦中，/黯淡是梦里的光辉。”历史再次验证了许中约在《中国近代史》中所说的“知识酝酿的激荡年代不可能在没有国内外某些重大发展的情况下出现。”而新文学也正是在现代知识分子处于迷惘郁闷的时期，1927年中国政治的转折，现代文学伴随着历史的转折发生了历史性的转型：那就是无产阶级革命文学进入了知识分子的视野。而这一次由文学革命向革命文学转换中的中坚力量也明显发生了变化，以瞿秋白等为代表的“后五四”启蒙文化精英显然承担起了历史所赋予的重任。瞿秋白早在1920年末就在李大钊所宣传的马克思主义思想影响下，受《晨报》委派以记者身份远赴莫斯科考察，为他20年代末翻译和宣传俄罗斯马克思主义文艺著作奠定了基础。20年代受新文化思想教育的中国青年，正是由于俄罗斯把马克思主义思想变为现实的社会制度深深吸引了他们去俄罗斯求学。“五四学生们深信，他们能够从下层通过唤醒同胞们的社会意识的办法挽救中国”① 而马克思主义在俄罗斯的成功，无疑给那些寻求中国希望的青年们以极大的鼓舞，他们看到了挽救中国的希望之光。所以，20年代以后，中国青年留学的去向发生了变化。晚清从1872年后迈出了向西方学习的步伐，主要是向欧美等强国派遣留学生，“甲午战争”之后的20世纪初，大批留学生涌向日本，所以“五四”新文化所倡导的思想主体，必然以西方能够强大的近代人文思想为其追求目标。而“五四”之后，则有很多具有救国抱负的青年开始奔向了“赤都”莫斯科。所以早期革命文学创作的开创者也主要是从莫斯科回国的知识分子，像以创作革命文学而著称的蒋光赤就是开创中国无产阶级革命文学的主要作家之一。

鲁迅这个在黑暗中不断求索光明的思想者不也正是在马克思主义文艺思想的指引下，开始第一次看到了中国的真正希望吗。因为他在马克思主义者的身上，如瞿秋白等人身上找到了与自己早期已经形成的思想的契合点。所以他义无反顾地加入了“左翼”文学的行列。而且对马克思主义的文艺思想有着极为深刻的理性认识。尽管期间他遭到了来自左中右等不同方面的指责，但仍然坚持自己的观点，为革命文学辩护。因为他知道那是中国的未来，为革命文学的健康发展做出了巨大的贡献。

在无产阶级革命文学这一有着鲜明政治化的背景下，30年代的现代文学，不仅没有衰退，恰恰进入了一个繁荣而成熟的时代。中国文学在马克思主义文艺思想和承继了“五四”新文学的优良传统基础上，进行了新的整合。正是在这一背景下文学创作和文艺思想走向了真正多元的时代，流派纷呈的时代。出现了众多无论是思想还是艺术上的上乘之作。不仅是小说，而且诗歌和戏剧也产生出了大批的优秀杰作。如茅

① 许纪霖编：《20世纪中国知识分子史论》，新星出版社2005年版。

盾的《子夜》、巴金的《家》、李劼人的《死水微澜》、老舍的《骆驼祥子》、曹禺的《雷雨》。以戴望舒、卞之琳为代表的现代主义诗人也把中国现代主义诗歌推向高潮，与此同时作为现代文学中真正具有现代都市特征的“新感觉”派也从另一个角度对30年代都市文化与心理进行了现代意义的诠释。从史的层面看，任何民族任何时代，都不可能对自己的社会和政治避而不谈，如果真是那样，他就不可能进入文学史家的视野。问题的关键不是政治话语的问题，而是文学艺术如何诠释政治的问题。“人类的热情，像有人说的，就像雕像拿走之后剩下的空座子。”① 如果把“雕像”理解为“权势”，那是什么呢，那就是政治，问题不在于解释政治，而在于你是怎样去解释。如果有热情而没有理性，那无疑是“雕像”被拿走之后的“空座子”。

Ⅲ 民族的责任——文学审美重心的转移

当20世纪30年代中国新文学在多元文化和思想的相互争鸣的发展中逐渐走向高潮的时候，1937年的卢沟桥事件改变了新文学的格局。民族矛盾的深化，改变了政治上的需求。而社会政治的变化必然会反映在文学中，这是文学永久的规律。所谓“文学的独立”，从来都是一种理想。文艺如果脱离社会的现实，那只是“象牙塔”里的摆设和花瓶，它的价值就会大打折扣。现实是什么，是永远与政治联结在一起的不可超越的事实。如果说社会的现实是土壤，那文学艺术就是阳光。当我们在评价一个作家和一个时代的文学时，总是在寻找一种文学与社会现实的关系；总是在探索文学是否真切地体现了那个时代的主题精神；总是在寻求文学是否有审美价值和思想意蕴；审美是什么，思想是什么，意蕴又是什么，你可以脱离社会的整体性和普适性而谈审美吗；你可以离开社会、历史和时代现状而谈思想吗；问题的关键是你可以评价一部作

① 勃兰兑斯：《十九世纪文学主流》第3分册“法国的反动”，人民文学出版社，第296页。

品它是否用艺术特有方式表达了现实，诠释了现实，而不在于它是以何种观点，何种立场或何种角度去透视现实，观察现实。

比如鲁迅在评价殷夫的诗歌时说："一切圆熟简练，静穆幽远之作，都无须来做比方，因为这诗属于别一世界。"① 鲁迅站在无产阶级的立场，很巧妙地评价了殷夫诗歌的价值，那就是殷夫诗歌中以诚挚的革命热情所抒发的革命现实。也许殷夫的诗歌艺术还略显幼稚，但他在诗中用激情表达了现实和理想，表达了一位革命文学家的追求。周作人在《平民文学》中不也阐述了新文学应"以真为主，美即在其中。"的文学主张吗。所以不能因为殷夫的诗歌不同于那些"静穆幽远"之作就须指责。当然，如沈从文从自己特有的经历和现实的角度去叙述湘西独特的风俗来表达他的理想和追求，你也无须指责；张爱玲同样用自己独特的人生体验去描绘她眼中所看到的家族世界和社会人生，你也无须指责。评价其是否有价值的最最重要的价值标准是看它是否真实体现了特定时期的历史现状。世界是多维的，现实是复杂的，不是单一的，从不同角度可以得出不同的结论，从不同层面看，也可以得到不同的认识。关键就在于你是否给了人们多角度的真知。在不同的历史背景中，你对现实的认识是不同的，但不能因为你在不同的时空的不同角度中的认识就否定了曾经的现实或将要发生的现实。"不识庐山真面目，只缘身在此山中。"苏轼诗中所阐释的哲理是极具启发意义的。

文学的解释是多重的，因为世界和现实本来就是多重的。所以，美也不是单一的标准所能涵盖的，不能因为你看上去是"美"的，而去否认不同于你的认识就不是"美"的。所以"美"是有史以来最难界定的概念。只有黑格尔在《美学》一书中对"美"的定义最为辩证地用哲学的角度抽象诠释了"美"的概念："美就是理念的感性显现"。正像他所说："每种艺术作品都属于它的时代和它的民族，各有特殊环

---

① 鲁迅：《白莽作〈孩儿塔〉序》，见《鲁迅全集》第6卷，人民文学出版社2005年版。

境，依存于特殊的历史的和其他的观念和目的”①

抗日战争不仅改变了中国的政治格局；同时也改变中国知识分子的思维和对现实的重新认识。于是在民族矛盾日益加深的背景下，国共合作的统一战线再次形成。正是在这种格局中，中国现代知识分子又一次面对现实而必须做出回应和选择。对从事文学艺术的工作者来说，你应该做什么，如何做。于是在 1938 年 3 月文艺界也产生了不同追求不同派别所组成的文艺界民族统一战线。一时间，以宣传抗日的短小精悍的文艺作品开始涌现。

但是由于国民党在抗日民族统一战线上的貌合神离局面和现实，实际上政治上的不同趋向同时也决定了文艺选择上的不同走向。另外共产党所占据的地区主要是以农民为主的文化和经济比较落后的山区，这也就注定“五四”已经形成的文学传统必须做出调整和整合。因为以讽刺为主的国统区文学与以陕北农民为文学接受对象的这一文学现象，无论是政治背景还是文化和经济背景都存在着较大差异。

那么对于受“五四”新文学传统影响的文艺工作者要接受这一现实是艰难的和矛盾的。是改变已经形成的风格适应现实的需要，还是坚持“五四”的传统，成了摆在他们面前的一个严峻而尖锐的现实问题。于是有了理论界关于民族化形式的争论，这对于接受了“五四”文学精神传统的知识分子来说是一个说不清理还乱的深刻矛盾。正是知识分子的这一复杂心态，迫使毛泽东在 1942 年不得不解决这一困扰文艺工作者的心理矛盾。于是有了毛泽东《在延安文艺座谈会上的讲话》今天不管你是如何看待《讲话》现象，但它在某种程度上改变了中国现代文学的走向，这已是无法改变的事实，同时也改变了人们对知识分子的看法。

但是值得我们注意的是毛泽东在《讲话》中对文艺的阐释，并非是一个不懂文艺的纯政治视角的阐释，更不是政治家的简单的命令和政治话语。《讲话》从某种程度恰恰完成了“五四”文学所没有完成的对

① 黑格尔:《美学》第 1 卷，商务印书馆 1981 年版，1982 年第二次印刷，第 19 页。

中国下层社会启蒙目的。毛泽东正是从现实的角度对文艺面对的“接受”对象，文艺家应该怎么做，如何做，进行了深入的探讨。“五四”文学的目的何在，不就是要用文艺改变中国的现状，不就是要把文学传统中为“帝王将相”唱赞歌变成为下层社会的“平民文学”吗。要真正走平民文学之路大众之路，“五四”文学远未完成。在“五四”文学中，这还只是一种理念，一种愿望，一种理想。所以“五四”所倡导的“平民文学”还只是中国现代文学思想的一个开端。“五四”的意义就在于他开辟了一个崭新的时代，而不是终结。当然毛泽东作为一个政治的领袖不可能完全站在文学的角度考察文学，必然有他的政治指向和政治的诠释，这就是现实。如果单从文学的角度看，也是应该引起我们足够的重视。姚斯和霍拉勃在《接受美学与接受理论》中说：“词，在他讲出来的同时，必然创造一个能够理解它的对话者。文学作品的这种对话性特点也建立在语文学与本文的永恒对抗基础之上，而不可简单化为一种事实的知识。语文学的理解，总是保持与阐释密切的对应关系，而阐释为其树立了目标：同客体一道，反映、描述并完善瞬间对知识的新颖理解。文学史是一个审美接受和审美产生的过程。……产生文学作品的历史背景不是一种与观察者隔绝的、事实性的独立的系列事件。”①如果从接受美学角度看，如果抛却其中政治因素，毛泽东在《讲话》中所提出的一些文学理念，仍然是值得深思的理论问题。

所以1942年之后的解放区文学明显受到了《讲话》的引导，从文学层面看是否真的取得了辉煌的文学成就，那就会有不同的言说。但你有必要把它放在一个特殊的历史和现实环境中去考察，而何况中国现代文学并不是仅从文学的角度就能够纠缠清楚的。前文已经说过，因为它不仅是一部文学史的问题，也是中国现代知识分子的心灵发展史，政治史和文化史。所以要真正厘定其中的含义，还须从史学的、思想史的角度去求证。

---

① ［德］H·R·姚斯，［美］R·C·霍拉勃：《接受美学与接受理论》，周宁、金元浦译，辽宁人民出版社1987年版。

但我们必须肯定的是中国现代文学在它发生和发展的过程中，经历了一个又一个中国社会和政治变化的洗礼，使“五四”后的知识分子无论是对本身文学的认识，还是对现实的认识，其思想逐渐走向成熟。尽管这段历史是多么短暂，但它却产生了是任何时代都无法比拟的多彩而永远无法说完说尽的历史，它是那么简单而又复杂。它既有不同的声音，又有同声的合唱；既有粗犷的吼叫，又有低声的泣诉；共同谱写了一曲跌宕起伏而雄壮有力的时代交响曲，永远回荡在你的耳边，永远充满了令后来者品评与咀嚼回味的魅力。

（三）鲁迅思想的另一种解读

鲁迅

鲁迅思想的形成有着极为深远的近代文化和思想背景。可是长期以来我们并没有把他放在近代文化背景中考察，而往往是置于“五四”新文化的背景下去审视，明显形成了理解鲁迅的文化误区，这是造成误读鲁迅的主要原因之一，也是造成今天的读者对他作品难以读懂的主要因素。即使鲁迅同时代的许多知识分子也经常因为对鲁迅的误读而产生了对其思想的不理解。所有这些因素，更增加了鲁迅本人的“孤独感”和“寂寞心态”。我们要想真正解读鲁迅，就须把他的思想置于近代文化视野中去透视。而其在新文化启蒙背景中的文学作品恰恰又是对他早年留日时期形成的近代理念的形象诠释。

这种误读可以说是由来已久，从他作品和思想诞生以来就容易被误读。造成人们误读的原因是多方面的，但把鲁迅这样一个充满近代性色彩的思想家，如果完全置于新文化背景中去解读的话，不仅是误读，而且是无法真正读懂。

I 鲁迅文化思想和文学思想形成的近代性背景

探寻鲁迅文化思想和文学思想形成的脉络，不外乎两个方面：其一是家庭和个人的，其二是社会的，但在鲁迅那里，其个人家庭因素是隐蔽的，它并没有明确体现在其作品中；而社会因素则是非常清晰鲜明地表现在他的文章中。

从鲁迅个人和家庭的原因来看，它典型地体现了清末中国社会传统家族走向没落和衰亡的鲜明特征，这些因素，只能说深深刺激了鲁迅，或者说对鲁迅的人格和心理造成了一定程度的影响，使其对国人有了更深入的了解和认识，并不是形成鲁迅早期思想的主要原因。而促成鲁迅思想形成的基础是1898年到南京水师学堂求学时，一方面他接触到了令其耳目一新的新式教育，另一方面则是当时晚清在中国文人中最为关注的维新运动。那时他首先接触了严复翻译的《天演论》这部著作，它对鲁迅思想的影响是至关重要的，因为它开启了鲁迅思考和探索中国社会的大门，使其看到了人类社会和历史发展的另一面，不是儒家，更不是道家思想所能解释的。而当时在维新运动影响下，“救亡图存”显然是中国具有变革思想的文人所热衷讨论的政治话语。这些极为敏感的近代思想也是形成鲁迅现实主义思想的重要因素。当鲁迅1904年从日本的语言培训学校弘文学院完成了语言学业后，他选择了并不是清朝所要求他学习的医学。原因很简单，鲁迅曾在《呐喊》自序中说：“我的梦很美满，预备卒业回来，救治像我父亲似的被误的病人的疾苦，战争时候更去当军医，一面又促进了国人对于维新的信仰。”① 因为他很清楚，日本的维新思想首先是从西方的医学而发轫。鲁迅这时的思想尽管还略显幼稚，但也正是1906年在仙台医学专门学校的学习期间的一次偶然事件，即“幻灯片”事件，改变了他的初衷，迫使他放弃医学，走上了艰难的思想求索之路，试图完成对国人灵魂的改造。

① 《鲁迅全集》第1卷，人民文学出版社2005年版。

为什么说1906年对鲁迅来说特别重要，那么我们不妨看一看中国当时的现实状况，在中日“甲午海战”中“洋务运动”彻底失败了，给了已经孤注一掷的清朝政府致命一击，满清帝国，再一次陷入了绝望中，于是“维新运动”诞生了，但从一开始就注定要失败的维新变法很快便走向了悲剧的结局。在国家如此危亡的历史时刻，有着“先天下之忧而忧，后天下之乐而乐”传统美德的中国文人怎么可能把天下大事置若罔闻。于是一时各种思想和言论甚嚣尘上，而鲁迅正是在这样的背景下开始放弃学业，把自己的精力投入到了“救国”思想的探索方面来，所以“幻灯片”事件不是鲁迅改变初衷的重要原因，也不是什么偶然事件，而其中早已蕴藏着必然的历史和现实的思想基础。这证明了严复是对鲁迅思想形成影响的主要原因，特别是严复思想中那种对中国传统文化弊病的审视精神，对鲁迅的影响是深刻的。严复早在1895年3月在《天津直报》上发表的《原强》一文中就说：“以富以强之机，而迁地弗良，若亡若存，辄有淮橘为枳之叹。公司者，西洋之大力也。而中国二人联财则相为欺而已矣。是何以故？民智不足以与之，而民力民德有弗足以举其事故也。”① 而维新思想家们的这些精辟言论，其实早已潜藏在年轻的鲁迅思想中，而时机一旦成熟它就会显现出来。维新运动失败后，流亡日本的梁启超这时的思想境界也已经与康有为不可同日而语。尤其是梁启超的“新民”思想，在当时的中国文人当中影响如此之大，而且正是他开启了中国文学向下层社会启蒙的先河，不可能不受到鲁迅的关注。

正是在维新思想的鼓动下，作为有着强烈救国思想和忧患意识的鲁迅，早在1902年到1903年在弘文学院学习期间就同好友许寿裳热衷于中国民族性和国民性的讨论，并且在《自题小像》一诗中就表达了他对祖国和国民的忧虑。所以我们肯定地说，鲁迅在这时一面求学，一面孜孜以求地阅读了大量的西方名著和文学经典，始终没有放弃其救国和改造中国的夙愿。而在1906年放弃学业后回到东京办《新生》杂志失

① 刘梦溪主编：《中国现代学术经典·严复卷》，河北教育出版社第551页。

败后与其弟周作人致力于翻译域外小说就是确凿的证据。而 1907 年开始发表于留日同乡会创办的刊物《河南》杂志上发表的《文化偏至论》和《摩罗诗力说》等长篇文言论文就更加鲜明地表达了他对祖国命运的担忧和中国国民陈旧思想的由衷批评。

Ⅱ 从《文化偏至论》《摩罗诗力说》看鲁迅近代性思想的形成

在《文化偏至论》中鲁迅认为："近不知中国之情，远复不察欧美之实，以所拾尘芥，罗列人前，谓钩爪锯牙，为国家首事，又引文明之语，征印度波兰，作之前鉴。"① 从这一段话中，我们可以看到鲁迅对中国前途的深切忧虑；也是对晚清以来改革一次又一次失败的经验教训的深度总结。

近代改革失败的原因何在？究其根本是在强大西方势力面前的急迫和浮躁的心态所致。改革本身无可非议，如果不对 19 世纪以来西方社会现状和其赖以生存发展的近代人文精神加以深入的研究和辨析，就可能变成拾人牙慧的肤浅陋见，无异于自杀。鲁迅在文章的开头就指出："近世人士，稍稍耳新学之语，则引以为愧，翻然思变，言非同西方之理弗道，事非合西方之术弗行，掊击旧物，唯恐不力，曰将以革前缪而图富强也。"② "曰物质也，众数也，其道偏至。" 这不是救国之本，而只看到的是西方之末。他认为："诚若为今立计，所当稽求既往，相度方来，掊物质而张灵明，任个人而排众数。人既发扬踔厉矣，则邦国亦以兴起。奚事报枝拾叶，徒金铁国会立宪之云乎？"③ 在这里鲁迅所提倡的"任个人而排众数"并非是对国民的轻视，而相反这是指出中国要想强大，必须要重视"个体"，以重视人为第一要务。他在这篇文言论文中已经阐述的非常清楚，他认为中国传统的社会是"个人之性，剥夺无余。"鲁迅在《文化偏至论》中还明确指出，西方近代以来，由

① 《鲁迅全集》第 1 卷，人民文学出版社 2005 年版。

② 鲁迅：《文化偏至论》，见《鲁迅全集》第 1 卷，人民文学出版社 2005 年版。

③ 同上。

于其破坏了传统教会对人的束缚，随着人的解放，而带来的是物质的解放，所以他们能迅速崛起，空前繁荣。但他又进一步阐述了19世纪西方社会在繁荣背后的深刻矛盾：其物质文化所带来的弊端也同时鲜明地体现了出来。正是在这样的矛盾背景下，叔本华、尼采、克尔凯郭尔等哲学思想家就会受到大家的重视，因为他们的哲学思想中有试图挽救物质繁荣影响下人的精神衰落的颓势，我们不能不看到19世纪的这一思想潮流。但从另一种角度来看，西方社会把尊物质已看成是人类必然追求宗旨。“为汽为电，咸听指挥，世界之情状顿更，人民之事业利益。久食其赐，信乃弥坚，渐而奉为圭臬，视若一切生存之根本，且将以范围精神界所有事”① 显然，鲁迅认为如果我们中国不加鉴别，不动脑髓地一味模仿和照搬，那就是文化的偏至。

由此可知，这一时期的鲁迅思想明显发生了较大的变化，他更加成熟，更加理性，其思想构架体系中最核心部分已经形成。他认为社会发展的最重要因素是人，而“人”能不能起到改变社会的作用要看他是否有真正的“人”的精神。正像他所说“思索自由，社会蔑不有新色，则而后超形气学，上之发见，与形气学上之发明。”② 如果不重视人的精神，就会被物质所“囿”。鲁迅的这一深刻见解，是对当时中国社会现实思考的结果，而非是“唯心”的。特别是他在谈到西方物质文化对人的束缚时，用了“范围”精神界所有事的认识，这和马克思提出的“异化”思想有异曲同工之妙。遗憾的是鲁迅当时在西方的思想家中，注意的是叔本华和尼采等人，而没有涉及马克思。一直到20年代末，当他与瞿秋白接触后，思想才发生了真正转变，并且很快就成为了一个马克思主义唯物论者，他在马克思主义思想中找到了与其思想追求上的契合点。

既然鲁迅更重视的是“人”的精神，那么形成他“改造国民性思想”的原因，是有其对近代以来中国社会现实思考基础的，所以1904

① 鲁迅：《文化偏至论》，见《鲁迅全集》第1卷，人民文学出版社2005年版。
② 同上。

年仙台医专所发生的“幻灯片”事件，只能说是导致其思想改变的导火线，而不是一次偶然事件。他把“治疗中国国民的灵魂”作为救国的重要一步也不是简单的思考，而是建立在其深思熟虑的基础上的。为了唤醒麻木愚昧的国民灵魂，鲁迅1908年初发表《摩罗诗力说》的目的是非常明确的，正像他所说过的“今则举一切诗人中，凡立意在反抗，指归在动作，而为世所不甚愉悦者悉入之为传其言行思维”① 既然鲁迅介绍这些西方所谓的“摩罗诗人”的用意是非常明确，那么，我们就无法证明他早年曾经是崇尚浪漫主义。只能说浪漫主义的那种充满个性的反抗精神，是鲁迅所欣赏的，二不是简单地提倡浪漫主义，而是他针对中国社会的现状所采取的有的放矢的办法，这与鲁迅一贯的现实主义精神并不矛盾。他是一位极具开放心态的现实主义者，为具有中国特色的“五四”现实主义风格的形成起了十分重要的作用。

Ⅲ　《呐喊》《彷徨》：早期思想的形象化诠释

鲁迅思想中改造国民思想精神的宗旨，即使在“五四”新文化的启蒙背景下，也没有发生根本性的改变。相反，辛亥革命后的中国社会现实，却强化了鲁迅思想认识上的迫切性。所不同的是，如果说在民元前，鲁迅主要是以理性的精神辨析和思考；那么，在“五四”新文化背景下的文学革命，则促使他用文学的武器去形象地表达自己的思想和对中国社会现象的认识。早在“幻灯片”事件之后，鲁迅就有用文艺改造国民灵魂的想法，只是这些想法没有得到别人的呼应而失败。他能在辛亥革命后的绝望和颓废中重新振作起来的重要原因是，因为陈独秀所提倡的崇科学和民主的精神恰恰是他早年所梦寐以求的理想，以中国下层社会为启蒙目的的“五四”新文化运动，是符合了鲁迅理想追求目的的。

所以鲁迅的第一篇小说《狂人日记》的诞生，也就不是什么偶然

① 《鲁迅全集》第1卷，人民文学出版社2005年版。

的事情了，只能说钱玄同在某种程度上激活了鲁迅的创作欲望。曾经的失败使鲁迅仍然不能忘却，他在《呐喊》自序中说："我当初是不知其所以然的；后来想，凡有一人的主张，得了赞和，是促其前进的，得了反对，是促其奋斗的，独有叫喊于生人中，而生人并无反应，既非赞同，也无反对，如置身毫无边际的荒原，无可措手的了，这是怎样的悲哀呵"① 虽然鲁迅当时对未来还充满怀疑，但他还是毅然答应了《新青年》写白话小说的要求。这说明鲁迅暂时的消极不等于颓废，而"孤独"的思考，是他思想走向成熟的源泉，使她对中国的社会有了更加准确的认识。因而，他才会在《狂人日记》之后有了一发而不可收的创作激情。这是源于他作为一个中国现代知识分子的良知。"是的，我虽然有我的确信，然而说到希望，却不能抹杀，因为希望是在于将来，决不能以我之必无的证明，来折服了他之所有"② 由此也可以断定，鲁迅在自序中所说的写小说是为了敷衍朋友们的嘱托，并不是事实，只能说是激发了他为砸碎那"铁屋子"而呼喊的热情。

他在《阿Q正传》第一章"序"中开头说"我要给阿Q做正传，已经不是一两年了。"这再一次证明了鲁迅对中国国民思想特征的思考已经很久了，也就是说他自从留日期间开始对国民性思考以来，从未停止过思索。只不过那时他是用抽象的理论探讨表达，而新文化运动中鲁迅是带着感情和理性的思考用想象的角度去完成了对中国近代以来社会问题的诠释，而且体现得更为深刻、准确、成熟。

不过，鲁迅在20年代中，其尖锐的思想，辛辣的讽刺也确实刺痛了许多文人对他的不满。这是造就鲁迅作为一名永不屈服的斗士的一个重要因素，更是让鲁迅感到孤独和寂寞的一个原因。譬如"现代评论派"的陈西滢、新月派的胡适先生、梁实秋先生等，甚至是支持文学革命的同一条战线的"创造社"等进步人士也加入了围攻鲁迅的行列。如果说陈西滢、胡适等人对鲁迅的不理解还好解释，因为他们所接受的

① 《鲁迅全集》第1卷，人民文学出版社2005年版。

② 同上，第441页。这里的"他"，就是指金心异，即钱玄同。

教育之间的差异，注定了他们之间很难沟通，那么，同一战线上的人也如此不敬地攻击鲁迅，又是为何呢？我们曾经认为是追求浪漫主义和为艺术而艺术的“创造社”成员是因为鲁迅不是一个浪漫主义者，其风格不同所致。

其实事实并非完全如此，而是因为他们不加思考地把鲁迅放在“五四”新文化背景下审视的结果，这显然是对鲁迅的误读。在这一点上，梁实秋到能较客观地看待鲁迅，比如梁实秋在评价鲁迅的《华盖集续编》时就说道：“鲁迅先生的文字，极讽刺之能事，他的思想是深刻而辣毒，他的文笔是老练而含蓄。讽刺的文字，在中国新文学里是很不多见的，这种文字自有他的美妙，尤其是在现代的中国。一般人，神经太麻木了，差不多是在睡眠的状态，什么是非曲直美丑善恶，一概的冷淡置之不生影响。在这种情形之下，非要有顶锋利的笔来刺激一下不可。”① 在当时比较狂热的文化背景下，很多人是难以理解鲁迅的那种冷静的反省和对历史的冷峻审视态度的。

除造成误读鲁迅的时代和文化背景以外，我们来统计一下鲁迅的《呐喊》和《彷徨》中的小说取材，也不难理解误读鲁迅的原因。鲁迅的小说创作中以“五四”后新文化背景取材的小说只不过《伤逝》等为数有限的几篇而已。这说明鲁迅在其文学作品中也仍然延续着他对中国近代改革中得失的思考，希望以此来警醒人们不要忘记历史。他总是有着明确而深刻的危机感，这危机感主要是源于他的对中华民族的使命感，这也是产生近代以来具有爱国思想的中国知识分子“忧患意识”的主要原因。

当时的人们，即使某些知识分子还不断地误读鲁迅，难道在距近代文化已经翻过近100年后的今天，我们能够理解鲁迅吗？这仍然是一个问号，更何况我们对中国近代的思想和历史还知之甚少呢。而对年轻的读者来说，不仅是误读，而是不懂。我们有时还是不是经常臆造鲁迅呢。如何才能真正意义上还原鲁迅，仍然是摆在我们面前的一个深刻课

---

① 《梁实秋作品集》，敦煌文艺出版社1997年版。

题。从这一角度看，对鲁迅的研究不仅没有穷尽，而是刚刚开始。鲁迅的深邃思想是“仰之弥高，钻之弥坚”现代文化财富。

（四）不同音符的时代交响

庐隐：在悲哀中寻求快感的人

悲哀才是一种美妙的快感，因为悲哀的纤维，是特别的精细。它无论是触于怎样温柔的玫瑰花朵上，也能明确的感觉到。比起那近于欲的快乐的享受，真是要耐人寻味多了。并且只有悲哀，能与超乎一切的神灵接近。当你用怜悯而伤感的泪眼，去认识神灵的所在，比较你用浮夸的享乐的欲眼时，更高明得多，悲哀诚然是伟大的！

——庐隐《寄燕北故人》

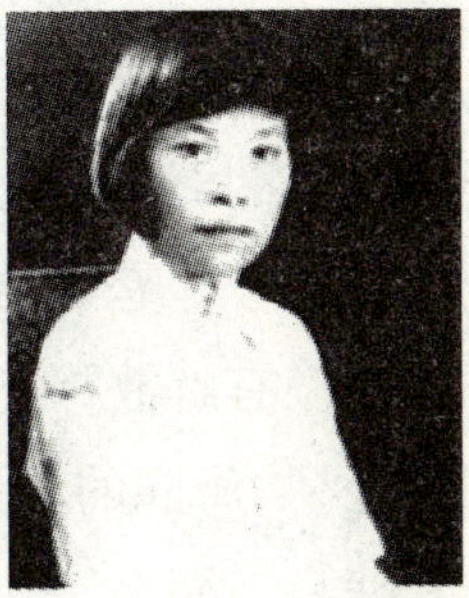

庐隐

“五四”运动的彻底反封建的重要表现之一，就是妇女的觉醒。妇女解放的程度，标志着社会解放的程度。庐隐是在五四运动感召下最早用文学作品反映妇女觉醒的，与冰心齐名的“五四”文坛上的女作家之一。她的作品尽管没有鲁迅、郭沫若等大家那样深邃的思想和沉重的历史责任感，但是，她以一个女性的切身感受对礼教提出了控诉，以悲凉凄婉的笔调倾诉了在几千年来封建礼教压迫下，郁积于中国妇女心中的悲哀、不平和要求。她在作品中所提出的“问题”是引人深思而催人泪下的。重要的是，她在中国妇女解放运动史上以女性自己的笔写下了现代妇女解放的新篇章，因而在中国新文学史上有着重要地位。

反映“五四”运动后开始觉醒的青年女性的苦闷、脆弱和不幸，作品笼罩着浓郁感伤的氛围，是庐隐早期小说的突出特征。

庐隐的小说，并没有像冰心那样用“爱”作为“开启她作品的一把钥匙”。她恰恰是以苦闷、悲哀为其作品的基本格调，诉说女性的不幸和悲剧的命运。她很少写理想，而更多表达的是在苦闷与哀伤的感情。

在她的小说中，一方面我们感受到的是女性要求摆脱封建礼教的束缚，追求属于自己的自由和幸福，所表现出的坚强和不妥协的斗争精神；一方面又流露出她们的脆弱以及在强大的黑暗势力面前，她们只能凄凄切切地倾诉自己的苦闷和不幸。因此她们往往在幻想的世界中试图脱离这混浊的尘世，在自己理想的境界中去获得一点心灵的安慰。“我一闭眼，便有一个美丽的花园——意象所造成的花园，立在我面前，比较人间无论哪一处都美满得多；我现在只求死，好像死比生要乐得多呢!”（引自庐隐小说《或人的悲哀》）庐隐与冰心的“母爱”哲学是不同的，她并不想用假想的“爱”和“美”来获取人们的同情，而只是在所谓的“爱”与“美”面前更感受的是人间的不幸。她用了缠绵悱恻的情调反复诉说封建势力是怎样严重地摧残着那些没有在经济上获得独立的弱女子们。陈东原在《中国妇女生活史》中所说的：“多数解放的女子，恋爱结婚的，自以为打破了一切，谁知结婚不久，才晓得自己还没有解放，还要受男子的保护。数千年来的锁链，仍旧套在她们的颈上。”庐隐的小说，不仅反映了妇女在追求自由和解放过程中的苦闷和悲哀，而且反映了她们一旦结婚便失去了昔日的理想。而这理想的幻灭，并非是她们意志的消磨，自甘落伍，而是客观社会没有给她们创造发展理想的境界，因而她们苦闷寂寞与悲伤。庐隐的小说的深度，在于她提出了一个为追求解放的女子们所关心的问题，但她却没在找到如何创造发挥自己理想的路，这正是她的小说的感伤所在。

如果说鲁迅的《伤逝》反映了的是20世纪20年代男女青年单纯追

求个性解放而失败的话，那么，我们认为在庐隐的小说中也提出了类似的问题，然而她只是直接的生活感受，因而在她的小说中不可能有更深刻的认识，只能哀叹被悼，甚至游戏人间。尽管她们不满于现实，甚至反抗那不幸的人生，但她们常常不得不牺牲于封建势力和社会舆论面前，而在自己的感情世界中寻找栖息之所，甚至觉得人生是无意义的，空虚的。“青春时互相爱恋，爱恋以后怎么样？……不是和演剧般，到结局无论悲喜，总是空的啊！”（引自庐隐小说《海滨故人》）。在庐隐的小说中甚至没有像淦女士在《旅行》中所描写的那一对情人勇敢地走在众人面前示威。她只写女子们的孤高、倔强、苦闷和失败。这并不能说明她的小说是违背那个时代的。相反，她从另一个角度和层次反映了那个时代妇女在追求解放道路上的艰辛与痛苦。“五四新文学无论是呐喊，是控诉，或是呻吟，甚至颓唐，都是觉醒者的声音。”① 如果说当时许多描写男女恋爱的小说还多少带有一点理想化的色彩，那么，庐隐的小说却真实地反映了她们在追求解放过程中的主观感受和客观现实，写她们的悲哀、苦闷与寂寞脆弱和不幸。茅盾认为庐隐的小说“带着很浓厚的自叙传性质”独特风格，因而限制了她的视野，使她的“题材的范围很狭窄”。不过也正因为如此，才更真切地表达了当时青年人的苦闷的心境，更为深刻地揭示了社会对他们的不公与压抑。

五四运动以其声势浩大的气势冲击着封建礼教对人的束缚，特别是对女性的束缚。但是，要想在几年内就把几千年形成的封建礼教思想彻底摧垮；何其容易！即使那些所谓解放了的，可以自由恋爱的男女青年也不可避免地在他们的内心中残存着封建思想，甚至还有很多的顾虑。庐隐在她的小说中，正是反映了封建礼教对青年人，尤其是妇女并没有真正意义上的解放，加之旧有势力的社会舆论使妇女还无法摆脱压在她们身上的传统思想和意识。因此，庐隐的小说也正是在为那些梦醒后无路可走的青年女性哭诉。从这一意义上看，她的小说提出了一个非常现实的社会问题，要想求得真正的解放，单单争取到自由恋爱是不够的。

---

① 杨义：《抒情的小说家——庐隐》，载《新文学论丛》，1983 年第 1 期。

但她们需要追求什么，接下来该如何走，庐隐其实是茫然的，无所适从的，因而，很容易沉迷于自己造出来的海市蜃楼中，带着些许浪漫与感伤的色彩。

如果说几千年来的中国妇女把压在她们头上的封建礼教看成是合理的妇道，并甘愿做牺牲品的话，那么，五四运动给她们带来了解放的希望。然而，对下层社会的女性而言，这也只是一种奢望。所以鲁迅在《祝福》中依旧塑造了像祥林嫂一类的劳动妇女仍然自己把自己束缚在封建妇道的茧壳中没有力量脱颖而出，甚至无意中用封建的道德保护着自己，如果妇女自己无法砍断束缚她们的绳索，就无法解放自身。

庐隐以婚姻恋爱为题材的创作，尽管她笔下的女性已是懂得了这个道理，但她们仍然无法获得真正的人的地位、人的尊严的感觉。她们的痛苦与祥林嫂的痛苦是有着明显的区别的。祥林嫂的痛苦更多的来自肉体和精神两方面的痛苦，而其精神的痛苦也是因为她的封建愚昧所致；但庐隐笔下的妇女则不同，她们是接受过现代教育的新女性，因而她们的痛苦是来自觉醒后无路可走的痛苦；是追求人格独立与尊严而不能得到的痛苦，是清醒者的痛苦。

这正是庐隐小说不同于同时代女作家的地方。当多数作家还主要沉湎在婚姻自由与恋爱自由的兴奋之情时，庐隐则在她们头上泼了一盆冷水，她能清醒地看到，女性距离真正的解放道路还遥远。

正像她所说，尽管她们有自己的人生理想，有追求，也有反抗，但是，“盲目地向前冲，结果我像失了罗盘针的海船，在惊涛骇浪茫茫无际的大海里飘荡，最后触在礁石上了！……现在我沉溺在失望的海底，不但找不到肥美的草地和水源，并且连希望去发现光明的勇气都没有了。”（引自庐隐小说《曼丽》）妇女要获得独立和解放，不是一帆风顺的，历史的沉重的负担还深深地压在她们的身上，在庐隐的作品中有着深刻的过渡时代的烙印与痕迹。她的作品总是在揭露礼教的残留，抒发不幸的妇女心头的苦闷，抒写追求婚姻自由的女性悲剧，同时也写了卑微的下层社会人们的愚昧、落后、质朴而又不幸。

庐隐在《海滨故人》中描写了露沙与梓青的悲剧，就是因为他们没有勇气“铲除礼教之束缚，树神圣情爱之旗帜”，所以他们认为“特人类残荷已极，其毒焰足逼人至死！是可惧耳！”（引自庐隐作品《前尘》）或许人们会说，他们应该勇敢地跟封建礼教抗衡，她们又何尝不是这样做呢？尽管失败了，但她们并没有顺从地去做悲剧人物。《海滨故人》中的女主人公云青说过这么一段话：“若果我父母以为不应当，……或者亲戚们有闲话，那我宁可自苦一辈子，报答他们的情义，叫我勉强屈服就是做不到的。”个人的解放必须求助于社会的解放，否则，单单个人要想求得解放，就会发现自己的微不足道，尤其是对那些怀着热烈理想的女子，更容易感到社会压力的沉重。她喊道“许多青年男女的幸福，都被这戴紫金冠的魔鬼剥夺了！……那金冠上有四个大字是‘礼教胜利’。”固然，封建礼教在新思潮面前渐渐失去了它的往日威风，但这在当时还只是一种历史的要求，和现实有着相当一段距离，这正是造成悲剧之所在。因袭的意识仍然牵制着人们的思想意识，正如鲁迅先生在《我之节烈观》中所说的“能用历史和数目的力量，挤死不合意的人。”

另外，庐隐看到，妇女要想求得真正的幸福，也要有真诚信任的男子的共同努力。由于几千年封建的所谓“纲常名教”，男子始终是主宰者，妇女处于从属的地位，因而要改变这种习惯也不是一朝一夕的事。当时有很多自由恋爱的女子，一经结婚，仍旧又会成为男子的附庸。庐隐借云青的口说：“我觉得男子可以相信的很少。”由此使她们觉得“人间多少失意事，更有多少失意人……不绝口的诅咒人生，仿佛万种凄酸都从有生而来”（引自庐隐《前尘》）

作品《沦落》中写一个被曾经救过她的海军军官奸污的女子，不仅受到同学的谴责冷落和嘲笑，而且当他的情人知道这件事后也弃她而去。社会多么不公平，为什么总是把责任归咎于女子呢？这是庐隐所极为气愤的事。

庐隐更为困扰她的苦恼，是恋爱与事业的矛盾。“结婚、生子、作母亲……一切平淡的收束了，事业志趣都成了生命史上的陈迹……女人，……这原来就是女人的天职。”（引自庐隐《前尘》）《前尘》中写了一个婚后女子看到朋友们的来信，引起了对往事的追怀，使她不禁起了一种伤感，“实在说伊为什么伤心，便是伊自已也说不来，或是留恋旧的生趣，生出的稚嫩的悲感；或者是伊强烈的热望，永不息止奔疲的现状。伊觉得想望结婚的乐趣，实在要比结婚实现的高得多。伊最不惯的，便是学作大人，什么都要负相当的责任，煤油多少钱一桶？牛肉多少钱一斤？如许琐碎的事情，伊向来不曾经心的，现在都要顾到了。”她由自由恋爱而结婚，但仍不得不为琐碎的家务操心，在平淡中消磨了意志，因为社会没有为她们安排一个良好的客观条件，女人仍应受男子的保护。妇女用鲜血换来的只是这么一点点可怜的自由，庐隐却是不满足于这一点的。

她们想“作一个合宜家庭，也合宜社会的人？”然而“许多人都为爱情征服的。都不免溺于安乐，日陷于堕落的境地。”“什么服务社会？什么经济独立？不都要为了爱情的果而抛弃吗？”庐隐同时看到“环境的险恶，又正如鱼投罗网”。

从庐隐的生活经历看，我们更能深刻理解她的作品。她的生活是坎坷的，不幸的，她的作品便是她的生活经验的外化，渗透着她自已人生甘苦，她是以自已的切身感受去写的。她的真挚的哀婉凄凉的感情，深深地引起了青年们的共鸣。

正是由于此，使她的小说和冰心女士小说的格调不同，她没有像冰心那样受到家庭的宠爱，感觉过生活的温暖。在冰心的作品中，没有像庐隐小说中人物的那种倔强，更极少那种厌世情调，相反，冰心作品中常常流露出一种妥协的情调，继而又以“母爱”的哲学去感化世人，这只是一个善良的女作家的一种心灵上的安慰，她是那么纯净和天真。而庐隐却是无法享受这“母爱”的人，所以她在《或人的悲哀》中说“我对于人类，抽象的概念，是觉得可爱的，但对于每一个人，我终觉得可厌。”

由此我们发现，这两个女作家都有着理想。冰心希望人应该是互爱的，但现实却常常是丑恶的，因而用“母爱”这温情的武器沟通人类的心。而庐隐却正由于她追求理想的爱情和人生，而人生又如此残酷，所以她悲伤，厌恶，然而仍然要固执地去追求自己的理想，诅咒那丑恶的人生，最终以个人力量的微弱而失败，因而在作品中常常体现出抑郁感伤。甚至想“自己躲避到一个没有人烟的孤岛上，每天吃些含咸味的海水和鱼虾，毁誉都不来搅乱伊，到了夜里，垫着银光闪烁的细沙的褥子，枕着海水洗净的白石，盖着满缀星光的云被；那时节任伊引吭狂唱恋歌，也没有人背后鄙夷了！”（引自庐隐《前尘》）然而这终不免只是一时的幻想，片刻的安慰罢了，最后是不能逃脱那现实的人生的。因而一旦回到现实时，她们又觉得“我否认世界的一切；于是我便实行我游戏人间的主义，第一次就失败了！接二连三的，失败了五六次！……我何尝游戏人间？只被人间游戏了我！”（引自庐隐《或人的悲哀》）

显然，庐隐也知道厌恶人间游戏人间是错误的，最后的结果总是失败。可是，她们不得不这样做，因为她们是不愿“勉强屈就”，不愿屈从于习惯势力的，因而她们既是悲剧人物，同时又是胜利者，因为尽管社会残害了她们，但她们最终是没有屈从的。她们正是在这悲剧的命运中感到了一种胜利的自豪，显示了自己的力量，她们失败了，是悲哀的，但她们又觉得“悲哀才是一种美妙的快感”。

庐隐五四时期的小说，另一个特点是，写男女婚姻的作品，总是倾向于追求精神的结合，追求独立的人格。

我们翻开中国妇女生活的历史一看，就不难理解这一点。在几千年的封建礼教束缚下，中国妇女根本没有做人的资格，她们充其量不过是传宗接代的工具，只是男人的附庸和点缀，没有丝毫自己的独立人格的存在。鲁迅在《我之节烈观》中就说过：“古代社会，女子当做男人的物品。或杀或吃，都无不可；男人死后，和他喜欢的宝贝，日用的兵器，一同殉葬，更无不可。”新文化运动中，妇女的觉醒，首先就在于要摆脱这非人的生活，争取获得同男子同等的权利与义务，首先是取得精神上的独立。

庐隐作为一个切身经受过礼教危害的作家，在她的小说中，首先追求的就是妇女人格的自主与独立，这是五四妇女追求个性解放的首要因素。和庐隐同时代的冰心、淦女士的作品中的青年妇女，也多是如此，这正是中国妇女觉醒的标志。《海滨故人》中的露沙，就是一个刚强高洁的追求精神独立的女性，“她向来主张精神生活的，就是将来发生结婚的事情，也总得有相当的机会。”她追求的是真正的爱情。无论是《或人的悲哀》中的亚侠，还是《前尘》中已婚的伊，她们都充满了苦闷、感伤、怅惘，就因为她们觉得自己并没有获得精神上的独立。如果说，亚侠是在追求精神独立时受到了阻碍而苦闷的话，那么《前尘》中的伊，却发现，即使自己自由恋爱而结了婚，也还是逃不脱附属的地位。自己的理想、事业，从此都化作烟尘了。“失掉了独立的人格。妇女回到家里去，她们的世界除了家庭还是家庭，……结果只好躲在男人背后；受尽他们的支配，任他们去宰割，爱之若宝贝，恶之弃若敝屣；而妇女呢，还得继续受下去。”（引自庐隐《东京小品·今后妇女的出路》）追求个性解放是那个时代妇女解放的第一步，也是必然经过的一步。庐隐的作品正是那个时代妇女在追求精神独立过程中内心矛盾的真实反映，或者说起码反映了一部分青年女性的生活和思想精神。

由于她的作品中的妇女是为自己的“独立人格”而斗争，而这，在当时还只是一种理想，只是觉醒的女性的一种要求。所以，她的作品中的主人公往往是悲剧的，而且是在“悲哀中寻求快感”，尽管她们失败了，但比那些甘愿充当封建礼教牺牲品的人，要幸福得多，也“比起那近于欲的快乐的享受，真是要耐人寻味多了”；因为她们毕竟是为自己的解放而奋斗者。即使有失望痛苦悲哀，也是一种快感。

总起来看，悲哀是庐隐作品的基调，但主人公并不由于悲哀而消沉下去，而是在悲哀中探索人生真滞，更显示出了她们的倔强和不妥协。

庐隐作为一个驰名五四文坛的女作家，并不是由于她的完美的艺术技巧，或宏深的思想。相反，她的早期作品还带着稚气和不成熟，还缺乏凝练和简洁。但正像茅盾所说："她只是老老实实写下来，从不在形式上炫奇斗巧。"① 她的作品不以情节取胜，也不以深刻的思想哲理吸引读者，而是以委婉缠真挚的情来抓住了读者的心。

抒发追求解放的妇女的苦闷心境，是她早期作品的灵魂。如《沦落》，它并没有什么曲折的故事和复杂的构思，而只描还了一个纯真的女子怎样地"沦落"，怎样地为社会、情人所抛弃，为同学所讥笑。当我们读完时，不能不为主人公的命运感到不平，难道她的不幸是她自己造成的吗？人们为什么不去温暖她，安慰她，反而给予她更多的痛苦呢？作者是怀着一颗真挚的心去写的。

另外，庐稳作品正像肖风所说的"并不着重去刻划她笔下人物的各自不同的性格，她着重去描写的，是她笔下这些人物的忧郁的心境，或是难堪的处境。"她作品是以抒情诗般的笔调去写的，她着重在抒写人物内心感情；如春蚕吐丝般缠绵，如飘落的杨花般凄哀。使作品笼罩着一种耐人寻味的意境，很接近于主观抒情的浪漫主义作品，但又没有浪漫作品的那种离奇情节和夸张的想象。抒情手法和悲剧情调的融合，增强了她的作品的感染力。

她的作品正像她自己一样，是非常倔强而有个性的。

朱自清的散文创作

我们读朱自清先生的散文时，不仅仅是散文艺术本身，而往往会被其人生观和人生态度所感动，他用自己的甘苦和辛酸留给我们的是美，是真诚，是感动。他的散文艺术也像他的人生态度一样朴素，一样真挚，留给我们的是无尽的遐想和回味。他的散文就其整体而言是平淡的，但又能做到于平淡中见纤浓，纤浓中见平淡的神奇效果。

---

① 茅盾：《茅盾论中国现代作家作品》，北京大学出版社 1980 年版。

朱自清

朱自清的文学创作以诗起步，以散文著称。他的一生可以说是以创作开始，以学者结束。无论是创作还是思想，其风格并不激烈，甚至过于温和，但他的内心世界则是激荡的，是不平静的，只有细心的读者才能品味到这一点。他用自己的甘苦和辛酸留给我们的是美，是真诚，是感动。他的散文像他的为人一样朴素，一样真挚。当你读他的散文时，即使在商业文化十分浓厚的今天，也不能不被他真挚与丰富的感情所感动，使我们的心灵接受一次美的洗礼。

朱自清的散文常常被选入中学课本作为中学生初学写作的范本，其一是他的散文通俗易懂，其二是结构合理，中规中矩，再就是内容健康，语言凝练，思想感情朴素。在他的众多创作中，最能体现其散文风格的莫过于取材于自己生活的《背影》、《荷塘月色》、《踪迹·绿》、《儿女》、《给亡妇》、《桨声灯影里的秦淮河》等。他的散文往往能融抒情、叙事、写景于一体，用笔朴素、平淡、该浓则浓，该淡则淡，能够做到“淡妆浓抹总相宜”，把感情和语言表达极为优美地融合在一起，很好地掌握了写文章的分寸，这是朱自清散文成功的关键。

I　淡妆浓抹总相宜

朱自清的散文，就感情而言，似乎没有如痴如醉的激情；就文字而言，又几乎过于素朴简练。然而，当你透过那平平淡淡的文字，则感受到一种醇郁的情感世界，一种对人生真谛的洞察，一种细微纤秾的对生活的品味。他的感情也是这样，于素淡处，能见其纤秾，而纤秾处又见其素淡。《背影》一文正充分展示了朱自清散文创作的这种风格。《背影》就文字而言，是属于素淡一类的。然而，就它的内在感情和意蕴而言，又是非常纤秾的。清人孙联奎在解释司空图《诗品》中“纤秾”一词时，是这样说的，“‘秾’不必都用字眼，只是道理既足，语言气味，自觉秾郁。昌黎之沉浸秾郁，岂专恃字眼哉。入手取象，也觉有一篇精细，秾郁文字，在我意中，在我目中。”这一解释是非常精到入微的。我们从朱自清的《背影》中可充分体味出这一点。朱先生在抒发自己内心中浓烈的感情时，并没有用什么华丽的辞藻，急于把它倾吐出来，而只是摄取了最平常最生活化的“背影”这一形象，就完成了他艺术创作所要表现的全部内在意蕴。正是这样，才可能产生“见仁见智”的艺术效果。才有了司空图所谓的“不著一字，尽得风流”。才使平淡得不能再平淡的，我们在生活中无处不见的“背影”转化成了艺术形象。才使“背影”一词赋予了诗的意念，产生了一种在生活中没有的而只有在艺术作品中才能感受到的韵味。作品的纤秾不在表象的文字，而在内在的精神，朱自清先生是很善于抓住这种内在精神的人。

就文字本身而言，是非常平淡的，也是非常生活化的。而朱自清则能从平淡的生活中抓住刹那间的印象，使之转换成艺术，于平淡中见神奇。用简短的叙述和刹那间对背影的感受而把父亲艰难坎坷处境和凄凉心态以及深埋于内心的慈爱表现得淋漓尽致，从而达到了用白描手法产生出一种油画的立体效果，把人物内心世界中的复杂矛盾心理，甚至人物的面部神态都展现在我们面前。这就是清人孙联奎所谓的，“秾不必都用字眼，只是道理既足，语言气味，自觉秾郁”。同时，朱自清先生在文字的使用上也很讲究分寸，就如同一位画家作画，什么地方该浓，什么地方该淡，什么地方需要强调加重，他都能不露痕迹地表现出来。由此，我们可以得出这样的结论，作者选择何种方式表达自己的感情，是艺术创作的关键。也就是说在文字处理上怎么去表现，是平淡，激烈，还是纤秾？这全靠作者自己的艺术感觉和把握。在《背影》中朱自清就选择了平淡素朴的文字去表达，而不是纤秾华丽的词汇，则恰恰表达出的是复杂而细腻浓郁的感情色彩。使如此平淡的生活赋予了艺术色彩和诗的韵味，使生活更加生活化，使感情更加真挚，因而也更感人。相反，如果朱自清采用纤浓的文字来表达当时的感情，则会使真诚的感情变得虚假。过分的修饰也会破坏掉朴素的父子之情，而失去了感染人的艺术魅力。

朱自清往往根据感情需要，该纤浓则纤浓，该冲淡则冲淡，与当时作者的感情表达十分和谐，恰到好处地表达出了内心真实感情，平淡也是纤浓，刻意雕刻也是自然天成。无论淡妆也好，浓抹也罢，只要符合感情的表达，掌握好分寸，都是相宜的。朱自清先生可以说在散文创作方面，真正达到了“淡妆浓抹总相宜”的境界，深得古代文学精华的三昧。《背影》便是一例。

朱自清的散文不仅以平淡朴素而著称，其散文创作中也有以浓艳而脍炙人口的佳作，譬如，为读者津津乐道的《荷塘月色》就是属浓艳一类，但其影响同《背影》一样，在现代文坛享有盛誉。《荷塘月色》同《背影》在结构上其实有着异曲同工之妙，可以说是中规中矩，是中学生写文章学习的经典。

两篇散文开头同样是给读者留下了无限的遐想，作者为什么这几天心里“不宁静”为什么要在夜深人静的时候独自出去？通过这两篇散文我们可以窥视到朱自清的一点人格和文格。朱自清的一生为人谦和中正，表面看来他似乎对中国当时的状况不太关心，实际是在白色恐怖的背景下（此文写于1927年7月），朱自清作为一个有良知的中国知识分子不可能对中国当时的现状无动于衷，在表面宁静的背后，他的内心是极为不宁静的，而《荷塘月色》正是表现了朱自清作为中国现代知识分子的为国家前途担忧的忧患意识。这也就不难解释1948年朱自清为什么会在身患重病时，仍签名于《抗议美国扶日政策并拒绝领取美援面粉宣言》，这种高尚的爱国气节是与其一向的为人和品格吻合的。如果说《背影》、《儿女》、》给亡妇》等散文，朱自清留给读者的印象是更关心知识分子自身的命运，更关心知识分子自身的社会处境，那么《荷塘月色》显然是朱自清创作心态上的一次转折，只是他的表现形态更为内向，更为含蓄，更为注重艺术地表达自己的内心世界而已。

我们从艺术的角度来分析一下这篇散文，就会看到朱自清精湛的艺术造诣和修养。有人会问为什么朱自清一改《背影》中朴素的文风而

《荷塘月色》则用了比较“纤秾”的笔调呢？这也是文随情变的典型一例。《背影》反映的是家庭，特别是父子之间的朴素感情，最重要的是要表达作者的真挚与自然，真挚的感情是不用外在的语言去表现的，而《荷塘月色》则不同，朱自清尽管内在的对祖国的担忧是真诚的，但，他的心情是复杂的，朱自清是一个追求平淡的人，但社会的现实是不能让他平淡，为了表达这种内心与现实之间的矛盾，表达他无可奈何的复杂情绪，他不得不用了较为浓艳的粉饰性的文字，恰恰映衬出他内心真实的感情。

朱自清希望这现实世界像这自然世界一样如此美丽，如此宁静，但那分明是梦，是梦！而我也只能在这梦一般的世界里暂时忘却现实世界的烦恼。人在烦恼的时候往往会发生回忆回忆那美好的事情，所以后面作者想起了梁元帝的《采莲赋》，想起了南朝乐府《西洲曲》，古人文学作品中所描绘的诗一般美丽宁静的景象才是作者所向往的世界。这正如李白诗中写到的“借酒浇愁愁更愁，抽刀断水水更流。”

梦只是瞬间的，是片刻的，是暂时的，现实才是真实的，朱自清不能不再回到现实。这篇散文的结尾也颇令人回味，妻的熟睡与朱自清内心的不平静形成了鲜明的对照。达到了首尾照应的艺术效果。作品开头写到“不宁静”，那么结尾我们难道能认为朱自清会“宁静”吗？朱自清给我们留下了令读者联想的文本空白，这才是艺术。

Ⅱ　温和中藏激情

朱自清的散文总是能把抒情和写景完美地融合在一起，于平淡处见神奇，于纤秾处见朴素，于稚嫩处见老到，于木讷处见精明；读他的散文总是让你不急不躁，在温和中藏激情，达到宁静而摇荡的效果。如作者1923年与俞平伯同游六朝古都南京秦淮河时写的同名散文《桨声灯影里的秦淮河》就能很好地体现其早期散文风格。作者一开头写到：

……平伯是初泛，我是重来了。我们雇了一只“七板子”，在夕阳已去，皎月方来的时候，便下了船。于是桨声汩——汩，我们开始领略那晃荡着蔷薇色的历史的秦淮河的滋味了。

可以说作者把我们一下子就带入了历史，突破了时空的限制，深深地陶醉到遥远的历史境界中去了。而后我们不得不跟随作者的感情而起伏，不得不随作者的感伤而感伤。这篇散文从写景角度来看，似乎结构松散，有点像漂浮的小舟，行踪不定，有些行文凌乱和文字累赘之感，但仔细品味，表面写景，实则抒情。从当时的现实背景来看，1923 年正是“五四”新文化运动高潮过后，几乎所有现代知识分子都在 1923 年之后进入了一个思想的低潮，譬如原来颇为激烈的周作人这时也开始写平和冲淡的美文小品，鲁迅也以“彷徨”的矛盾心态在十字路口苦闷徘徊。朱自清看起来没有明显受到“五四”低潮的影响，但细心的读者一定会从朱自清的散文中体察到他思想心态的微妙变化，而《桨声灯影里的秦淮河》则细腻地表达了他当时的心情。散文中通过歌妓与他们之间的纠缠，细腻而隐约地表现了朱自清感情与理智的矛盾，人性与社会的矛盾，使读者感受到了作者的困惑心理。这种困惑心态，除了受“五四”退潮后思想界低迷的影响外，他个人的生活也有相当的影响。这时的朱自清正在温州十中谋职，尽管生活安定，但由于他孩子多，其实经济还是比较拮据的。社会的，家庭的苦闷结合在一起，必然造成了朱自清心情的烦闷，正如他在这一年给俞平伯信中说：“我们不必谈人生之苦闷，只本本分分做一个寻常人吧。”他不无感慨地说：“伯！我们无论如何不能不寻一安心立命的乡土，使心情有所寄托，使时间有所消磨，使烦激的漩涡得以暂时平恬。”又说：“在未有厌弃生活的决心以前，不得不暂时肯定它。这种对于生活暂作肯定观的态度，既没甚理由，尤非不可变更，仅仅表明我们对于生活尚未完全厌倦而已”。而这一年的八月他和俞平伯相约游览了南京著名的六朝金粉之地秦淮河。借以排遣心中的苦闷。

所以这篇散文结构上的纷乱，恰恰是朱自清心绪纷乱的体现，但散文的行文线索却是有条不紊，繁而不乱，让读者会随其情感起伏而起伏，随其怅惘而怅惘，其细密的语言，诗意的笔调，把读者带进了充满粉腻的略带感伤历史的秦淮河，就像是做着一场梦。

可见这篇散文和《荷塘月色》有着同样的感受，只不过《桨声灯影里的秦淮河》是与俞平伯同游南京秦淮河，而《荷塘月色》则是独自享受清华的月下荷塘。心境不同，处境不同，那时的朱自清是温州十中的教师，而这时的朱自清则已是清华的教授。但表达朱自清的感受是相同的，风格也是相同的。尽管说《荷塘月色》中所要表达的感情远比《桨声灯影里的秦淮河》要激烈，但朱自清却用了相同的表达方式，这就是朱自清，始终如一追求艺术的朱自清。

虽然优美细腻而充满诗意的写景抒情之作是朱自清的拿手好戏，也深得一般读者喜欢，但从其整体的散文风格来看，特别是从朱自清散文主要的特点来讲，文字朴实、感情真挚的篇章其实写得更加成熟和耐人寻味。譬如除了《背影》之外，还有《儿女》、《给亡妇》等。《给亡妇》是叙写自己对亡妇武钟谦的怀念，但这篇散文和一般的悼念散文不同，作者没有激烈的感情，或急于抒发对死者的怀念。而是用了极其平静的口吻，好像是在给自己的夫人写信唠家常一样平和亲切。

在上世纪三四十年代朱自清写得游记和杂感随笔一类的文章，其文风更加洒脱自如，如果说早期的文风还多少有一些矫情的话，那么，这一时期朱自清的文笔就可以说既保持了早期风格中的平和特点，又增加了些许老练和老辣。他的文章既没有鲁迅的剔骨见髓，入木三分，嬉笑怒骂；也没有周作人的大气和收放自如的谈天说地，信马游岗，娓娓动听；却能做到亲和真挚，以情动人。朱自清的杂感和随想一类的文章尽管并不世故，还有些书生气，但其朴素而具有内蕴品味的生活和人生道理，极具说服力。

总之我们在朱自清的散文中看到的不仅是文学的美，丰富真挚的感情，优美如诗的意境，而且也是他的文人品格，他对文学和艺术的一丝不苟精神，对生活的认真态度，和发自内心的平民化追求。朱自清以他既朴素而又优美的妙笔，为新文学增添了独特的色彩。

从徐志摩的诗歌创作看其精神与艺术追求

把徐志摩放在中国现代文学史的整个系统中看，是非常有典型意义的。可以使我们认识到新文学的不同侧面，他既和新文学有对立的一面，也和新文学有一致的一面；既有消极的一面，也有积极的一面。这在那个复杂多变的时代是很平常的，新文学也正是在这种矛盾运动中发展深入。他的诗歌凄婉、低回、飘逸，似乎得来全不费工夫。

I 海棠花下，吹笛到天明

“海棠花下，吹笛到天明”形容徐志摩最合适不过了。

徐志摩的诗，确像一枝芦笛，吹出了一曲曲优美、凄婉、低回、飘逸的歌。似乎得来全不费工夫。他的诗，不仅在20世纪20、30年代为无数读者所喜爱，在今天也为众多的读者所喜爱。

徐志摩

徐志摩（1896～1931）现代诗人、散文家。名章垿，笔名南湖、云中鹤等。出生于浙江海宁硖石镇一个富商家庭。四岁入家塾读书，受到良好的古典诗文的熏陶，并能写一手很好的古文。十四岁入杭州府一中学习，中学期间就在校刊上发表过论文《小说与社会之关系》、《镭锭与地球之历史》，曾拜梁启超为师，先后就读于上海沪江大学、天津北洋大学和北京大学。1918年赴美国学习银行学与社会学。1920年获得哥伦比亚大学硕士学位，放弃进修博士学位的机会，转赴英国留学，入伦敦剑桥大学研究院，拟从哲学家罗素学习。但此时罗素已被剑桥大学辞退，未能如愿，后入伦敦大学政治经济学院，并与陈西滢结识。在英国两年深受西方教育的熏陶及欧美浪漫主义和唯美派诗人的影响。

1921 年开始创作新诗，但早期诗歌大部分已散佚。1922 年返国后在报刊上发表大量诗文，后主要收入《志摩的诗》（1925 年出版第一部诗集，聚珍仿宋线装本，自费出版。）1923 年，参与发起成立新月社（主要成员有胡适、黄子美、蹇季常、张君劢、丁文江、林长民等，后组织了石虎胡同七号“俱乐部”）1924 年与胡适、陈西滢等创办《现代评论》周刊，任北京大学教授，讲授英美文学。印度大诗人泰戈尔访华时任翻译。1925 年辞去北京大学教授职务，赴欧洲、历经莫斯科、西伯利亚、柏林、佛罗伦萨、巴黎、罗马伦敦等地。在英国期间还拜会了著名作家托马斯·哈代。1926 年在北京主编《晨报》副刊《诗镌》和《晨报副刊·剧刊》，与闻一多、朱湘等人开展新诗格律化运动，影响到新诗艺术的发展。这年八月与陆小曼订婚，由梁启超、胡适证婚。同年移居上海，任光华大学、大夏大学和南京中央大学教授。1927 年与胡适、邵洵美、潘光旦、闻一多、余上沅等共同创办了上海新月书店。次年《新月》月刊创刊后任主编（1927 年 7 月，移交梁实秋主编）此刊出版后，与鲁迅等左翼文学家展开了一场论战。后出国游历英、美、日、印度、新加坡诸国。1930 年任中华文化基金委员会委员，被选为英国诗社社员。同年冬到北京大学与北京女子大学任教。1931 年初，与陈梦家、方玮德创办《诗刊》季刊（后移交陈梦家、邵洵美编辑）被推选为笔会中国分会理事。同年，胡也频被国民党逮捕后，还积极参加营救胡也频并提供经费。11 月 19 日，由南京乘飞机到北平，因遇雾在济南附近党家庄触山，机坠身亡，终年 35 岁。诗人去了，但他的芦笛音符并没有停止。

主要著有诗集《志摩的诗》，《翡冷翠的一夜》、《猛虎集》、《云游》，散文集《落叶》、《巴黎的鳞爪》、《自剖》、《秋》，小说散文集《轮盘》，戏剧《卞昆冈》（与陆小曼合写），日记《爱眉小札》、《志摩日记》，译著《曼殊斐尔小说集》等。徐诗字句清新，韵律谐和，比喻新奇，想象丰富，意境优美，神思飘逸，富于变化，并追求艺术形式的整饬、华美，具有鲜明的艺术个性，为新月派的代表诗人。他的散文也自成一格，取得了不逊于诗歌的成就，其中《自剖》、《想飞》、《我所知道的康桥》、《翡冷翠山居闲话》等已成为传世的名篇，深受读者喜爱。

Ⅱ 矛盾复杂中的单纯信仰

胡适在评价徐志摩时说："他的人生观真是一种'单纯信仰'。这里面只有三个大字：一个是爱，一个是自由，一个是美。"然而正是由于他的单纯信仰，使他的思想有些浮躁。正如茅盾所说："一旦人生的转变出乎他的意料之外，而且超过了他期待的耐心，于是他的曾经有过的单纯信仰发生动摇，于是他流入于怀疑的颓废了！他并不像 Brand 那样致死不怀疑于自己的理想。"① 但也正是由于他有着爱国主义和反封建的精神，所以他也曾向往过十月革命，他认为俄国革命"却也为人类立下了一个勇敢伟大的尝试的榜样。"在《落叶》中写到："为要达到那想望的境界，他们就不顾怎样剧烈的险与难，拉倒已成的建设踏平现有的基础，抛却生活的习惯，尝试最不可测量的路子。"

其实，徐志摩也是一个极富正义感的诗人，在"三·一八"发生后，他没有像陈西滢一样说风凉话，替段祺瑞政府辩解，而是站在青年一边，并写下了诗《梅雪争春·纪念三·一八》"白的还是那冷翩翩的飞雪，但梅花是十三龄童的鲜血!"。在这一时期尽管徐志摩有自己的理想和信仰，但他对无产阶级并没有什么敌意，在许多守旧派把"十月革命"视为"洪水猛兽"的背景下，他能颂扬俄国革命，这足以说明他思想中的进步性和正义性。

当然，徐志摩又经常是动摇的，如他在 1925 年的访苏途中，便对"十月革命"产生了怀疑，正像他在《列宁忌日——谈革命》中写到："俄国革命是人类历史上最惨痛的一件事实"在他的日记中也写过："大前年从欧洲回来的时候曾十分'忧愁'过。"这一时期徐志摩的理

① 《茅盾论中国现代作家作品》，北京大学出版社 1980 年版。

想开始走向破灭，充满了悲哀忧郁的情调。徐志摩太诗人气了，他常常以人道的角度看问题，而缺乏理性的判断，把一切都看得太容易，只看到表面现象就容易变得怀疑和颓废。其实这正是他的"诗化生活"观念所致。正如他在《落叶》中写到："我是一个信仰感情的人，也许我自己天生就是一个感情性的人。""我的思想——如其我有思想，——永远不是成系统的。"

然而"济南惨案"发生后，他感到"这几天我生平第一次为了国事难受。"并认为这些都是因为中央政府昏晕老朽所致。他在给夫人陆小曼的信中说："回想我辈穿棉食肉，居处奢华，尚嫌不足，这是何处说起。""我每当感情冲动时，每每自觉惭愧，总有一天，我也到苦难的人生中间去尝一份甘苦。"在《猛虎集》序中说："抬起头居然又见到天了。眼睛睁开了心也跟着跳动。嫩芽的青紫，劳苦社会的光与影，悲欢的图案。一切的动，一切的静，重复在我的眼前展开，有声色与有情感的世界重复为我存在；这仿佛是为了要挽救一个曾经有单纯信仰的流入怀疑的颓废，那在帷幕中隐藏着的神通又在那里栩栩的生动，显示它的博大与精微，要他认清方向，再别错走了路。"

总之，徐志摩的一生是复杂的一生。把他放在中国现代文学史的整个系统中看，是非常有典型意义的。可以使我们认识到新文学的不同侧面，他既和新文学有对立的一面，也和新文学有一致的一面；既有消极的一面，也有积极的一面。这在那个复杂多变的时代是很平常的，新文学也正是在这种矛盾运动中发展深入。每个时代的系统因素不是单一的，而应该是多项式的，个人的能力和需要就是在其中形成的，它不同程度地预先决定了个人活动所能达到的前景，同时也预先决定了这一活动的任务和目的，广度和深度。如果说人们曾经以眼前的现实和矛盾对徐志摩进行了不公正的评价的话，那么，今天就应该用历史的眼光把他作为新文学系统中的一个层面进行评说，看他究竟在这个历史中起了怎样的作用，力求反映历史的真实性，揭示历史的丰富性。

Ⅲ 艳美感伤表达理想的破灭和追求的失落

徐志摩诗歌的最大特点是形象性。他的感情，他的理想，并不是直接的表白，而是通过形象含蓄、委婉、曲折地表现出来。

这一时期，他的诗大多充满乐观、自信和积极向上的情调。无论是政治上还是在艺术上他都是一个理想主义者，他热烈追求“爱”、“自由”、“美”。譬如，在《雪花的快乐》① 中诗人以雪花自喻，反映出诗人欢乐向上而真挚的心情；它既体现了诗人对美好爱情的向往和追求，又可以说是诗人政治情绪和理想的真实写照。艺术也上达到了相当圆熟的地步，诗人以雪花的轻盈和洁白比喻圣洁的感情，用欢愉的笔调，抒发了抒情主人公所追求的既纯洁又专一的爱情。那娟娟飞舞的雪花，认定了自己的方向：“飞飏，飞飏，飞飏”……诗句灵动飘逸，给读者以无限的想象和玩味的天地，以令人回味的想象给读者以更深层的感情触动。诗歌不是简单抒写诗人的情绪，而是以意象来营造幽远的意境，以极富诗的语境和形象把读者带入诗人设置的诗歌境界中。整首诗的节奏悠扬而流动，欢乐中略带忧愁，给读者以美的享受。

另外，徐志摩的诗歌十分善于运用比喻，几乎用到了出神入化的地步，恰如其分地表达出诗歌的神韵。譬如《沙扬娜拉·赠日本女郎》②是徐志摩 1924 年随泰戈尔访问日本时所作的十八首《沙扬娜拉》中的最后一首；作品只有五行，却惟妙惟肖地刻画出了日本女性在特定的文化背景下的鲜明形象，令人难忘。诗人用“一低头的温柔”，“不胜凉风的娇羞”，“蜜甜的忧愁”等诗歌意象，不仅写出日本女性的外在形态，更表现出其内心世界。充分体现出徐志摩在诗歌音节上和语言上的

---

① 《雪花的快乐》，原载于 1925 年 1 月 17 日《现代评论》第一卷第 6 期，收入《志摩的诗》。

② 《沙扬娜拉》，写于 1924 年 7 月陪泰戈尔访日期间。这是长诗《沙扬娜拉十八首》中的最后一首。《沙扬娜拉十八首》收入 1928 年 8 月版《志摩的诗》，再版时删去前十七首（见《集外诗集》），仅留这一首。沙扬娜拉，日语“再见”的音译。

功力。诗人认为“一首诗的秘密也就是它的内含的音节的匀整与流动。”诗歌在音节上确实达到了和谐而流动、优美而自然、十分富有生活的情趣。尽管短短五行，但能让读者有身临其境的感觉，这不能不说是由于诗人用了十分贴切生动的比喻的结果。

其次徐志摩的诗歌在章法上，既继承了闻一多的关于诗歌的“三美”（音乐美、绘画美、建筑美）的美学思想和“新格律”的观点，又能不拘泥于“格律”，整饬中富于变化，充分体现出诗人的灵性。如脍炙人口的《再别康桥》,① 是徐志摩1928年秋再度游历英国后，在归国的海轮上写成的。1920至1922年徐志摩曾在英国剑桥大学学习，英国，特别是剑桥的康河给他留下了太多的印象和记忆，因此，康桥不只一次地在他的诗歌和散文中出现。故地重游，感慨万千，多少思绪一起涌上心头。诗人尽管写的是对康桥的依依惜别之情，但同时也表达了他曾经有过的“康河理想”和“梦想”的幻灭；无论是政治理想，还是个人的爱情追求，都只能是昔日的回忆，复杂的感情幻化成朦胧的诗绪，思想也由感伤而沉重。

但诗人的感情在诗中却是用非常轻盈灵动，飘逸空灵的诗歌意象表达出来。诗歌从第一节到第三节，写了诗人对康河的无比热爱和眷恋，“轻轻的我走了”“正如我轻轻的来”，表达了诗人对康河就像是对“睡梦中的婴儿”一样，生怕惊动了她甜蜜的宁静。接着以“金柳”、“艳影”、“青荇”等诗歌意象进一步传达了诗人对康河的向往和深情，把康河的自然风光和自己的内心情绪很和谐地融汇在一起，“波光里的艳影”，“在我的心头荡漾”。“心头”二字，在不经意间表达了诗人对康河的热爱，说明康河的优美深深地打动了诗人。所以才会有下面的“在康河的柔波里”，“我甘心做一条水草”的诗句。后四节写诗人“梦想”幻灭后的心情，但是以“彩虹似的梦”“星辉”、“笙箫”等诗歌意象含蓄表达自己的内心世界，而不是直接抒发。“悄悄是别离的笙

① 《再别康桥》写于1928年11月6日南中国海上，原载1928年12月10日《新月》月刊第1卷第10期。

箫”，是理解诗人诗思的关键。“悄悄”是什么？是“笙箫”，诗人用十分贴切的比喻来表达自己深沉的感情，“笙”代表的是“悲壮”，而“箫”代表的是“淡淡的感伤”，一切尽在不言中，给读者留下广阔的想象空间。结尾一节，既与第一节相呼应，又有毫不雷同的构思。“轻轻”改成“悄悄”，表达了诗人由淡而浓的感伤情调。在语言上，音节优美而流动，浓艳而华丽，但却是艳而不俗。

从《家》到《寒夜》看巴金小说创作的时代特征

I　时代步伐的追随者

列宁在《列甫·托尔斯泰是俄国革命的一面镜子》一文中说：“如果我们看到的是一位真正伟大的艺术家，那么，他就一定会在自己的作品中至少反映出革命本质的某些方面。”① 我们不想说巴金是一位伟大的艺术家，但是我们是否在他的作品中看到了“五四”新文化运动后革命本质的某些方面呢？

我们从巴金所走过的道路看，他始终是一位热情的，正直的，有着正义感的，关心社会生活，尤其是青年知识分子生活的作家。鲁迅先生曾说：“巴金是一个有热情的有进步思想的作家，在屈指可数的好作家之列的作家……”在黑暗笼罩的三十年代，他就像是一团火，为年青绝望的知识分子带来了光明，带来了热情，他始终把自己的心交给读者。巴金自己认为自己是“五四”的产儿，在他的热情洋

巴金

① 列宁：《列甫·托尔斯泰是俄国革命的一面镜子》，见《列宁全集》第15卷，人民出版社1959年版。

溢的作品中我们也体会到了这一点。当“五四”运动爆发时，这个年仅十五岁的在旧式封建大家庭里生活的孩子也被时代的浪潮激动了。他和他的两个哥哥如饥似渴地阅读《新青年》等新的刊物，“五四”就像是一股清风，吹醒了他的心灵。天生的善良和同情心，使他从小就接近下层贫苦的佣人、轿夫。这对他一生都有着深刻的影响，为他以后能接受新思想奠定了基础。这时，他还读了廖亢夫的《 夜未央》克鲁泡特金的《告少年》，他说：“我开始觉得社会组织的不合理了。我常常狂妄地想我们是不是能够来改造它，把一切事情安排的更好一点。”“这里全是我说而没有说得清楚的话。它们是多么明朗，多么合理，多么雄辩。”

正是在这些无政府主义思想家们的影响下，一九二七年一月，巴金怀着追求真理、寻求革命的热烈的心离开了祖国，到了法国巴黎。在法国期间他因养病而来到了法国玛伦河畔的一个名叫沙多·吉里的小镇上，在这里，巴金开始了他的文学生涯，创作了处女作《灭亡》。作者在说他的写作经过时说：“当热情在我的身体内燃烧的时候、我那颗心，那颗快要炸裂的心是元处安放的，我非得拿起笔写点什么不可。我不是一个艺术家，我只是把写作当做我生活的一部分。我的生活中充满了种种矛盾，我的作品里也是这样。爱与憎的冲突，思想与行为的冲突，理智与感情的冲突，……这些组成了一个网，掩盖了我的全生活，全作品。我的生活是痛苦的挣扎，我的作品也是的。我的每篇小说都是我追求光明的呼号，……同时惨痛的，受苦的图画像一根鞭子那样在后面鞭打我。”① 在法国，他的热烈的心绝望了，他觉得孤独寂寞，他似乎觉得面前只是茫茫无际的一片，他需要借助形象来抒发他内心的忧愤，这就是写《灭亡》的原因。这个不是为做作家而写作的人，从此便一发而不可收，在新中国成立前短短的二十年中，他写了 20 部中长篇小说，近 70 篇短篇小说，数以百计的散文。从他的全部作品来看，他始终都是一个激烈的旧势力的反抗者，对封建旧制度的惨无人道进行

① 《巴金文集》前记，见《巴金全集》第 17 卷，人民文学出版社 1993 年版。

了激烈的控诉，对未来充满了热情的信心。他的全部作品是一曲悲哀和希望、忧郁和愤怒、爱和憎的感情的倾诉，打动了无数年轻人的心。

如果我们把巴金的作品进行归类，这些作品不是按年代划分，是以不同时期的思想、感情、风格近似的作品来进行归类，我们便更容易理解巴金的思想发展过程，和艺术风格的演变过程中走过的曲折而复杂的道路。但是我们仍可以看出大致的年时代线索，1927 至 1931 年，1931 至 1940 年，1940～1946 年，我们会看到于巴金是怎样地追随着时代。尽管巴金在写作为《激流三部曲》之一的《家》时已经写了《灭亡》《新生》和《死去的太阳》等不少的中短篇小说，我们仍以《家》为起点。因为《家》的出现才真正奠定了巴金在中国现代文学史上的地位。同时《家》的诞生才真正形成了巴金基本的艺术风格。尽管在《灭亡》和《死去的太阳》中，已流露出了巴金的创作才能和具有独创性的天才，但《家》才使他的一切特长更加成熟和完善。从《家》到《寒夜》巴金部保持一贯的热情，和对现实的关心，充满了爱憎。正是由于他的对现实的关心，才使他在无政府主义影响下，写出了数量如此之多，有强烈感染力，思想倾向鲜明的优秀作品。但巴金的作品中始终是充满矛盾的，这并不妨害他对生活的美学评价和认识，不妨害它给读者以激动人心的感染力。因为他的感情是真挚的，他没有任何虚伪和掩饰，没有打扮自己，也没有故弄玄虚。那个时代本身就是一个矛盾的时代，巴金的矛盾是现实生活的矛盾在其作品中的反映。

在分析研究巴金的作品时，首先有这样一个宗旨：一是要站在中国现代文学史的纵横角度来看他的创作，只有把其放在现代文学先前经纬线上，通过比较和鉴别我们才能更进一步理解，才能深刻认识他在文学史上所起的作用和影响；二是要以美学的和历史的高度来进行分析评价，因为作家创造任何一种艺术形象都是以审美的态度来对待的，在作品的形象和思想上渗透了作者的对生活的美学评价。但是美学评价又不能离开历史的评价。因为人们的审美标准不是永恒不变的，它有着深刻的历史因素，凝聚着深刻的时代精神，如果忽视了美学评价，就可能歪曲作品的历史价值和艺术价值。也就不可能通过艺术作品本身的规律去分析理解作品在历史上所发生的作用。如果离开当时的历史条件，我们也会歪曲作品的美学价值。因此美学评价和历史评价是不可分离的、是互相渗透的。如果我们把巴金的作品同鲁迅的相比较就会清楚地发现，在鲁迅的作品中很少甚至根本没有让作品中的人物直接发出对旧社会的诅咒。而在巴金的照片中，人物大多是直接诅咒那个时代的不合理和不公平。旧社会的一切腐朽丑恶往往是由人物的感情直接抒发出来，对社会现实做了直接的评价；正是由于这一特点，使巴金的作品赢得了众多的青年读者。因为这样的作品更容易激动青年人，更具有情感的冲击，更容易明白理解，而且他所写的问题也是青年们迫切关心和思考的问题。尤其是对于有着狂热的要求进步感情，而对阅历浅，涉世未深的青年人来说，确实容易被感染。鲁迅的作品中人物则不然，读者是依靠对作品的真实的细节描写品味中，才能理解作品，辨析其形象所蕴藏的东西。所以巴金表面上有更多的浪漫主义激情，但他并不是脱离现实的主观者，而仍延续了“五四”以来的现实主义精神，形成了独具特色的富有强烈激情的现实主义风格。

由此我们看到，同样是现实主义的作品，但他们的表现手法又是不同的。鲁迅所表现的时代是旧中国社会在礼教束缚下中国人的精神，而巴金却是反映了“五四”新文化启蒙精神在青年知识分子思想中的反映；因而鲁迅是更加理智地思考现实问题，而巴金则更重视让自己作品中的人物追求未来，用新的思想突破旧的思想和道德的束缚，创造属于青年一代的理想生活和世界。所以巴金不可能完全站在冷静的角度思考问题，往往是充满激情。不过巴金作为一个热情关心社会问题的时代追随者，他不可能不在他的作品中反映革命的某些本质方面。现实主义在不同时代背景下所体现的视角和方式是不同的。在他的作品中更是体现了新一代的狂热追求，在追求中对自己所处环境的怨愤和倾诉；如果说鲁迅是在不断诉说旧文化和旧道德的现状，而巴金则不断地倾诉旧道德的束缚给他们所带来的悲剧结局；所不同的是鲁迅笔下的悲剧人物常常是不觉醒者的无事悲剧；而巴金则体现的是开始觉醒者的在悲剧中挣扎和反抗的时代现象。

Ⅱ 狂热的追求与时代的倾诉

1927 年大革命失败后，巴金正在法国，国民党的大屠杀和美国波士顿的萨柯·樊塞蒂案件无疑是激发巴金创作热情的重要因素。他怀着激愤的心情写下了《灭亡》，借助文学形象杜大心来抒发自己的感情。"五四"新文化运动中已经形成的理想和情感在这篇作品中得到了宣泄，作品中鲜明地体现了巴金受无政府主义思想对他的影响。对巴金这样一个怀着追求自由和人道主义的年轻人来说，社会的黑暗和血腥的屠杀，很难冷静地分析现实，深入地思考观察现实，而更多的是带着一种复仇式的激情。他曾经为卢梭的人道主义思想和马拉·罗伯斯庇尔的献身精神强烈地震撼过。因而他这种复仇式的激情也就不可能为《灭亡》的主人公找到一条正确的出路。正如他，所说："凡是曾经把自己的幸福建筑在别人的痛苦上的人都应该灭亡。"然而，对主人公杜大心来说，灭亡的不是别人，恰恰是自己，而他的灭亡又无损于这个制度的一根毫毛。而那个被他暗杀的军阀仍然在耀武扬威，仍然在享乐。这就是灭亡中存在的矛盾，他既歌颂了杜大心那种强烈的献身精神，又看到了杜大心所走的路是一条行不通的悲剧之路。

杜大心这个形象尽管具有浓厚的理想化和英雄化色彩，但在一定程度上他仍有一定的典型性，特别能体现出当时狂热的小资产阶级知识分子的那种病态式的革命。不过在作品中无论是杜大心的苦闷和对爱情的渴望，还是对革命的强烈追求以及对死的恐怖心理和牺牲的决心等等的描写，都是那么淋漓尽致；抒写人物的感情，刻画人物的心理都是那么细腻和浓烈。贯穿全书的不是冷漠的纯客观的描写，而是把自己的感情一泻无余，使读者感到亲切，受到感染，为之共鸣；借助于诗一般的抒情语言，获得以情动人的艺术效果。

在这一类的作品中，我们明显看出了巴金的那种狂热的追求精神，但是现实远远不是他所想的那般简单，他常常看到社会不合理，但又无法找到解决的办法，他让杜大心暗杀，但是有什么用呢？他让李冷、李静淑、张文珠赎罪，深入工厂，和工人一起做工，但这仍具有空想色彩，因而常常陷入矛盾中。因为他这时还没有看到真正的革命力量和解决这个矛盾的根本办法，因而这一类作品中具有明显的个人主义色彩。譬如李冷就有这样一段话："我生活在世界上是一件事实，并不需要别人来承认或否认。我要怎样生活就怎样生活，为什么要别人来决定我的生活方式呢？"不可否认这与作家早期所形成的无政府主义的思想有一定的关系。但我们从另一方面来看，形成巴金的无政府主义思想又具有特殊时代条件和环境，专制的封建宗法制度无疑是产生这种思想的主壤。

对于文艺作品来说，既受世界观的支配，但又有它的独立性，毕竟不是直接地反映一个人的世界观的，它里面有着复杂的感情关系。因而，对巴金的世界观是无政府主义，还是革命民主主义的争论，其原因就在于过分夸大了世界观对文学作品的影响，而忽视了世界观与文学作品存在的矛盾。

从巴金的小说创作看，尽皆有某些无政府主义思想影响，但就客观社会效果来说，却主要是革命民主主义思想，这是无可置疑的。正像曼生所说："首先，巴金早期的革命民主主义精神是从接受无政府主义思想影响的过程中形成的，而最先打开少年巴金的心灵大门的恰恰是无政府主义思想中的革命民主主义那一部分。"前面已述，无政府主义尤其在中国这块特殊的土壤上，是和革命的民主主义思想有着一定的共同点的，只是两者所用的革命手段和形式不同而已。其实，无政府主义思想在"五四"初期是很容易被初觉醒的具有狂热性的知识分子所接受的。尽管巴金在早期的创作中体现出较多的理想主义的浪漫抒情色彩，但他的作品中所体现出来的革命民主主义精神，主要还是由于巴金的思想中的现实主义因素所起的作用。巴金在《灭亡》《新生》《死去的太阳》

《爱情三部曲》中所具有的那种强烈的反帝反封建精神，和强烈的为追求自由、幸福而献身的精神，目的不只表现革命青年单纯追求个性解放和个人幸福的精神，而是把个性解放和个人幸福作为追求全人类解放的一种手段，是为了推翻那不合理、不公平的社会制度，具有更广泛的社会意义。

所以，不管巴金的创作存在如何的矛盾，如何的理想化，英雄化，空想的色彩。但无疑有助于我们认识当时一部分小资产阶级知识分子的思想现状。这时期巴金也写了为数不少的短篇小说，“充满了爱与憎的冲突”。正像他谈写《狗》的经历时说：“我写的是感情，不是生活。所以我用不着像绘工笔画那样地细致刻画……”“我早期作品大半是写感情，讲故事。有些通过故事写出我的感情，有些直接向读者倾吐我奔放的热情……但是我并没有通过细致的分析和无情的暴露，也没有多摆事实，更没有给读者指路。我只是用自己的感情去打动读者的心，而且我喜欢用忧郁的，甚至哭诉的调子讲故事。这也是大缺点。我写的生活面广，但是生活并不多。”①巴金自己的这些话基本上概括了他这时期短篇小说创作的特点。

Ⅲ　热情地探索与愤怒的控诉

1931 年开始在上海《时报》连载的以《激流》为题名的《家》标志着巴金的创作进入一个新的阶段。回国后，他看到了封建宗法制在这个半殖民地半封建的社会中宗法制的家族制度仍然存在，所以他开始较为冷静地思考，他长兄的悲剧式生活激发了他要以自己所熟悉的封建大家庭生活为题材去写一部反映封建大家庭在新思潮影响下逐渐衰亡的过程。他想通过这个封建大家庭日趋衰落的过程，告诉人们，只有不向传统妥协，对未来要充满信心，春天才会到来。

对于思想大变革时代的文学家来说，起初他们往往只看到这个社会

① 《谈我的短篇小说》，见《巴金全集》第 20 卷，北京人民文学出版社 1993 年版。

的道德、精神、思想等方面的变化，尽管他们从中也看到了这个社会制度的堕落和必然灭亡的结果，但是没有看到导致这个制度必然灭亡的根本力量，即隐藏在精神现象背后的社会生产力和阶级力量。因而他们也就很难找到推翻这个制度的真正的革命力量，往往在作品中存在着无法解决这些问题的矛盾。但作为一个艺术家来说，只要他能在某种程度上，一定范围内忠实地反映了生活本质，反映了作者的社会理想，只要他有着鲜明的爱憎，有着正确的倾向性，这便算是了完成他的任务，我们还要求他们什么呢？文学作品需要的是形象，包含着丰富感情，体现时代精神的“这一个”形象而已。正像恩格斯在 1885 年 11 月 26 日《致敏·考茨基》的信中所说：“如果一部具有社会主义倾向的小说，通过对现实关系的真实描写，来打破关于这些关系的流行的传统幻想，动摇资产阶级的乐观主义，不可避免地引起对于现存事物的永世长存的怀疑，那么，即使作者没有直接提出任何解决办法，甚至作者有时并没有明确地表明自己的立场，但我认为这小说也完成了自己的使命。”

巴金原想写出五部连续性的小说《灭亡》《新生》《春梦》《死去的太阳》《黎明》结果没有写成，后来的《家》便是从《春梦》中的许多情节扩展而来的。《家》这部长篇小说明显看出巴金开始改变自己早期已经形成的创作风格和追求，显示了作者在热情追求后的探索和思想上的成熟。试图通过家族制度中许多不合理的事实和矛盾来揭示它必然衰亡的过程，同时又表现出作者一贯的创作激情，以情动人的效果。除此之外，作者也还创作了像《砂丁》和《雪》反映矿工生活的题材。说明作者的创作视野开始转向对实际的社会现实生活的关注。作品表现了作者对矿工的同情和歌颂，对于资本家那种惨无人道的敲诈勒索和深刻揭露与憎恨。作者真切细致地描绘了矿工们的苦难生活，他们怎样地下窑，怎样被监工的任意辱骂鞭打，描绘出了一幅旧社会矿工血淋淋的生活图画。尤其是在《砂丁》中对升义和银姐相爱和海誓山盟的真诚感情，描写得极为生动感人。升义为了娶出银姐，他不惜送掉自己的生命，怀着满心热情去做砂丁挣钱。《雪》原名《萌芽》主要描写了煤矿工人的非人生活，写了资本家的贪财和惨无人道。重要的是作者写了小刘领导工人们起来反抗资本家的过程，巴金对工人的这种反抗精神给予了热情的歌颂，同时对小刘由自发反抗走向自觉组织工人反抗进行了深入细致的描写。作品中也刻画了一个既同情工人、厌恶资本家但又不敢参加革命的小资产阶级知识分子曹蕴平的形象，在当时是具有一定的典型性的。《海的梦》创作于“一·二八”上海战事后，表现的是作者深厚的爱国主义感情，对侵略者的愤怒控诉。《春天里的秋天》是写一对男女自由相爱，但是在封建势力的阴影下，他们所感受到的是痛苦和忧郁。在重压下女孩子后来被迫回到父亲那里，但她并不屈服。这些作品中作家充满热情，对丑恶势力进行了愤怒的揭露和控诉。

这一时期巴金影响最大的作品还是《家》，在这部作品中作者塑造了一系列具有鲜明性格的人物形象。值得我们注意的是巴金塑造人物形象时并没有简单化和类型化，人物也各有自己的个性特征，写高老太爷和周伯涛以及冯乐山时没有把他们写成像理论家们批评的那样坏，而着重是写他们的传统道德和卫道的思想，主要写出了这些卫道者与青年一代的追求与理想之间的尖锐矛盾。即使对克安与克定的描写，也不是单纯为了写他们的坏，而恰恰写出了在那个行将彻底走向衰亡的大家庭背景下的纨绔子弟的行为更加速了大家庭的崩溃。另外，对张氏、王氏、沈氏的刻画也极为成功，作者写了她们身上的坏习气，也写了她们深藏在内心的善良一面，更是写了她们在封建文化环境下的愚昧，写大家庭妯娌之间的明争暗斗。充分体现出巴金不是从“倾向文学”的角度思考问题，而是从所写的现实中流露“文学倾向”的一贯的写作态度。正是巴金的这一写作态度，使他成为20世纪30年代一位特立独行的作家，比当时的很多革命文学作家的作品更具说服力。这也就不难理解鲁迅为什么在评价巴金时所说的“巴金是一个有热情的有进步思想的作家，在屈指可数的好作家之列的作家，他固然有‘安那其主义者’之称，但他并没有反对我们的运动……”①

① 鲁迅：《答徐懋庸并于抗日统一战线问题》，参见《鲁迅全集》第6卷，2005年版。

对于一位艺术家来说，有时不能仅仅局限于创造典型的问题，关键在于做到如何创造典型，正如恩格斯所说的，不仅写做什么，而且应该写怎样做，就是必须创造出“这一个”，才能创造出具有鲜明特色的个性人物。巴金的许多作品中正是由于他遵循着这个创作原则，因而能够创造出有独特风格的人物形象，是中国现代文学史画廊中不可多得的文学形象。在《家》这部作品中，许多人物是有生活中原型的，如觉新是以他的大哥、钱梅芬是以他的表姐为原型。但是巴金并没有拘泥于生活原型，他经过了自己的艺术再创造，使他们成为了文学的形象，在这些人物身上凝聚了作者的审美理想。巴金说他在写作品时，并没有先做好计划，他只是由于感情的激动，觉得有话非说不可，甚至写前一章则不知到下一章要写什么，只是根据人物的发展而完成。不是作家有意写他们，想写成什么样就成什么样，而是从人物形象出发，作家在替他们说话，为他们代言而已。所以巴金的作品常常不是以情节取胜，往往是以真挚的感情而打动了读者。尽管有时太多不厌其烦的诉说，过于细密的感情表达，甚至没有让读者回味的余地，略显沉冗繁缛，像是春蚕吐丝一缕一缕缠绵不绝，但由于作者的感情的真挚，缺点也就转化成了优点和特点。

在巴金的中短篇小说中最有特征的是《五千多个》这篇小说，它标志着巴金短篇小说创作的一次转变。其实在《马赛的夜》和《罪与罚》中已看到巴金在创作上明显的探索与转变，描写变得更为客观冷静了许多，到了《小人小事》集，就有了更为显著的变化，是巴金创作思想上向现实转变的根本标志。

Ⅳ 冷静的思考与血泪的文字

中国社会的现实，促使巴金的创作思想和认识不得不改变。抗日战争爆发后，他原来思想中那种带有空想色彩的“安那其”主义的社会主义内容在作品中逐渐被抛弃，比如“抗战三部曲”的《火》就一扫过去的阴霾，开始关注社会的现实状况，不再按照作家曾经的理想去构思自己的作品，而是根据现实去反映时代的风云。在20世纪40年代的作品中原来已经形成的人道主义风格也发生着较大的变化，人道主义思想不再是理想，而是现实。譬如，《还魂草》这篇作品就是巴金创作上新探索的开始。可以看出，这一时期的创作陷入了理想和现实的矛盾当中，没有了前期作品中那种激愤和亢奋的追求精神，不再简单诅咒，不再呼号，而是把身边每日发生的生活悲剧记录下来，尤其是对那些生活在国民党统治下小人物的灰色生活。他为那些为生活而折磨的小知识分子和小职员们哭泣和鸣不平。在《寒夜》再版记中巴金曾说："我只写了一个肺病患者的血痰，我只写了一个渺小的读书人的生与死。但是我并没有撒谎。我亲眼看见那些血痰，它们至今还深深印在我的脑际，它们逼着我拿起笔替那些吐尽了血痰死去的人和那些还没有吐尽血痰的人讲话。"① 尽管那些生活在国民党统治区的小人物小知识分子有着非常猥琐的心态，但又是非常善良的普通人，令读者同情。

从这些作品中可以看出，巴金不再热衷于"英雄式"的人物，而是转向对身边小人小事的描摹，巴金的创作心态发生了巨大的变化，促使巴金改变的因素是多方面的，但有一点是不可忽视的，那就是巴金曾在《家》中所塑造的理想人物觉慧曾经是多么令当时的许多生活在大家庭的青年们所仰慕，觉慧几乎就是那个时代热血青年的代表。但理想和激愤并不能代表社会的现实，曾经怀抱理想的青年在那个黑暗灰色的社会现实中的命运又是如何呢？也许30年代的觉慧就是40年代的汪文宣，没有了斗志，没有了理想，变成了时代的命运下的另一个典型。巴金也许正是在现实的面前改变了曾经的想法，开始关注生活中的小人物。他不再幻想，不再激动，而是冷静，是冷静的思考，用血泪的文字把自己的所见所闻记录到纸上。这是巴金后期创作成熟的最重要因素。

正是基于这些思考，使巴金在《憩园》这部中篇小说中不再像往日的创作中那样简单诅咒那些克安克定式的人物，只是小说借一所公馆

---

① 巴金：《寒夜》再版后记，见《巴金全集》第8卷，人民文学出版社1989年版。

主人更迭的故事线索，通过曾经的主人杨老三的堕落和死亡写出了腐朽和糜烂的封建地主家庭必然崩溃没落的悲剧命运。与此同时，巴金在作品中对主人的悲剧命运也充满了同情和惋惜。不过巴金所同情的不是那些行将灭亡的家庭和崩溃的制度，而是同情那些在这一过程中成为腐朽制度牺牲品的悲剧式人物。所以巴金尽管认为那些人在在腐朽制度中起了助纣为虐的作用，但仍然以一种泛人道主义的同情为他们惋惜。正像他自己所说："作者的思想、感情、立场观点在这里起了很大的作用。我的缺点无可掩盖地暴露出来了，我至今遗憾的是我的小说带有挽歌的调子……作家也有为自己写作的时候，我写这些人，可以说是为我自己自一个纪念品。我衷心地感谢他们，他们给我幼年的回忆增加了色彩。善良的人的纪念是永远不褪色的。人死了，花园成为平地，在废墟上建起新的房屋。"① 这一篇小说其实是巴金在40年代初第一次回乡探亲时的所见所闻的感受，他所看到的时事变迁的感想，多少有些感伤的情调，他写的是作为一个人的内心感慨，而不是什么理论上的大话，就像他后来所说的，"作家也有为自己写作的时候"。而恰恰是作家用自己的真实感受所写的时候则达到了让"文学倾向"自然流露的艺术效果。在中国现代文学史上类似的作品是很多的，如鲁迅的《故乡》张爱玲的《沉香屑：第一炉香》徐志摩的《再别康桥》都是这样的佳作。巴金的《憩园》无论是在结构上还是在语言的表达上都达到了他创作上的一个新的阶段，那就是更加成熟自如。

再比如1945年写的《第四病室》作者借一间小小的三等病室，通过对各种人事的描写，展现的是当时社会的一个侧面。因为有作者的真实感受，所以在写作态度上采取的不加修饰的手法，却非常精细地刻画了这个三等病室的每一个人的不幸和心理表现。描写了在那灰色年代里医院的护士、大夫和工役的所作所为，作者在这些人物当中着意塑造了一位具有同情心而心地善良的杨木华大夫，从这个人物身上寄寓了作者的希望。但是，"《第四病室》跟《憩园》和《寒夜》不同。它没有

① 巴金：《谈憩园》，见《巴金全集》第20卷，人民文学出版社1993年版。

《憩园》的那种挽歌调子，也没有《寒夜》的那种悲愤的哭诉。然而他的‘一线光明’也只是那个同情贫苦病人，想减轻他们痛苦的‘善良热情的女医生’，再也没有别的了。但是在那个环境里她能够做什么呢？她也只好让那些本来可以不死的贫苦病人一个跟一个地呻吟，哀号地死亡。”① 巴金一再声称这是一篇失败的作品，其原因是什么呢，巴金虽然真实地描绘了病室的现实状况，批评了在国民党统治下造成的贫困和落后的生活，试图通过病室这一生活中的一隅展现当时的社会现状，也塑造了杨木华这个具有人道主义精神的人物形象，但又是无力的、空想的。作者采取的是“日记体”方式，虽然真实地记录了那个在那个病室所看到和所发生的生活现象，只是自私、猥琐和没有生活信念的人，多少显得狭窄而缺乏广阔的生活面。而且结构上也显得松散琐碎而缺少紧凑感。但值得我们注意的是作者的写作思路更加贴近现实生活，这是巴金创作思想变化鲜明体现的一篇作品。

如果说《第四病室》在反应现实生活上还不是一篇完美的作品，那么《寒夜》的诞生就意味着巴金创作转变过程中的又一次高峰。《寒夜》写的是抗日战争后期生活在国统区的一对小知识分子夫妇饱尝忧患和生活艰辛的不幸遭遇的故事。它写出了当时国统区重庆的一部分正直善良的知识分子的为生活而奔波的不幸命运，真实地反映了他们的生活、心里和愿望，再现了20世纪40年代初国民党统治下的血淋淋的社会现实。作品中塑造了汪文宣这样的小知识分子，他们胸无大志，猥琐，苟且偷安，只希望有舒适安静的家庭，正直善良，内心有着强烈的义愤而无处发泄，只能在残酷的肺病折磨下把满腔的愤怒和不平向自己的妻子曾树声发泄，造成了这个家庭每天都笼罩在郁闷和灰色中度过，逐渐失去了对生活的信念，生活的艰难消磨了年轻时的理想和活力。汪文宣在仰人鼻息和空虚中，在抗日战争胜利的鞭炮声里结束了自己的生命，这样的结束破耐人寻味。

---

① 巴金：《巴金文集》第13卷后记，见《巴金全集》第8卷，人民文学出版社1989年版。

在这部长篇小说中巴金熟练地把汪文宣夫妇放在的家庭纠纷和在外面的工作生活联系起来进行了细腻的描写。作品通过细致入微的心理描写，在家庭的争吵和矛盾中使故事情节自然推进，极具生活化而又使读者了解了造成家庭悲剧和不幸的社会根源。在作品中巴金把全部的同情都聚集在这些小人物身上，充满了哭诉和令人回肠荡气的调子，使整部作品笼罩在压抑与浓郁的情感氛围中，字字句句凝聚着血泪的文字。

如果你在《家》中感受到的是受“五四”新文化洗礼下的青年人是如何为摆脱传统大家庭的牢笼而斗争，为实现自己的自由和理想而斗争，巴金善于塑造英雄式的人物形象，擅长于将人物置于与自己对立面的斗争中突出人物的性格和思想；那么到了《寒夜》，则完全改变了早期风格中的这些特点，而把自己的创作视野更多集中在那些被生活所累，为社会所不注意的非主流的边缘小人物身上；巴金几乎不去关注这些人物的缺点和弱点，而更注意的是他们个人的生存处境和心理状态，他们的悲剧似乎不是家庭的原因，而是家庭之外的社会；人物也没有了早期人物中的青年常常充满着幻想和理想，而几乎是没有了任何斗志理想和追求的平庸者。早期作品是巴金作为“五四”宁馨儿的产物，是那么富有激情，而进入40年代的创作则多了一些内敛，多了几分深沉和忧郁，不是呼喊，是无泪的哭诉，在这一过程中巴金也一同跟那些人物经历了一次又一次的心灵的折磨，这是一个没有“英雄”的时代。

梁实秋的文学观对新文学理念的平衡

中国现代文学是“五四”以启蒙为目的的多元文化背景下的产物，因此，它也应该包含着文学的多元性。而梁实秋把“人性”作为文学追求目标的文学思想也并不有悖与新文学的理念，他的文学观，在某种程度上恰恰是符合了新文学思潮的发展趋向，甚至起到了对新文学思想中一些偏颇理念的平衡作用，是符合新文学的总体追求目标的。

梁实秋的文学思想在20世纪的20年代，既有与当时时代文学理念

梁实秋

相悖的一面；也有相互促进的积极一面，今天我们用科学客观的态度去看，应该给予他合理科学的评价。不应当把他的文学思想放在与新文学的对立面看待。在某种程度上看，他对新文学中某些偏颇的理念起到了非常重要的平衡作用，新文学正是在这种多元的角度的争辩中走向了成熟。“五四”文学中浪漫浮躁的文学观念，亦正是在批评中逐渐向具有深刻思想的理性方向发展。

梁实秋认为：“一国鼎盛的时候，人才辈出，创作发达，但盛极必衰，往往传统的精神就陷于矫揉造作，艺术的精神沦为习惯的模仿。……浪漫主义的解脱之道即在打破现状。打破现状的方法不外两种，一是返古，一是吸引外国势力。”① 这一段评论显然是符合中国当时文学的现状的。沈雁冰在《小说月报》“新潮栏”的宣言中就说过：“现在新思想一日千里，新思想是欲新文艺去替他宣传鼓吹，所以一时间便觉得中国翻译的小说实在是都不合时代，况且西洋文艺已经由浪漫主义（Romantcism）进而为写实主义（Realisrn）表象主义（Symbolicism），新浪漫主义（New Romanticim），我国却还是停留在写实以前，这个又显然是步人后尘。所以新派小说的介绍，于今实在是很急切的了”② 从《小说月报》的“新潮栏宣言”中可以看出，新文学无疑是把追求对中国文艺的改革摆在了一个重要的位置，而改革的重点是向外国的 19 世纪以来的文学吸取营养。当然这种文学理念是在中国近代的政治和经济以及文学背景下形成的，自然有它的合理性，问题的关键是我们如何理解它。

浪漫主义者们认为：“人已成的形式是不可因袭的东西。他人已成的形式只是自己的监狱。形式方面我主张绝端的自由，绝端的自主。”③

---

① 梁实秋：《现代中国文学之浪漫的趋势》，见《梁实秋作品集》，敦煌文艺出版社 1997 年版。

② 《小说月报》1920 年第 11 卷第 1 号“小说新潮栏”第 1 页。

③ 田汉、宗白华、郭沫若著：《三叶集》，上海书店影印本 1982 年版。

这样的文学观念在“五四”提倡个性解放的背景下也同样有它的合理一面。它对激发青年们摆脱几千年封建思想的束缚，追求自由合理的人性起了重要的作用。可是文学毕竟不是仅仅建立在激情上的，文学有它自身的规律，尤其是诗歌。如果把这种浪漫的不受任何约束的文学理念作为新文学的追求目标，就会陷入了无节制的路子上去，又显然有它偏颇的缺陷。所以鲁迅对这种思想早有微词，他曾针对这种现象指出诗是做出来的，而不是写出来的，那意思就是诗歌创作不是光靠激情，更需要冷静的思考。梁实秋则指出：“他们最喜欢的就是蓬蓬勃勃的气象，不守纪律的自由活动。所以浪漫主义就无限制的欢迎外国影响。”① 闻一多肯定了郭沫若《女神》中体现出来的时代精神，但1926年发表的《诗的格律》一文中也明确指出：“我们尽可以拿下棋来比做诗；棋不能废除规矩，诗也不能废除格律。……又有一种打着浪漫主义的旗帜来向格律来下攻击令的人。对于这种人，我只要告诉他们一件事实。如果他们要像现在这样的讲什么浪漫主义，就等于承认他们没有创造文艺的诚意。因为，照他们的成绩看来，他们压根儿就没有注意到文艺的本身，他们的目的只在披露他们自己的原形。顾影自怜的青年们一个个都以为自身的人格是再美没有的，只要把这个赤裸裸的和盘托出，便是艺术的大成功了。”② 从当时的新诗创作来看，确实除具有深厚的文学造诣的郭沫若等人之外，在打破旧诗的束缚之后，中国现代新诗走向了一个无序的状态。这就不难理解梁实秋对20年代文坛现象的不满。他在《文学的纪律》一文中强调“伟大的文学者所该致力的是怎样把情感放在理性的缰绳之下。”③ 中国文学在几千年的过程中，摸索出了自己的一整套独特的有序的文学体系，在近代随着社会的变迁，它被打破了，用旧文学形式表达新的思想和观念，它已不能胜任，逐渐失去了它的体现新思想的载体地位，这是事实。但破坏不等于没有秩序，更不等于无

① 梁实秋：《现代中国文学之浪漫的趋势》，见《梁实秋作品集》，敦煌文艺出版社1997年版。

② 《闻一多全集》第2卷，湖北人民出版社2004年版。

③ 《梁实秋作品集》，敦煌文艺出版社1997年版。

序，它需要在适应新文学思想的基础上重构一种新的文学秩序。因此，新的文学应运而生。不过在破坏的过程中，人们往往容易失去理性，使新文学又一次走向了无序的混乱状态，正是从这一意义上来看，无论是闻一多还是梁实秋的文学观，都是对新文学重构过程中缺陷的弥补，应该是新文学建立新秩序中的一部分，而且是不可或缺的一部分。中国现代的新文学也正是在这种多元的辩论中完成了它新的秩序，它经历了从“有序到无序再到有序”的一个完整的改造工程。

从新文学的本质上说，梁实秋的文学思想同以鲁迅为代表的新文学思想是有一致之处的。而何况梁实秋在20年代的许多对新文学的评价文章中对鲁迅的评价还是比较客观的，比如他在《评〈华盖集〉》一文中对鲁迅的创作所体现出来的文学价值是倍加赞许的，“鲁迅先生的文字，极讽刺之能事，他的思想深刻而辣毒，他的文笔是老练而含蓄。讽刺的文字，在中国文学里是不多见的，这种文字自有他的美妙，尤其是在现代的中国。一般的人，神经太麻木了，差不多是在睡眠的状态，什么是非曲直美丑善恶，一概的冷淡置之不生影响。在这种情形之下，非要有顶锋利的笔来刺激一下不可。”他还说：“鲁迅先生的文章，是不见血的，因为笔锋太尖了，一直刺到肉里面去，皮肤上反倒没有痕迹。我们中国麻木的社会，真需要这样的讽刺的文学。”① 这一段精辟入微的文字，不仅鲜明而客观地评价了鲁迅的创作特点，更重要的是他十分肯定鲁迅对中国文化中麻木状态的讽刺思想。

梁实秋不仅在评论文章中对鲁迅的讽刺旧文化思想给予高度评价，在他自己的创作中也充分体现了鲁迅的讽刺精神，譬如他的散文小品《排队》同样也是一篇对中国传统文化弊病和不文明现象的深刻而形象的讽刺文章。甚至我们可以说梁实秋在创作上某些方面是受了鲁迅影响的，正像他所说：“鲁迅先生曾在军阀势力之下，满腔的孤愤，无法发泄，只能在文字上嬉笑怒骂，以抒其情。有许多话，却也切中时病，比什么正经的文学，反倒来的有力。……用心的作者，没有一个字是随便

① 参见《梁实秋作品集》，敦煌文艺出版社1997年版。

下的，没有一句话是平平说的。”① 在那个时代背景下，不仅鲁迅有那样的激愤，所有有进步思想的知识分子都会有相同的感受。只是鲁迅是以较为激烈辛辣的手法表现，而梁实秋则更注重用平和的讽刺手法表达其思想认识，不过他对鲁迅创作中所表现出来的忧愤思想和责任精神以及在思考问题上冷静的理性精神是很认同的。

但梁实秋在对一些问题的认识上，也有同鲁迅有不同的看法，譬如他认为文学是极少数的天才的创造。而鲁迅则不同，鲁迅认为：“我们现在有许多人对于文艺界的要求的呼声之中，要求天才的产生可以算是很盛大的了……天才并不是自生自长在森林荒野里的怪物，是由可以使天才生长的民众产生、长育出来的，所以没有这民众，就没有天才。”②梁实秋认为“一切文明，都是极少数天才的创造”。在这个问题上，他们显然是有明显区别的。鲁迅更重视的是民众，而梁实秋更看重的是天才。梁实秋早年主要接受的是欧美的教育，而鲁迅则主要是在留日时期接受了新的资产阶级民主主义思想教育，甚至受过章太炎反清革命思想影响。因此，他们在某些问题的认识方面又是不能沟通的。但肯定的是他们两者都有改造旧文化和旧文学的共同思想。在文学上的表现上，鲁迅更趋于激烈；而梁实秋则更主张温和，缺乏斗争的精神；鲁迅往往是在情感和理性之间矛盾和徘徊，而梁实秋则看重理性；梁实秋更强调“在抒泄情感之际有一个相当的分寸，须不悖与常态的人生，须不反乎理性的节制。”③ 而鲁迅则强调“立意在反抗，指归在动作”④ 鲁迅认为，现在的中国是“没有了能想的头脑，却还活着，……假使我们的国民都能这样，阔人又何等安全快乐?”⑤ 在这样的社会背景下，怎么会有常态的人生，和人性呢。而在这一点上，梁实秋就显然是脱离了中国社会现实的文学观念。

---

① 参见《梁实秋作品集》，敦煌文艺出版社 1997 年版。

② 鲁迅：《未有天才之前》，见《鲁迅全集》第 1 卷，人民文学出版社 1981 年版。

③ 梁实秋：《文学的纪律》，见《梁实秋作品集》，敦煌文艺出版社 1997 年版。

④ 鲁迅：《摩罗诗力说》，见《鲁迅全集》第 1 卷，人民文学出版社 1981 年版。

⑤ 鲁迅：《春末闲谈》，见《鲁迅全集》第 1 卷，人民文学出版社 1981 年版。

因此，他的文学观中明显地表现出了不合时宜的认识，他在重视文学的人性、节制、纪律和理性的同时则忘却了社会的现实，过分强调了文学自身的规律。但是我们也不必把它看成新文学的对立面，而恰恰是对新文学理念中不足的弥补。

但我们必须注意到的是梁实秋在30年代受到了以鲁迅为代表的“左翼”文学方面的严厉指责，那是为什么呢？当20年代末，中国社会仍然处在黑暗中，在绝望中的中国现代知识分子在世界革命潮流的背景下，看到了一线的希望和光明，那就是马克思主义的思想在中国有进步思想的知识分子中得到了越来越多的认同，因为他们不可能找到比马克思主义思想更令他们信任的能够解决中国问题的其他任何思想。于是在马克思主义思想影响下，文学由“五四”建立起来的文学革命转向了革命文学，马克思主义的文艺思想成了追求进步思想的知识分子的唯一希望。

梁实秋的文艺思想，显然没有跟上时代变迁的步伐，而仍然停留在“五四”的人文主义的启蒙背景中。当文学革命已经转向革命文学的无产阶级文艺的时候，他还在一味地提倡文学的人性，这显然是同无产阶级文学形成了鲜明的反差，所以其文学观念必然会受到来自“左翼”文学的强烈反对。梁实秋没有跟上时代的发展步伐，并不是因为他的思想落后，或者说反对无产阶级的文学，恰恰是因为他始终不变的文学观念。这一现象，简单来看，似乎就成为了无产阶级革命文学的对立面，成了一个无产阶级革命文学的反对者。如果客观理性地把他放在中国近代文化和反封建专制背景下看，他并非如此。如果把他的文艺思想因为是不同于无产阶级的文艺思想，就归到是站在国民党右翼文人中也是不客观的。他在《文学与革命》一文中说：“文学家永远是民众的非正式的代表，不自觉地代表民众的切身的痛苦与快乐，情思与倾向。尤其是在苦痛的时代，文学家所受的刺激格外亲切，所以惨痛的呼声也就分外动人。”① 从这一段话看，他对文艺与时代的关系和文学的职责是非常

① 梁实秋：《文学与革命》，见《梁实秋作品集》，敦煌文艺出版社1997年版。

清楚的。但是他也说过："在文学上，只有'革命时期的文学'，没有所谓'革命的文学'。"① 由此来看，梁实秋显然是想把文学与革命区分开来，正像他也说过："实在讲，文学作品创造出来之后，既不属于某一阶级，亦不属于某一个人，这是人类共有的珍宝"② 如果我们单从文学的角度看，梁实秋对文学的认识并无可指责之处，也没有反对革命之嫌。他始终固执地认为文学应该是独立的，"近来有人提倡'革命的文学'，但是我觉得他们并不是由文学方面来观察；反对'革命的文学'者似乎又是只知讥讽嘲弄。"③ 但是，值得注意的是30年代的中国现代文学它不是一个单纯的文学，文学与社会政治变成了密不可分的关系，这也不是什么30年代文学家们的独创。中国文学本来在封建的时代任务就是"文以载道"；那么在文学变革时代的近代文学又怎样呢，梁启超《小说与群治之关系》一文就是最好的诠释，无需赘言；"五四"文学又有什么特点，它本是改造中国社会文化与政治的产物。

我们说，梁实秋的文学观，在30年代文学与政治非常紧密的背景下，文学已成为革命的一部分的时代潮流下，只能说又一次充当了一个与时代不合时宜的角色，而非其文学思想的错误，这便是他的悲剧。

比如说，在30年代文学阶级性盛行的背景下，他却说："文学是有阶级性的吗?"那意思就是说文学是没有阶级性的。但另一方面他也指出"无产阶级的运动是由政治的经济的更进而为文化的运动了，这是值得注意的一件事。……无产阶级有他们的'科学的政治学'，'辩证法的唯物论'，'马克思的经济学'"④ 他反对的不是无产阶级，而且对无产阶级自有他的认识和解释。我们从他的言论里可以清晰地看到，他认为文学不是简单的反映革命，如果没有革命实践，那革命文学就不是

---

① 梁实秋：《文学与革命》，见《梁实秋作品集》，敦煌文艺出版社1997年版。
② 同上。
③ 同上。
④ 梁实秋：《文学是有阶级性的吗?》，见《梁实秋作品集》，敦煌文艺出版社1997年版。

真正的文学，是“虚伪的”，是“狂热的”，“在狂热的潮流里面，什么人也要失了清醒的头脑”。其实，在这一问题上鲁迅有何尝没有类似的认识呢，鲁迅不也在对革命文学的偏激和离开现实的革命斗争而大谈革命文学的错误倾向时在《文艺与革命》一文中说过：“但我以为当先求内容的充实和技巧的上达，不必忙于挂招牌。……但中国之所谓革命文学，似乎又作别论。招牌是挂了，却只在吹嘘同伙的文章，而对于目前的暴力和黑暗不敢正视。”① 他甚至认为“激烈得快，也平和得快，甚至也颓废得快。”他在《对于左翼作家联盟的意见》中曾讲到，如果不和革命的实际相结合，就很容易变成“右翼”。革命是痛苦的，绝不是像诗人们想象的美丽和浪漫，革命不是狂热，不是想象，而是现实。他在《革命时代的文学》中也指出，“为革命起见，要有‘革命人’，‘革命文学’倒无须急急，革命人做出东西来，才是革命文学。”属于革命文学信仰者的鲁迅，对革命文学中的“左倾”幼稚的倾向给予了真诚的批评，但鲁迅为什么对梁实秋的文艺思想进行了坚决而严厉的指责，也是有其原因的。

那是因为梁实秋压根就不承认有“革命文学”的存在，只认为有“革命时期的文学”，文学是没有阶级性的，文学只反映的是“人性”，他还认为对无产阶级文学的批评是为了保持文学的纯洁性，是为了文学的健康。不过梁实秋把“人性”作为文学追求目标的文学思想它并不有悖与新文学的理念，他的文学观，在某种程度上恰恰是符合了新文学思潮的发展趋向，甚至起到了对新文学思想中一些偏颇理念的平衡作用，是符合新文学的总体追求目标的。

---

① 鲁迅：《文艺与革命》，见《鲁迅全集》第4卷，人民文学出版社1981年版。

（五）“后五四”知识阶层的诞生与文学转向

1920 年 3 月在李大钊的努力与宣传下，“马克思主义学说研究会”在北京大学正式发起。其中成员有邓中夏、黄日葵、高君宇、何孟雄、朱务善、罗章龙、张国焘、瞿秋白等。这是马克思主义在中国能够发展的极为关键的一步，也是马克思主义在中国开始为越来越多的新一代知识分子即新文化背景下成长起来的知识分子接受的主要因素。他们是不同于“五四”一代知识分子的一个新的群体或者说是一个新的阶层，我们可以称他们为“后五四”文化启蒙者。如果说“五四”初期的知识分子仍然还是在对中国近代失望背景下在黑暗中摸索的话，那么“后五四”一代则是在十月革命和李大钊所宣传的马克思主义思想影响下看到了中国革命的前途和曙光，那就是马克思主义的代表无产阶级利益的社会主义，他们坚信找到了挽救中国的良方。因此，马克思主义思想对他们更有吸引力，再加上十月革命的成功，更增强了他们对马克思主义的信念。“五四学生们深信，他们能够从下层通过唤醒同胞们的社会意识的办法挽救中国”。

从《饿乡纪程》到《赤都心史》看瞿秋白思想和心灵的发展轨迹

瞿秋白

瞿秋白对中国现代文化和文学的发展贡献主要体现在两个方面：一是个人的经历较为典型地体现了 20 世纪初激烈变动的中国社会中知识分子心灵苦闷和矛盾心理；一是典型反映出了那个时代中国青年知识分子的心灵和思想追求。这种矛盾和苦闷的心理在其早年的文学作品《饿乡纪程》和《赤都心史》中留下了清晰而鲜明的发展轨迹。典型地体现出了“后五四启蒙者”新一代知识分子的追求。

I　迷惘，苦闷中的追求

从《饿乡纪程》（《新俄国游记》）到《赤都心史》清晰而鲜明地留下了瞿秋白从一个中国近代文人向无产阶级知识分子转型的深刻烙印，他的思想和心灵的转换历程较典型地折射出了20世纪初一代知识分子从晚清以来的绝望中开始寻求新希望的人生道路，从这一角度来看，那时一部分知识分子对十月革命的向往和仰慕也就是水到渠成的事。形成这一思想基础和历史条件的原因不外乎两种：一是家庭，在20世纪初中国的传统家族制度走向衰落的事实已几乎是人所共知，而家庭的变故往往对人的心理产生比较大的影响，个人的经历和生活可能使其产生厌世的态度，也可以激励其追求新生事物，试图改变现状；一是社会的现实也往往会使人的认识也会发生大的变化，要么很容易绝望颓废，要么去寻求改造社会的希望。

而当时中国思想界的现状是在晚清衰落以后，尽管辛亥革命的暂时胜利曾给知识分子带来了希望和兴奋，但兴奋后很快就是绝望。正是在这种背景下，一部分受过新式教育的知识分子开始认识到，中国社会的改造必须建立在对文化的改造上，而对文化的改造又必须建立在对民众（国民）的改造上。譬如以鲁迅为代表的知识分子就转而把中国的希望建立在“国民”身上。但以李大钊为代表的知识分子则认为中国的彻底改造需建立在马克思主义的“主义”基础上，这一思想的形成，毫无疑问十月革命的成功为他们带来了新的希望和曙光。而瞿秋白正是在这一新希望的吸引下于1920年8月以北京《晨报》记者的身份启程赴俄罗斯实地采访。《饿乡纪程》和《赤都心史》就是记载其赴莫斯科的过程和在莫斯科一年多的感受和感想。“是中国最早的记叙世界上第一个社会主义国家在初期的政治和社会生活情况的作品，同时又非常真挚地刻画了作者如何成为一名共产主义者的思想发展的过程”①

瞿秋白1899年1月29日生于江苏省常州府城内一个败落的士绅之家，由于家庭的败落，经济的拮据，其母金璇于1916年二月自杀。家庭的不幸遭遇对年少的瞿秋白心灵打击是巨大的，正像他在《饿乡纪程》的绪言里开头所写：“我有生以来，没见一点半点阳光，——我这到如今还不知道阳光是什么样的东西。”正像上面所说，在这样的人生旅途中要么很容易绝望颓废，要么去寻求改造人生和社会的希望。瞿秋白正是在人生绝望和苦闷的过程中经历了人生的历练，也正是这坎坷的人生经历促使其试图改变现实，于是1919年他参加五四爱国运动，同年11月参与创办《新社会》旬刊。1920年初，参加李大钊组织的马克思学说研究会，在当时中国特殊的社会背景和知识分子思想的微妙变化过程中，马克思主义学说或者正迎合了当时许多类似瞿秋白这样的知识分子的心理追求。

不过，但我们在看到“后五四”新一代知识分子的思想和理想追求时，我们必须注意到它和近代文人追求的联系性，他们试图完成近代文人所未能完成的历史任务，所不同的是，近代没有十月革命，是在黑暗中摸索和探求中国的未来，“洋务运动”失败了，“维新运动”也失败了，从某种程度上讲，即使“辛亥革命”也不是真正意义上的成功。因此才有了鲁迅，鲁迅是中国近代变革失败背景下的产物，他试图在绝望的近代文化背景下寻求中国的新生和一线希望。这希望是什么呢，那就中国民族和民众的觉醒。而在几千年封建文化奴化文化背景下生存惯了的中国国民的觉醒是何等难的事情，因此鲁迅是“孤独”的，甚至是“绝望”的，这就是鲁迅文章中始终充满批判性和攻击性的重要原因，也是今天人们难以读懂他的原因，因为读者常常会把他置于新的文化背景下看，殊不知，其实鲁迅更是一个近代性的作家，形成鲁迅思想体系的背景是中国近代社会和文化，而主要还不是新文化，鲁迅追随新文化，那是因为新文化正符合了鲁迅的追求和理想。他在《呐喊》序

① 文学编：《瞿秋白文集》，人民文学出版社1985年版。

言中就说过："在我自己，本以为现在是已经并非一个迫切而不能已于言的人了，但或者也还未能忘怀于当日自己的寂寞悲哀罢，所以有时候仍不免呐喊几声，聊以慰藉那在寂寞里奔驰的勇士，使他不惮于前驱。……但既然是呐喊，则当然须听将令的了。"① 这也说明鲁迅确实是从梁启超到"新青年"派的新一代知识分子之间的桥梁式的中间人物。所以，当20年代末鲁迅一经和瞿秋白接触，便有了共同的语言。这共同语言一方面是两者的家庭背景多少有些相似，都是败落的士绅之家；一是说明瞿秋白对鲁迅有着不同于当时年轻一代知识分子的真正理解，因为当时一些甚至是非常进步的知识分子，对鲁迅是不能真正理解的，因此鲁迅对瞿秋白有一见如故的感觉，他在赠给瞿秋白的对联上就写到："人生得一知己足矣，斯世当以同怀视之。"鲁迅在瞿秋白身上看到了"五四"后新一代知识分子的希望。从某种意义上说，鲁迅还没有找到新的光明，始终在黑暗中摸索光明，而瞿秋白似乎点燃了鲁迅内心的光明。确实，从瞿秋白所走的道路来看，"五四"新文化，特别是十月革命后一部分进步青年似乎看到了中国未来的一线光明，尽管这光明在他们的心目中还是那样的模糊："我眼睛早已花了，晕了，我何尝看得清楚。"②但也正像他自己所说："一线的光明！一线的光明，血也似的红，就此一线便照遍了大千世界。"③ 这里所说的一线光明应该是说明作者对苏俄十月革命的向往和期待。这样的向往和感受可以说是几乎贯穿了整个《饿乡纪程》中，因为《饿乡纪程》的前半部分主要是写作者去"饿乡"④ 的过程中的经历和感想，还没有真正接触到实际的"饿乡"现实，其中只有后半部分才有了到"饿乡"后的一些具体感受，但并没有上升到理性的思考阶段。不过尽管作者在去苏联的路途中所遇到，所看到的并不都是好的印象，但到苏俄后还是给作者留下了较为深刻的认识。"我寻求自己的'阴影'，只因暗谷中的光影相灭，二

---

① 《鲁迅全集》第1卷，人民文学出版社1981年版。

② 《瞿秋白文集》第1卷，人民文学出版社1985年版。

③ 同上。

④ 饿乡，出自伯夷叔齐的故事，在这里应该是有所指的，指理想的地方。

十年来盲目求索不知所措，凭空乱舞我的长袖，愈增眩晕。如今幸而见着心海中的灯塔，虽然只赤光一线，依微隐约，总算能勉强辨得出茫无涯际的前程。”① 由此可知，瞿秋白刚刚到了俄国以后，还是对未来充满希望的，不仅是自己的希望，更是祖国的希望。在此之前他其实对中国的前途是不抱希望的，甚至是有些“颓废”的，也是无奈的心情，比如在哈尔滨滞留期间，作者就多次对中国国人的麻木精神多有不满，但这只能说是作者的直感，并没有上升到理性的角度去思考。而《赤都心史》就不同，在对十月革命的光明向往中，也蕴含着作者对革命后的困难和矛盾的深层次思考，而非是简单的歌颂。

Ⅱ 追求，探索与追求中的矛盾

作者在《赤都心史》的序中说：“《赤都心史》将记我个人心理上的经过，在此赤色的莫斯科里，所闻所见所思所感。”② 这里关键的是“所思”，因为瞿秋白到达莫斯科后，接触了很多俄罗斯共产党的官员，甚至是高级官员包括列宁，也参观了很多地方，包括托尔斯泰的宅邸，如果简单看来，作者确实是记载自己的所见所闻，而且是用了散文和随笔式的手法记录了他的经历，但我们把《赤都心史》中每一篇看似零散的短文联缀在一起时，就不能看成是简单的记录和报道了，它包含了瞿秋白对十月革命后俄罗斯的更深的理性思索，因为无论从任何角度看，瞿秋白并不是是一个纯粹的革命者，正如他在 1935 年 5 月在狱中写的《多余的话》中所说：“我在这几个月内请了私人教授，研究俄文、俄国史、俄国文学史；同时，为着应付晨报的通信，也很用心看俄国共产党的报纸、文件，调查一些革命事迹。我当时对于共产主义只有同情和相当的了解，并没有想到要加入共产党，更没有心思要自己来做中国共产党的‘创始人’” 因此可知，他更热衷于文学，从《饿乡纪

① 《瞿秋白文集》第 1 卷，人民文学出版社 1985 年版。
② 同上。

程》和《赤都心史》这两部作品集中也不难看出，他并不是从一个革命者的角度来报道，而是从一个对革命抱有极大热情和理想的现代知识分子的角度去写的。因此，这两部作品的研究更应该从文学的角度去研究，所以文学史中常常把它看成是中国现代报告文学的滥觞。瞿秋白的写作才能和激情应该说主要是来自于他对新生事物的探索兴趣和对“十月革命”的崇拜。他尽管不是“五四”新文化的启蒙者，是“五四”新文化启蒙背景下成长起来的新一代知识分子，但他却承担了“后五四”启蒙者的重要角色。如果说第一代中国的启蒙者是以梁启超为代表的近代文人，其启蒙任务主要是“救亡图存”话语，那么以鲁迅、陈独秀、胡适为代表的知识分子则承担了20世纪中国“新文化”理念的启蒙者角色，其任务主要是完成了中国文化从传统到现代的转型，为中国文化的下一个任务奠定了思想和历史的基础。而以李大钊等为代表的知识分子就可看成是中国文人思想理念从“新文化”到马克思主义思想的转型。瞿秋白就是这一观念转型过程中的重要一份子。马克思主义思想之所以受到了中国新一代知识分子的青睐，它并非是空穴来潮，而是中国当时的社会和经济现状决定了的。尽管第一和第二代启蒙者们所起的作用是巨大的，但从社会实际和经济的角度看，显然还是一种理念，一种理想，还只是停留在文化层面上的变革，因此那只是一种价值观念，并非是一种物质的和制度的东西。“如果要全盘抛弃这种传统，那就要对它的政治结构或经济制度的根源进行抨击。”① 尽管胡适作为新文化运动的启蒙者也不断呼吁“一个有计划的政府”，但“后五四”启蒙者则不同，他们并不认为沿袭着旧文化的政府能真正意义上挽救中国，他们试图寻求一种能够保证“新文化”和“新理念”的代表着下层民众利益的制度，因而，马克思主义在中国的流行也就成了一种必然的趋势。“五四学生们深信，他们能够从下层通过唤醒同胞们

---

① 林毓生：《中国意识的危机——五四时期激烈的反传统主义》，贵州人民出版社1986年版。

的社会意识的办法挽救中国。”① 再加上 1917 年十月革命在俄罗斯的成功，毫无疑问地为新一代知识分子们增强了复兴中国的信心。而瞿秋白就是带着这种既不想抛弃自己曾经的文学理想，又怀着对十月革命的向往和崇仰之情去“赤都”的。

那么，带着这样一种矛盾的心情去十月革命的故乡，他就不可能完全从“革命者”的角度去观察和分析问题。他在莫斯科期间既看到了许多令他兴奋的事情，比如，1921 年 7 月以中国记者的身份参加共产国际第三次代表大会时就被列宁的演讲所折服，正如他在文中写道：“列宁出席发言三四次，德法语非常流利，谈吐沉着果断，……列宁的演说，篇末数字往往为霹雳的鼓掌声所吞没。”② 作者的兴奋之情溢于言表，特别是对列宁个人魅力的崇仰之情，使他对十月革命的未来增强了信心。但也有很多社会现象使作者产生了一些疑虑，特别是十月革命后俄罗斯的经济状况还不是很好，大部分人，甚至是共产党的高级官员也只能吃到黑面包：“——呵，你们来开‘大会’的，预备回去宣传无产主义吗？我笑着回答他不是的。他还不信呢。……奄奄的生气垂尽，一切一切都渐渐在我心神里磨灭……还我的个性，还我为社会服务的经历来！北地风寒积雪的气候，黑面包烂肉的营养，究竟不是一片‘热诚’所支持得住的。唉！心神不定，归梦无聊。病深了，病深么”。③ 从当时瞿秋白的思想情绪看，确实很难说他已经是一个坚定的共产主义思想家，但同时我们也能看到，作为“后五四”一代知识分子的进步代表者，他也并不放弃十月革命为全世界“劳工”所带来的希望，后来的事实证明他还是选择了无产阶级的事业，成为一个马克思主义的科学社会主义的宣传者。“总有一天，所有的‘士’无产阶级化了，那时我们做我们所能做的！总有那一天……”④ 瞿秋白本人就出生在一个衰落了的“士”的家庭，尽管对此还是悲挽的，但他对无产阶级的未来

① 许纪林编：《20 世纪中国知识分子史论》，新星出版社 2005 年版。
② 《瞿秋白文集》第 1 卷，人民文学出版社 1985 年版。
③ 同上。
④ 同上。

是充满信心的，比较典型地代表了“后五四”启蒙者一代知识分子的处境和复杂的心态。

我们说瞿秋白对现代中国的文化贡献是巨大的，那是不仅仅因为他是早期马克思主义和无产阶级思想宣传者，而且是早期马克思主义文艺思想的推动者。正是他的热情宣传和翻译俄国无产阶级的文艺著作，为30年代无产

阶级革命文学的产生奠定了基础，所以说他对30年代“左翼”文学的发展功绩是无法抹杀的。也可以这么说，鲁迅正是与瞿秋白这样的共产党人的接触，才使鲁迅进一步产生了对社会主义无产阶级的信念。这使我们看到了中国近代的第二代启蒙者代表鲁迅与“后五四”新一代的知识分子代表之间的思想契合。同时我们也可以看出在世纪转折的背景下，许多进步的知识分子是从传统与现代的矛盾痛苦抉择中而走向了新文化和新思想的。

共产党人沈泽民与新文学

沈泽民是中国最早的共产党员之一，对共产主义的理论和工会运动及早期革命文学的宣传做出了重要贡献。五四运动后参加少年中国学会南京分会，负责校勘分会月刊《少年世界》及其“工厂调查类”编辑工作。1920年7月东渡日本到东京帝国大学半工半读，学习日文版的《共产党宣言》和《国家与革命》。与田汉等人研究俄国十月革命学习和讨论《第三国际议案及宣言》等共产国际的文件，认识到中国革命必须仿效苏俄，走十月革命的道路。1921年1月回国。1921年四五月间加入上海的中国共产党早期组织，成为中国共产党党员。后经恽代英介绍去安徽芜湖中学任化学教师，组织芜湖学社编辑出版《芜湖半月刊》，宣传马克思主义和新文化。

而作为一个革命作家，沈泽民在革命活动之余，竭尽全力编译介西方文学作品和社会改革方面的文章，同时创作一些评论，针砭新文学建

设中的存在的问题，满怀激情地投入改造中国改造世界的社会斗争中。

沈泽民1900年6月生于浙江桐乡县乌镇。学名德济，笔名成则人、风、罗美、李清扬。沈雁冰（茅盾）之弟。12岁考入浙江省立第三中学。1916年夏考取南京河海工程专门学校，在校期间攻读专业课程和英语，曾与哥哥合译科学小说。同时研读《新青年》等进步刊物。1919年五四反帝爱国运动中参加游行、发表演说。五四运动后参加少年中国学会南京分会，负责校勘分会月刊《少年世界》及其“工厂调查类”编辑工作。1920年7月东渡日本到东京帝国大学半工半读，学习日文版的《共产党宣言》和《国家与革命》。与田汉等人研究俄国十月革命学习和讨论《第三国际议案及宣言》等共产国际的文件，认识到中国革命必须仿效苏俄，走十月革命的道路。1921年1月回国。1921年四五月间加入上海的中国共产党早期组织，成为中国共产党党员。后经恽代英介绍去安徽芜湖中学任化学教师，组织芜湖学社编辑出版《芜湖半月刊》，宣传马克思主义和新文化。1921年7月初出席南京的少年中国学会召开的大会，翻译《第三国际议案及宣言》，由中共设在上海的人民出版社出版。1921年底回上海参与筹建平民女校，并任英文教员。1922年5月出席中国社会主义青年团第一次代表大会，当选团中央委员。此后到1923年共青团的二大期间参与主持团中央日常工作。1923年春调南京建邺大学任教，发展和建立党组织。

而作为一个革命作家，沈泽民在革命活动之余，竭尽全力编译介西方文学作品和社会改革方面的文章，同时创作一些评论，针砭新文学建设中的存在的问题，满怀激情地投入改造中国改造世界的社会斗争中。据不完全统计，这一期间（1921～1925年），沈泽民有关妇女解放问题的译著和文章有：1921年《女子经济独立问题的简要说明》（8月17日《民国日报》副刊《妇女评论》）；《妇女真要经济独立须改革经济》（同上）；《现在的男女社交为什么这样?》（9月14日《民国日报》副刊《妇女评论》）；《世界妇女运动底两大潮流》（9月21日《民国日报》副刊《妇女评论》）；《舜生的“男女社交和一夫多妻”》（9月28

日《民国日报》副刊《妇女评论》)。1922年《中国青年女子底烦闷》;《对于“废娼运动”说几句话》(刊于1月1日《民国日报》副刊《妇女评论》);与汉英、雁冰共撰《女子现今的地位怎样?》(1月1日《妇女评论》);《女子今日的地位》(讨论);《又是一封讨论女子地位的信》(通信)国华、泽民答。(均于2月8日《妇女评论》);《女子地位讨论声中的杂感》(3月14日《妇女评论》);《蔡鸣嗜士的问题》(7月19日《妇女评论》);译《女权宣言序》(10月25日、11月8日《妇女评论》);《对潘筠女士一封信的感想》(11月22日自《妇女评论》)。1923年《对于民国十二年中国妇女运动的希望》(1月10日《妇女评论》);译瑞典爱伦凯《女子的和平运动》(连载于《妇女杂志》第9卷第6、7号上);译《妻与母的地位》(7月11日《妇女评论》);《近东妇女运动和现势》(刊《妇女杂志》第9卷第12号)。1923年1月访问浙江白马湖春晖学校。同年撰写《文言白话之争根本问题及其美丑》反击学衡派的复古潮流。1923年10月起任中国社会主义青年团南京地方执行委员会委员、会计。1923年9月,沈泽民在中国欢迎泰戈尔来华的文章中,就写了一篇介绍性文章《泰戈尔的生涯与思想》,发表在《学生杂志》第10卷第9号上。

作为中国共产党党员和作家,沈雁冰、沈泽民兄弟俩率先响应党中央的要求,沈雁冰当时就写了《对于泰戈尔的希望》、《泰戈尔与东方文化》,分别登在1924年4月24日和5月16日《民国日报》副刊《觉悟》上。沈泽民则写了《泰戈尔与中国青年》一文,发表在4月出版的《中国青年》第27期上。这几篇文章是研究和了解泰戈尔的意义十分重要的文章,为当时青年如何看待和接受泰戈尔提出了非常宝贵的建议和意见。特别值得一提的是1924年11月6日沈泽民在上海《民国日报》附刊《觉悟》上发表了一篇名为《革命与革命文学》的文章中指出:“真正的革命者,绝不是空谈革命的;所以真正的革命文学也绝不是把一些革命的字眼放在纸上就算数。……现在,主张革命文学的人,我相信他们都是有革命思想的青年。他们虽然是坐在屋子里研究,将来一定要走到战线上去为革命流血的。青年的文学家们呵！未来的一代伟大文学的创作的使命就在你们肩背上了！不要犯‘幼稚病’！不要望空徘徊！起来，为了民众的缘故，为了文艺的缘故，走到无产阶级里面去！”① 这是中国新文学史上最早的提倡革命文学的文章之一，也是中国共产党人中最早提倡革命文学的文章之一。

毫无疑问，文章中的观点为后来的革命文学的提倡者们所接受，并从中得到了启发。比如1927年4月8日鲁迅在黄埔军校的讲演中指出：“现在的文学家都是读书人，如果工人农民不解放，工人农民的思想，仍是读书人的思想，必待工人农民得到真正的解放，然后才有真正的平民文学。”② 鲁迅发表于1927年10月21日上海《民众旬刊》第五期的一篇名为《革命文学》的文章中也指出：“我以为根本问题是在作者是一个‘革命人’，倘是的，则无论写的是什么事件，用的是什么材料，都是‘革命文学’。从喷泉里出来的都是水，从血管里出来的都是血。”③ “早期共产党人从艺术、文学是生活的反映这一基本原则出发，十分强调作家必须有革命的实际生活和革命的思想感情。因此，他们要求革命文学家要从事革命的实际活动，到无产阶级和劳动群众中去。”④ 由此可见，早期共产党人沈泽民等人的关于革命文学的提倡和意见，对于20年代末革命文学的兴起所起的作用是不可忽视的。他们尽管在对革命文学的认识上还存在一些偏颇和对文学自身认识的不足，但“‘以文学为工具’的意见，是很自然的。他们的主张，有助于密切新文学与民族民主革命及劳动群众的联系。”⑤ 不过，在20年代的新文学运动中，沈泽民和其胞兄沈雁冰等一起，同样成为新文学运动的一员闯将，他首先从翻译西方现实主义、浪漫主义以及唯美主义等作家作品人手，窃火给黑屋子里的人们。从安特列夫，阿采巴希甫，克鲁泡特金、到莫

① 《文学运动史料选》第1册，上海教育出版社1979年5月版。
② 《鲁迅全集》第3卷，人民文学出版社2005年版。
③ 同上。
④ 吴宏聪、范伯群编：《中国现代文学史》，武汉大学出版社1991年版。
⑤ 同上。

泊桑及瑞典的赫滕斯顿，匈牙利的莫尔纳、荷兰莫尔泰都里、日本的小泉八云、法国的乔治？桑等等作家理论家的作品和理论，沈泽民都有涉及和译介，取拿来主义的态度，为革命文学的建立做出了自己的应有贡献。与此同时，精力旺盛的沈泽民也积极创作诗歌以摸索文学创作规律，也有倡导新文学的实践的意味，因为在新文学发轫之初，大都认为新文学就是白话创作，旧文学就是文言写作，因此新旧文学之争一时也就是白话文言之争，后来才逐步深化新文学内涵的。沈泽民也经历这样一个阶段，他在1921年写的一些诗，十分浅白通俗，留下了这一个时代的特征。综合来看，沈泽民对中国新文化和新文学的贡献和成就应该说比同时代的其他共产党人的影响更为扎实和更有号召力，当然其中瞿秋白的贡献也是不能忽视的。

沈泽民对新文化和新文学的贡献可以从以下几个方面来看：

首先，在他刚刚出道的时候，其思想就具备一定的超前性，比如他在“五四”新文化的初期理论建设中就十分重视民众的感受，特别是对妇女的权益和独立的地位的见解就非常具有独特性，是符合时代精神的；由于他是中国最早的共产党人之一，所以在一些文章中明显具有一定的共产主义因素，毋庸置疑，这在当时的时代背景下是较为先进的一种理念；为其后来的革命文学思想奠定了基础，甚至为后来革命文学的提倡者（包括鲁迅和瞿秋白等人）们的影响也是巨大的，为了自己的理想勤劳和奋斗一生，以致很年轻就积劳成疾而殒命。

其次，1923年他还写了《文言白话之争根本问题及其美丑》反击“学衡”派的复古潮流。足以说明其思想与新文化潮流是一致的；尽管以吴宓为代表的“学衡”派，今天看来其观点中的理性思想具有相当的价值，但在当时的新文化提倡白话文的背景下，显然，对白话文和新文化有其非常不利的一面，而沈泽民以其进步的思想对其危害和错误的观点进行了深刻的辨析和批评，其对新文化的维护是不言而喻的。

再次，他能够在繁忙的社会革命和社会活动之余，和其兄沈雁冰共同翻译和介绍外国文学作品和外国的对新文化和新文学有益的理论，是值得人们尊敬的。“五四”前夕，沈泽民就与沈雁冰一起，为《学生杂志》翻译了美国的《两月中之建筑谭》和《理工学生在校记》两篇科学小说，开我国译介外国科学小说之先河。嗣后，他又大量译介了十月革命苏联的文艺状况，比如《俄国的批评文学》、《俄国的农民歌》等。在译介生涯中，沈泽民还十分注意弱小民族国家的文艺。比如他翻译的《近代的丹麦文学》、《塞尔维亚文学概况》等，就是译介中较有特色的篇章。此外，他还翻译了不少这些弱小民族国家的文艺作品，作为发展中国新文学的借鉴。从1920至1924年间，他在《新青年》、《中国青年》和上海《民国日报》副刊《觉悟》等报刊上发表文章，除了阐述无产阶级的文学观和妇女解放问题外，这期间还创作和翻译的小说、散文、诗歌、戏剧和评论等文章有100多篇。对早期中国新文化和新文学所做的成就是不言而喻的。

所以，沈泽民对新文化的贡献，不仅是理论和译介方面，“五四”时期，他已经从实际出发从事文学创作活动，用白话文揭示底层人民的悲惨生活，他在一首《五月》的诗中写道：“五月的麦子在垄里黄了/新插的秧子在田里荡漾/天气好/下田忙/雨水不调匀/望着天空怅惘/收割固然是快乐/还租粮却是苦恼/布谷你莫叫/我那抱病在床的娘子要忧烦死了。”① 这是一个真正的革命文学家发自内心的心声。其完全可以与早期新文学中的白话诗媲美的。

正如在钟桂松编的《沈泽民传》中所说：“沈泽民充满朝气和激情，除参加中共的创建和组织宣传工作之外，翻译了大量外国文学作品和理论，同时他还对新文学建设进行理论思考，撰写了大量理论文章，为新文学的发展提供强有力的理论支持。其中有《谈谈中国国民性》、《民众戏院的意义和目的》、《对于国内研究文学者的希望》、《青年时期何以不当看小说》、《文学者底人格》、《文言白话之争底根本问题及其美丑》、《我们需要怎样的文艺》等，在中国新文学史上都占有一席之

① 张国立、钟桂松编：《沈泽民文集》，浙江文艺出版社1997年版。

地。"①

可是，长期以来，由于沈泽民的过早去世，去世时年仅 33 岁，研究者们对他对新文化和新文学的贡献逐渐淡忘了，甚至更多的研究者注意的是其社会革命和他早期对中国共产党的建设一面，他对中国新文化的早期建设所做出的成就是多方面的，我想，在将来的新文学史上其成就应该引起我们研究者们足够的重视，才是真正公允的。

（六）四十年代文学创作中的新潮流

穆旦：现代白话新诗向现代主义诗歌转型的先锋

中国现代新诗从“五四”初期白话新诗的诞生到四十年代“中国新诗派”（也称“九叶诗派”）的出现，才可以说真正完成了现代白话新诗从传统到现代的转型，是一次与世界现代主义诗歌的接轨。而在这一过程中最具代表性的诗人毫无疑问是穆旦，而其中最典型的代表作就是《诗八首》。完成于 1942 年初的《诗八首》以其深邃的思辨、敏锐的思想、哲学的意蕴完成了现代白话新诗向现代主义诗歌的转型。

穆旦

中国现代白话新诗经历了从胡适的“尝试”（很像是从文言思维完成后翻译成白话的感觉）刘半农、康白情等人的俗白朴素到郭沫若的真挚大气，而后到闻一多的新格律诗，徐志摩的灵动艳美，李金发的朦胧漂浮，戴望舒的略具现代雏形；真正的现代主义诗歌还没有在中国现代文学的土壤

① 钟桂松：《沈泽民传》，中央文献出版社 2003 年版。

里成熟，而完成了从新诗到现代主义转型的诗人应该是穆旦。说他是现代主义的，并非是因为他诗歌的朦胧和难懂，而是因为他的诗歌已进入了一个富于哲学意味的思辨境界，而其诗歌创作中最具这一因素的莫过于《诗八首》（也称“诗八章”）。

文学和艺术进入 20 世纪后在审美本质上发生了一次巨大的转移，而其中最大的变化就是由原来艺术的具象朝抽象的转换。正像沃林格在《艺术科学派》美学中所说的：“我们注意到了这样一种美学，这种美学并不是从人的移情冲动出发，而是从人的抽象冲动出发的。”① 尽管在亚里士多德时代人们对艺术的认知主要停留在具象的层面，但亚里士多德已经在《诗学》中就提到：“‘形象’固然能吸引人，却最缺乏艺术性，跟诗的艺术关系最浅”② 显然，亚里士多德已经发现了诗作为艺术不同于其他艺术的独特性。因此，他认为：“写诗这种活动比写历史更富于哲学意味，更被严肃的对待；因为诗所描述的事带有普遍性，历史则叙述个别的事”③ 黑格尔在《美学》一书中也阐述了类似的问题，他说：“美就是理念的感性显现。”④ 诗歌作为艺术中的灵魂，是人类语言艺术中最美的创造，它毫无疑问是人类精神活动的产物，也就是说它是人类精神现象中的个体心境的外化体现。它比其他艺术更是一种人们对客观现象的抽象感知（特别是抒情诗）如果按照黑格尔的美学概念“因为美通体是这样的概念：这概念并不超越它的客观存在而和它处于片面的有限的对立，而是与它的客观存在融合为一体，由于这种本身固有的统一和完整，它本身就是无限的。”⑤ 诗歌对于读者的最大魅力就在于“它的无限性”，人们正是在它的无限性中获得了审美享受。“艺术作品还唤起另一种更深刻的兴趣，这是由于它的内容并不只是按照它直接存在中所呈现的那种形式而表现出来，而是作为经过心灵掌握的东

① 《二十世纪西方美学经典文本·世纪的新声》第 1 卷，复旦大学出版社 2000 年版。
② 亚里士多德：《诗学》，人民文学出版社 1962 年版。
③ 同上。
④ 黑格尔：《美学》第 1 卷，商务印书馆 1982 年版。
⑤ 同上。

西，在那种形式范围之内推广了，变成另一种东西了。”① 由此可以推断，文学艺术，尤其诗歌，不仅是人类对外在对象的形象认识，而是要感知形象背后的事物本质；而作家或诗人不同于哲学家的地方是：哲学是从外在世界和客观对象中抽象出事物的普遍法则和规律，而文学家则是通过对社会和生活再创造还原社会和生活，让读者从经过作家心灵化了的生活中抽象出对生活的认知；正是由于艺术作品的这一特殊性决定了文学艺术不同于其他门类的认知方式，而从这一点来看，诗歌应该是在文学中最为接近哲学的一门艺术。因此诗的最高境界应该是哲学的。关键是20世纪文学在现代主义思潮的影响下，特别是诗歌等艺术，无论是形式上，还是思考的维度上明显与传统发生着变化，那就是更注重的是作者自身心灵的个性化宣泄。因此，文学愈来愈走向无情节化的心理流程，诗歌就更不能例外地变成了诗人对个体生命的探索过程中的独白。“文学、音乐、艺术、戏剧、电影和建筑的统一秩序，对称与和谐的现代主义的态度也在动摇。因此，后现代主义作家、音乐家和艺术家正试图打破他们各自的传统模式。”②

基于此，中国现代新诗从诞生到成熟一定是经历着其他文学形式所不可能需要的尝试难度。难度在于：一方面是由于中国传统诗歌在长期的发展中已经形成了一整套独特的文本形式，几乎是无法超越的范本，要想突破，其难度是可想而知的；另一方面是“五四”文学从它一开始就以与世界文学一体化作为追求的目标，用“白话”作为文学话语的本体。在这一点上看，诗歌的革新要比小说甚至散文等文体难度大的多，以讲故事为主的小说和以叙述为主体的散文显然比诗歌在时代的转型过程中更占优势。在初期白话新诗的发展过程中，郭沫若毫无疑问是开先河式的人物，其诗歌作品也受到了大多数青年的喜爱，但显然喜欢的不是其直白的诗歌的本体，更是他的“个性主义”思想解放和对新

---

① 黑格尔：《美学》第1卷，商务印书馆1982年版。

② [美] 撒穆尔·伊诺克·斯通普夫、詹姆斯·菲泽：《西方哲学史》（第七版），丁三东等译，中华书局2005年版。

事物渴望的那种火热激情。但随着“五四”高潮过后，读者愈来愈需要诗歌艺术本身的回归，于是闻一多先生“新格律”的诞生应该说是应运而生。在这样的诗歌理论背景下，显然为徐志摩的诗歌天赋铺垫了一条辉煌之路，由于使诗歌更接近其本体，再加上徐志摩的灵动跳跃的诗歌语言和极致的诗歌气质，似乎让读者认为那是中国现代白话新诗中最美的、最成熟的诗歌。但，从20世纪的现代主义角度看，诗歌的价值不仅仅在于其语言的优美，形式整饬，更应该包含着现代人对生命本体的认识，它不应该仅仅是诗的形象，还应该是诗的哲学。正是从这一点看，穆旦的诗，特别是《诗八首》更符合20世纪以来的诗歌潮流。那我们不妨对《诗八首》做一次解析：是的，在人生的有限生命中最大的快乐就是无限的渴望和期冀。但在对客体的期冀中最期待的往往是个体的心灵寄托即爱情。但爱情本身又不仅仅是爱情，它往往折射出人的个体生命中对他（她、它）的体验和探索。所以从这个层面看，爱情的体验就是个体生命的体验，也是对客观世界的探索，对于诗人而言，更是如此。在不同的时空转移中，这种直觉和认知是有区别的，这在20世纪的文学中已经得到了不断的认证。特别是欧洲工业化革命后，随着科学的迅猛发展，使人对客体世界愈来愈感到的是陌生，尤其是在20世纪初弗洛伊德的心理学革命之后，文学作为探索世界的另一种方式也是如此，它逐渐摆脱了传统文学的中的“稚拙”和直觉，开始用更加理性而思辨的方式去认识世界和人自身。像艾略特的《荒原》，如果用完全传统形象思维的方式去解析和评价，很可能使我们陷入混乱和“模糊”的困境中不知所云。在其看起来思维混乱与语言的跳跃形式中却蕴含着对20世纪以来特别是第一次世界大战后人们对世界秩序以及个体生命的不同于传统的认识和思考。它给予我们的美感不是因为“稚拙”的形象，而是对客体的无限性的体味和思辨性的想象。

而解读穆旦的《诗八首》也必须从诗人的抽象冲动出发，而不能用传统爱情诗的简单的直觉形象和爱情体验出发，只有这样才能深入其诗的本体。在“五四”以来的新诗中譬如郭沫若的《瓶》（共42组），无疑是一首很好的爱情诗，他对爱情的体验过程也是充满了期待和曲折的煎熬，其情感也可以说是细致入微，“我已成疯狂的海洋，/她却是冷静的月光！/她明明在我的心中，/却高高挂在天上，/我不息地伸手抓拿，/却只生出些悲凉的空响。/”但我们在解读这首诗的过程中无需超越爱情本身的更多思考，而是在诗人的细微真挚朴素的感情中体验到一种美和享受。再看穆旦的《诗八首》中的第一首，“你底眼睛看见这一场火灾，/你看不见我，虽然我为你点燃；/唉，那燃烧着的不过是成熟的年代。/你底，我底。我们相隔如重山！/”你怎样理解？就不能从形象出发，他是经过了诗人的内心对期待的爱情体验后的一种理性的思辨，它不仅仅是感觉和简单的比喻，而是一种理性的判断。“火灾”不是比喻，而是因对方视而不见的隔膜和陌生，所以接下来的“唉，那燃烧着的是成熟的年代”不是表白自己的热情，而是说明我的追求是经过深思熟虑的，但我们之间却越来越陌生。第二节中最后一句的“姑娘，那只是上帝在玩弄自己”，在进一步阐明世界或客体不因为我的真诚就会被理解或认可。从这一点看，这首诗本身已超越了爱情诗本身，已上升到了一种哲学的境界。

我们再看第二首，“水流山石间沉淀下你我，/而我们的成长，在死底子宫里。/在无数的可能里一个变形的生命/永远不能完成他自己。/”水流山石间沉淀下你我应该是和下一句对应而理解，人类的成长和追求应该是自然的，自由的，无拘无束的，但在现实的世界里往往不是如此，恰恰是一种束缚，所以当我们一来到这世界的时候就被束缚，我们的成长就像是在被囚禁在“死的子宫里”没有了生气，在这一层面上理解才能解读诗人为什么用了“死”，子宫是孕育生命的土壤，它应该是充满活力的。但诗人其实不是说子宫是死的，而是暗示了世界是死的（把这样的诗句放在20世纪40年代的背景中是不难理解的），因此，第一句中的“你我”从哲学层面理解，它就不是特指你和我，而是泛指的你我。那么第二首的第二节也就不难理解了，我爱你，那是人类的感情，但作者思想中的另一种声音却不断暗示，我的感情是徒劳的，是不能实现的。因此这里的“我底主”不是指什么上帝，而更应是指诗人的理智，所以作者在这里用了“在无数的可能里一个变形的生命”，在自然里一切都是原形的，但在现实中却变了形或者说是“畸形”，所以现实尽管是丰富而美丽，却充满了“危险”。

当我们对《诗八首》中的第一和第二首有了一个整体的把握以后，其他部分就不难理解了，人类本应该像“春草”一样充满颜色和芳香，但我们的一切努力却只能在“黑暗里”挣扎，自慰。人类正是有了理智，有了感情，可是理智和感情是矛盾的，但我们不能被感情迷惑，为感情所沉迷，我们还有理智，有执著的追求，所以也有“惊喜”，尽管感情是不能用言语表达的，但它是美丽的。世界是日复一日变化的，我们也是变的，可是我们的追求则是永恒的，不变的。但现实却使我们不得不变，不断地走向危险的窄路，制造着危险的旅行，寻求到的不是完美，可能是“孤独”和“背离”。“逝者如斯夫，不舍昼夜”。但时间的流逝并不能抹去我们的记忆，尽管我累了我“怠倦”但那美丽的憧憬始终呼唤着，即使美丽就在眼前，但好像是与我们“平行”同步，无法企及。即使它（美丽）是如此的接近，它是那样美丽，那样确定，那样固定，但永远是像阳光洒在缤纷的枝叶上一样，多么美丽，你我会有相同的感受，可是会转瞬即逝。春去秋来，年复一年不停地嘲弄着我们，使我们失去了信心，归于平静。在诗中，“平静”应指的是“理智”，因为“感情”是冲动的，“理智”是平静的。这也就印证了20世纪以后的美学越来越归于理性，“这种美学并不是从人的移情冲动出发，而是从人的抽象冲动出发的。”

从以上对穆旦《诗八首》的解读中，我们可以得出这样的结论：虽然中国现代新诗从它一诞生开始就向世界潮流迈进，而且“五四”时期也产生了像冰心《繁星》、《春水》诗集中有一定哲理性的小诗，也出现了李金发那样具有现代性的朦胧诗篇，但那只是朦胧，无从从哲学层面谈起。20世纪30年代以戴望舒、卞之琳、何其芳为代表的现代主义的逐渐成熟也只能从哲理角度来解读，还没有产生真正意义上的具有哲学性的诗章。而40年代初的穆旦《诗八首》的出现，则可看成是中国现代新诗向现代主义诗歌的一次转折，如果说艾略特的《荒原》为西方创立一种现代的诗模式，那么穆旦则为中国现代白话新诗向现代主义诗歌的转型奠定了基础。

参考文献

《王阳明全集》上下册，吴光、钱明、董平、姚延福编校，上海：上海古籍出版社，1992年版。

《李贽文集》张建业主编，北京：社会科学文献出版社，2000年版。

《顾亭林诗文集》北京：中华书局，1959年版。

王夫之：《日知录》（清）黄汝成集释，栾保群、吕宗力点校，石家庄：花山文艺出版社，1990年版。

《龚自珍全集》上海：上海人民出版社，1975年版。

魏源：《海国图志》100卷本，光绪二年刻本。

王韬：《弢园文录外编》陈恒、方银儿评注，郑州：中州古籍出版社，1998年版。

郑观应：《盛世危言》王贻梁评注，郑州：中州古籍出版社，1998年版。

严复：《天演论》冯君豪注解，郑州：中州古籍出版社，1998年版。

陈独秀：《独秀文存》上海亚东图书馆，1922年版。

胡适：《胡适文集》欧阳哲生编，北京：北京大学出版社，1998年版。

钱玄同：《钱玄同文集》北京：中国人民大学出版社，1999年版。

鲁迅：《鲁迅全集》北京：人民文学出版社，2005年版。

《中国近现代出版史料》张静庐辑注，上海：上海书店出版社，2003年版。

《近代译书目》王韬、顾燮光等编，北京：北京图书馆出版社，2003年版。

《文学运动史料选》（中国现代文学史参考资料）上海：上海教育出版社，1979年版。

《文学研究会资料》贾植芳等编，郑州：河南人民出版社，1985年版。

《中国现代学术经典．严复卷》刘梦溪主编，石家庄：河北教育出版社，1996年版。

梁启超：《饮冰室合集》，中华书局，2003年11月第四版（由上海中华书局1936

年版影印)。

《梁启超年谱长编》丁文江、赵丰田编，上海：上海人民出版社，1983年版。

《王国维文集》姚淦铭、王燕编，北京：中国文史出版社1997年版。

《万国公报文选》钱钟书、朱维铮主编，北京：生活·读书·新知三联书店，1998年版

《辛亥革命前十年间时论选集》王忍之等编，北京：生活·读书·新知三联书店，1960年版，1978年重印。

《中国近代文论选》舒芜、陈迩冬、周绍良、王利器编选，北京：人民文学出版社，1981年版。

阿英：《晚清小说史》北京：东方出版社，1996年版。

嵇文甫：《晚明思想史论》北京：东方出版社，1996年版。

《梁实秋作品集》兰州：敦煌文艺出版社，1997年版。

巴金：《巴金全集》北京：人民文学出版社，1986－1993年版。

瞿秋白：《瞿秋白文集》第1卷，北京：人民文学出版社，1958年版。

舒新城：《中国近代留学史》上海：上海文化出版社，1989年（中华书局1939年版）影印。

黄福庆：《清末留日学生》中央研究院近代史研究所专刊（34），1975年版。

熊月之：《西学东渐与晚清社会》上海：上海人民出版社，1994年版。

耿云志：《近代中国文化转型研究导论》成都：四川人民出版社2008年版。

［美］柯文：《在传统与现代之间：王韬与晚清改革》雷颐、罗检秋译，南京：江苏人民出版社，2003年版。

［美］艾尔曼：《从理学到朴学——中华帝国晚期思想与社会变化面面观》赵刚译，南京：江苏人民出版社，1995年版。

［美］张灏：《梁启超与中国思想的过渡》（1890－1907）崔志海、葛夫平译，南京：江苏人民出版社，1995年版。

许建平：《李贽思想演变史》北京：人民出版社，2005年版。

《中国近代社会思潮》高瑞泉主编，上海：华东师范大学出版社，1996年7月版。

《20世纪中国知识分子史论》许纪霖编，北京：新星出版社，2005年版。

邹振环：《影响中国近代社会的一百种译作》北京：中国对外翻译出版公司，1996年版。

《马克思恩格斯论文学艺术》北京：人民文学出版社，1983年版。

黑格尔：《美学》朱光潜译，北京：商务印书馆，1982年版。

亚里士多德：《诗学》北京：人民文学出版社，1962年版。

《别林斯基选集》满涛译，上海：上海译文出版社，1979年版。

[美] 韦勒克、沃伦：《文学理论》刘象愚、陈圣生等译，北京：生活·读书·新知三联书店，1984年版。

[美] 撒穆尔·伊诺克·斯通普夫、詹姆斯·菲泽：《西方哲学史》(第七版)，丁三东等译，北京：中华书局，2005年版。

勃兰兑斯：《十九世纪文学主流》第3分册（法国的反动）张道真译北京：人民文学出版社，1988年版。

徐中约：《中国近代史》1600－2000中国的奋斗（第6版）计秋枫、朱庆葆译，北京：世界图书出版公司北京公司，2008年版。

[新加坡] 卓南生：《中国近代报业发展史》（1815－1874）增订版，北京：中国社会科学出版社，2002年版。

戈公振：《中国报学史》上海：上海古籍出版社，2003年版。

徐松荣：《维新派与近代报刊》，太原：山西古籍出版社，1998年版。

袁伟时：《中国现代思想散论》广州：广东教育出版社，1998年版。

《告别中世纪：五四文献选粹与解读》袁伟时编著，广州：广东人民出版社，2004年版。

王尔敏：《中国近代思想史论》北京：社会科学文献出版社，2003年版。

王德威：《想像中国的方法：历史·小说·叙事》北京：生活·读书·新知三联书店，1998年版。

王德威：《被压抑的现代性——晚清小说新论》宋伟杰译，北京：北京大学出版社，2005年版。

[匈] 阿诺德·豪译尔：《艺术社会学》居延安译编，上海：学林出版社，1987年版。

《中国现代学术史上的胡适》耿云志、闻黎明编，北京：生活·读书·新知三联书店，1993年版。

《胡适评传》耿云志编，上海：上海古籍出版社，1999年版。

陈万雄：《五四新文化的源流》北京：生活·读书·新知三联书店，1997年版。

[美] 汪荣祖：《走向世界的挫折——郭嵩焘与道咸同光时代》长沙：岳麓书社，2000年版。

李楠：《晚清民国时期上海小报》北京人民文学出版社，2006年版。

郭延礼：《近代西学与中国文学》南昌：百花洲文艺出版社，2000年版。

郭延礼：《中国近代文学发展史》济南：山东教育出版社，1990年版。

《儒家传统与启蒙心态》哈佛燕京学社编，南京：江苏教育出版社，2005年版。

［美］舒衡哲：《中国启蒙运动：知识分子与五四遗产》北京：新星出版社，2007年版。

张朋园：《知识分子与近代中国的现代化》南昌：百花洲文艺出版社，2002年版。

杨联芬：《晚清至五四：中国文学现代性的发生》北京：北京大学出版社，2003年版。

林毓生：《中国意识的危机：'五四'时期激烈的反传统主义》贵阳：贵州人民出版社，1986年版。

叶瑞斯：《危机中的文化抉择：辛亥革命时期国人的中西文化观》北京：商务印书馆，2007年版。

［日］岛田虔次：《中国近代思维的挫折》甘万萍译，南京：江苏人民出版社（凤凰出版传媒集团）2008年版。

［美］杰罗姆B．格里德尔《知识分子与现代中国》单正平译，天津：南开大学出版社，2002年版。

［美］周策纵：《五四运动：现代中国的思想革命》周子平等译，南京：江苏人民出版社，1999年版。

茅盾：《茅盾论中国现代作家作品》北京：北京大学出版社，1980年版。

再版后记

本书2010年曾在光明日报出版社印行，今中联华文（北京）社科图书咨询中心决定在中国言实出版社重印。本人真是有些诚惶诚恐，因为首先本书其实在很多方面还并不完善，还有一些不够严谨的地方，但既然要再版重印，就说明它还是有一些可取之处。只要读者能在阅读时得到哪怕是一点点的启发，也是万分高兴的事。

中国文学从传统到现代的转型无疑是传统文人意识的消解并向平民文学意识方向发展的结果。所以现代文学无论其思想的表达方式还是其作品的创作风格都与传统发生了本质上的不同，体现了突出的以启蒙为目的的现代性特点。本人在另一部著作《新文化与新文学——基于晚明至五四时期的文学文化转型研究》一书中有比较深入的探讨，如果能把两部著作的观点和看法，结合起来去看，会感觉更加合理和充分一些。

这次再版改正了一些注释上的错误，书名做了修改，增加了一个引言，其他部分一律未经改动，保持原貌。书中肯定还有一些谬误和不当之处，希望读者同行给予指正。在此我要感谢中联华文（北京）社科图书咨询中心对本书再版重印的促成，特别要感谢张金良先生为此书的出版所给予的热情帮助。

郭长保

2013年岁末于天津